DU MÊME AUTEUR

Deus ex Massilia
Un été grec
Requiem pour le juge
Pitié pour Constance
Restez dans l'ombre
Le Chat Ponsard

Éditions Jigal

27 cours d'Estienne d'Orves 13001 Marseille
www.polar.jigal.com

Photo couverture : © 123rf

Directeur de collection : Jimmy Gallier

ISBN 979-10-92016-25-3

ANDRÉ FORTIN

LE CRÉPUSCULE DU MERCENAIRE

ÉDITIONS JIGAL

Ce roman est une œuvre de pure fiction. Toute ressemblance avec des personnages ou des faits existants ou ayant existé, ne saurait être que coïncidence fortuite.

Chapitre Premier

— Qu'est-ce qui vous est arrivé ? Lui dis-je assez bêtement.

Je l'avais aidée à se relever et ramassais maintenant son joli bonnet.

Elle s'époussetait avec application, sans doute pour se donner une contenance.

— Eh bien… je suis tombée, me répondit-elle simplement. On m'a arraché mon collier et je suis tombée.

Puis, me prenant son bonnet des mains :

— Merci !

J'étais sous le charme, je la trouvais jolie et désarmante…

Lorsque j'étais parvenu à elle, alerté par un mélange indistinct de cris d'effroi et de grognements de réprobation, elle était encore à terre. J'avais remarqué ses jambes découvertes jusqu'en haut des cuisses et j'avais éprouvé une certaine gêne à constater qu'elles étaient belles, superbes dans leur gaine sombre et transparente.

Elle devait, selon moi, avoir une petite quarantaine, ce que me semblait révéler un joli visage frais, à peine marqué par quelques rides de bonne humeur. J'ai remarqué que les rides du visage, leur forme et ce qu'elles soulignent, ne sont finalement que les stigmates du caractère. Elle devait donc, en temps normal, être souriante. Elle était aussi élégante, naturelle, plutôt petite. Elle me fit aussitôt penser à Billie. Mais Billie ne se serait jamais trimballée ici avec un collier en or. D'abord parce qu'elle n'en possède pas, tout simplement, son homme n'étant pas porté sur les bijoux ; ensuite parce que, étant pédopsychiatre, mariée à un juge d'instruction, elle est bien informée et a donc des raisons de se méfier. Il faut dire que la méfiance, dans une gare et à Marseille, est plutôt de mise.

Je n'avais rien vu, j'étais de l'autre côté du distributeur de billets. Il y avait plein de monde partout, une affluence électrique car tous les TGV avaient du retard, un retard qui nous paraissait raisonnable pour l'instant mais qui allait, au fil des heures, s'aggraver. Et puis, en cette fin d'hiver, il faisait froid, un froid de loup, peut-être moins dix dehors et en tout cas moins de zéro sous cette immense verrière. Ici, ce froid, ce n'est pas courant, on n'y est pas préparé. D'ailleurs, si l'on regardait bien et d'un peu haut, on se rendait compte que les gens suivaient des trajectoires bizarres, comme des fourmis lors d'une attaque. Ils étaient surpris, désemparés. Ce froid, qu'est-ce que ça devait être ailleurs ! Spécialement dans la vallée du Rhône, là où devaient passer les TGV qu'on attendait en vain pour aller plus loin, vers Nice. Des trains, fantômes pour l'instant, qu'on attendrait longtemps encore. On ne s'en doutait pourtant pas car, en cet instant précis, tout semblait sous contrôle. À nos côtés, un homme, un joyeux boute-en-train sans doute, disait, parlant fort et avec un accent forcé :

— Bonne Mère, il faut remonter au siècle dernier pour retrouver un tel froid, ce froid sibérien ! Demain, regardez bien le ciel, on aura droit à l'aurore boréale…

Mais, tout compte fait, le siècle dernier, il ne datait que de quelques années, à peine dix, c'est ce que me fit remarquer en souriant la dame au collier. Cela me rassura sur son compte, elle ne paraissait pas traumatisée, pas du tout.

Moi, j'avais un rendez-vous, justement à Nice, à 15 heures

avec la police judiciaire des Alpes-Maritimes qui devait m'assister pour une perquisition au siège d'une société immobilière. Assister, le mot est faible. En réalité, c'étaient ces fins limiers, avec Juston, mon bon Juston, commandant de police à Marseille, qui allaient fouiller partout et c'est moi qui assisterais simplement aux opérations. S'ils trouvaient quelque chose, des documents susceptibles de m'intéresser, ils me les présenteraient et alors j'aviserais. Elle, la femme désarmante, elle me dit qu'elle rentrait chez elle, à Sospel, dans la montagne. Son fils devait l'attendre à la gare. Elle l'avait déjà prévenu du retard mais était décidée à lui cacher l'agression – pour ne pas l'inquiéter, m'expliqua-t-elle. Les mères sont comme ça…

Voyant passer trois flics le nez en l'air, des CRS en goguette, je lui demandai si elle les avait avertis. Elle me dit que non et je leur fis signe.

Ils ne pouvaient rien faire, nous répondirent-ils avec nonchalance, ils avaient juste été prévenus, c'est pour ça qu'ils étaient venus traîner leurs guêtres par ici, mais bon, le mal était fait ! Il fallait déposer plainte bien sûr, ne serait-ce que pour l'assurance; mais non, ils ne pouvaient prendre une plainte, ils n'étaient pas équipés pour ça. D'ailleurs ce n'était pas leur job. Il fallait se rendre au commissariat, à la Canebière, c'était pas loin, à dix minutes à peine.

Le TGV avait un retard annoncé d'une heure et quart. Elle avait le temps. Elle décida d'y aller. Je l'accompagnai dehors jusqu'en bas de l'escalier monumental et lui dis que, pour ma part, j'allais attendre dans le bar, juste en face. Cela me disait bien de la revoir, je lui trouvais décidément beaucoup de charme à cette petite dame brune. J'envisageai un moment de faire le voyage avec elle dans le train, mais bien sûr c'était compliqué, nos places étaient numérotées et nous nous trouverions certainement dans des wagons différents. Malgré tout, il faudrait voir… Je ne cherchais pas l'aventure, pas du tout, mais j'aimais bien l'idée de quelque chose de fugace, de l'ordre de la séduction avec, à la fin, un dénouement définitif, un peu romanesque, chacun partant de son côté pour ne jamais se revoir. Et puis, après coup, une sorte de regret, un souvenir doux en tout cas, celui d'une histoire à peine ébauchée qui aurait été, l'espace d'un instant, ouverte sur tous les possibles. Je songeai à ce poème si émouvant, chanté par Georges Brassens, « Les Passantes » :

« Je veux dédier ce poème
À toutes les femmes qu'on aime
Pendant quelques instants secrets
À celles qu'on connaît à peine
Qu'un destin différent entraîne
Et qu'on ne retrouve jamais »

« À la compagne de voyage
Dont les yeux, charmant paysage
Font paraître court le chemin
Qu'on est seul, peut-être, à comprendre
Et qu'on laisse pourtant descendre
Sans avoir effleuré sa main »

C'était dans ma nature, ces sortes de velléités troubles. Billie ne l'ignorait pas, elle me connaissait bien – par cœur, disait-elle – et cela faisait planer une sorte de danger qui donnait sûrement du sel à notre vie, à la mienne en tout cas.

*

L'escalier mécanique l'entraînait là-haut, vers la gare sous sa verrière, noyé parmi les autres. Ils étaient tous ensemble, alignés, pressés et pris en charge comme des marchandises. Il songea à des bouteilles de lait ou de soda sur une chaîne dans une usine. Les autres… cette multitude au sein de laquelle il se sentait bien, bien comme nulle part ailleurs ; et surtout, en sécurité. Ce qu'il faisait là ? Eh bien il revenait sur les lieux du crime, une heure après. Il fallait être gonflé. Il l'était. Bon, le crime, c'était un bien grand mot. Il avait juste arraché son collier en or à une femme. Pas une vieille, non, une femme dans la force de l'âge. D'ailleurs elle avait résisté et c'était pour ça qu'elle était tombée. À cause de ça si on peut dire… Lui ne cherchait pas à faire du mal et regrettait cette chute malencontreuse. Bien sûr ce devait être aussi un peu sa faute à lui. D'ordinaire, il était plus rapide et plus habile et ça se passait en douceur.

Ses concurrents, à la gare, travaillaient en bande, à deux ou à trois, quelquefois plus. C'était plus facile mais, contrairement à ce qu'ils pensaient, beaucoup plus risqué au bout du compte. Lui, le bout du compte, il y songeait. Ça rapportait moins, évidemment. En agissant en solitaire on prenait sa décision sans avoir à en discuter avec les autres ou à leur imposer quoi que ce soit. On était forcément d'accord avec soi-même. Ensuite, on disparaissait beaucoup plus facilement : surtout lui, avec son physique ordinaire et sa manière de s'habiller, la même que tous les types de sa tranche d'âge, mais ni trop élégante, ni trop prétentieuse. Des fringues lambda qui ressemblaient un peu à des marques mais n'en étaient pas, ou alors des contrefaçons qu'on achetait au marché de la Plaine, comme tout le monde. C'était pour ça qu'il appréciait cette multitude grouillante. Un poisson dans l'eau, c'était ainsi qu'il se voyait. Il aimait la multitude mais pas ses composants : il s'en méfiait, il n'avait jamais rien eu à gagner avec eux, pris individuellement en tout cas. C'était un solitaire, par la force des choses.

Dehors – il était juste sorti du métro pour planquer le collier avant de revenir – il faisait froid. Un froid sibérien, avait écrit le journal. La Sibérie, c'est le pays du froid et des goulags, il avait lu ça quelque part. Il avait aussi lu qu'à moins quarante, là-bas, un crachat gèle avant d'avoir touché terre : c'était pour ça qu'il se souvenait si bien de la Sibérie et des goulags. En vérité, quelques flocons épars se baladaient dans l'air. Pas du tout la tempête de neige qu'ils avaient annoncée. Les journaux exagèrent et racontent n'importe quoi pour inquiéter les gens. Aujourd'hui, le titre, c'était : « Marseille va trembler ! » Tu parles !

Son regard, comme ceux de presque tous les voyageurs,

parce qu'il n'y a rien d'autre à faire sur un escalier mécanique, se portait vaguement sur la file descendante, et son attention fut attirée, tout en haut, par un grand type avec un sac à dos, mais ventral. Ce qui attirait l'œil, c'était que le sac était coiffé d'un bonnet de laine à pompon. Il suivit le type des yeux et, lorsqu'il passa à sa hauteur, il vit le bébé, bien au chaud. Sa tête était levée, il regardait son père qui lui, indifférent en apparence, regardait ailleurs. Ce regard du bébé, on aurait dit de l'adoration. C'est ce qui le frappa, en plein cœur.

Il ne fallait pas penser à tout ça, à l'enfance, l'amour aveugle, l'insouciance, la confiance surtout. Il fallait chasser ces idées de poches de kangourous, de singes miniatures, couchés sur le dos de leurs mères ou agrippés à leurs ventres… Ça ne servait à rien, c'était du passé, une période, trop courte pour lui, infiniment trop courte. Il ne fallait pas laisser revenir à la mémoire ce souvenir lointain de paradis perdu. Il ne fallait pas s'appesantir sur cette injustice qui le rendait envieux, jaloux et puis méchant, ce qu'il ne voulait pas être, à aucun prix. Après tout, la vie s'était écoulée ensuite, triste et mélancolique, mais sans drame. Et maintenant, il avait de quoi penser, de quoi s'occuper, s'inquiéter, gérer, des trucs parfois excitants.

Si on ne se laissait pas aller, si on savait mener sa barque, rester froid, ferme et malin, ça faisait oublier tout le reste. En fait il menait deux vies et le jeu, car c'était un jeu, en valait la chandelle. Il fallait constamment réfléchir, se méfier, être sur ses gardes. Quand on y pensait, il se débrouillait plutôt bien. Personne n'aurait pu se douter de la vie parallèle que menait ce *jeune en difficulté* qui suivait avec application son stage de maçonnerie, après celui de menuiserie et celui de cuisine. Un *pas bon à grand-chose* à vrai dire mais, sauf quelques fugues, respectueux des règles, ne donnant de fil à retordre à aucun enseignant, aucun éducateur. D'autres – et il y en avait tant – dans des conditions semblables, avaient eu vite fait de mal tourner. Lui, pas un faux pas, pas de remontrance du juge des enfants, pas de casier. Juste des placements successifs dans des maisons, les mêmes que celles des autres, des jeunes voyous, normaux ceux-là. D'ailleurs, dans le foyer où il logeait, on le regardait comme un original, un marginal parmi les marginaux. Avec ce que lui avait offert la vie, c'est-à-dire, depuis très longtemps, que de la merde, il aurait dû tourner mal, ça n'aurait pas dû faire un pli. Seule la psychologue, une vieille, en tout cas pour lui, se posait des questions sur son autre vie. La dernière fois, elle lui avait dit, de cette manière compliquée qu'elle avait de parler :

— Stanley, il y a deux choses qui ne collent pas chez toi. D'un côté ton QI, assez phénoménal je dois le dire, ce dont, entre parenthèses, tout le monde se fout sauf moi et peut-être toi. Et puis de l'autre ton attitude, cette amabilité, cette politesse, ce respect des règles, qu'au fond on pourrait prendre pour de la résignation. Tout cela donne à penser, non ? Moi cela me donne à penser, pas toi ?

C'était ainsi qu'elle lui parlait, de cette manière à la fois familière, affectueuse et alambiquée. Elle posait aussi plein de questions auxquelles il ne répondait jamais. Elle savait pourtant qu'il comprenait, elle le savait depuis le début... Lui faisait le couillon. Mais elle souriait, parce que, justement, il n'était pas couillon, pas du tout.

Ces moments avec la psy, contrairement à ce qu'on aurait pu penser, c'était de bons moments, les meilleurs à vrai dire. Il la connaissait depuis quatre ans et, à chaque fois qu'il quittait son cabinet, il était triste. C'était des petits moments de vraie vie, de vie en communion comme il n'en connaissait pas d'autres, même s'il lui mentait souvent, plutôt par omission. Était-ce vraiment du mensonge d'ailleurs, puisqu'elle n'était pas dupe ?

Il se dit qu'il lui parlerait de l'homme, du sac et du bébé dedans. C'était trop douloureux et il sentait bien qu'il aurait du mal à évacuer purement et simplement ce qu'il avait ressenti. C'était comme une plaie qui s'était rouverte et madame Travers, si elle ne faisait pas disparaître les plaies, savait y mettre des pansements, des pansements doux et confortables.

*

N'ayant rien d'autre à faire qu'attendre, je sortis un stylo de ma poche et un bloc-notes de ma sacoche. Je fis deux cercles : dans le premier j'inscrivis « Commerce international » et « Côte d'Ivoire », dans le second « CPAO » et « Lornac ». Je fis une flèche reliant le premier et le second cercle, puis, dans le second, j'écrivis encore « incendie ». Enfin, je dessinai un troisième cercle intitulé « Société immobilière Garibaldi » et je traçai un trait en pointillé entre la CPAO et cette « Société immobilière Garibaldi ». Puis je me dis que tout ça ne servait strictement à rien, c'était du cinéma, comme si de ces schémas dessinés dans les salles de commandement du FBI ou maintenant de la police judiciaire sur de grands tableaux blancs pouvait jaillir la lumière ! Mais enfin ça occupait, c'était une façon de ne pas lâcher l'affaire.

L'affaire, celle dont j'étais officiellement chargé, c'était l'incendie du service comptabilité de la Compagnie Phocéenne de l'Afrique Occidentale, la CPAO dont le comptable était Albert Lornac. Celui-là, je l'avais mis en examen pour incendie volontaire et il était incarcéré aux Baumettes. Tout cela avait été rondement mené avec la collaboration ô combien efficace du commandant Juston. Nous n'avions pas d'éléments matériels, mais une rapide analyse du train de vie de Lornac depuis deux ans, de ses comptes en banque et de la richesse de ses armoires nous avait permis de lui mettre l'incendie sur le dos. Il n'avait d'ailleurs pas fait de difficultés, en tout cas pas longtemps, et avait fini par m'avouer qu'en effet il détournait des fonds et que, serré de près, il avait pris le parti de foutre le feu à la comptabilité. Tout aurait pu, certains diraient « aurait dû », s'arrêter là.

Mais moi, j'ai, paraît-il, une manie qui en énerve plus d'un et qui n'enchante guère que Juston, celle de voir le mal partout, et puis aussi un goût immodéré, que je partage avec lui, pour le dessous des cartes. On dira que c'est la moindre des choses pour un juge d'instruction. Pourtant, tout le monde n'est pas forcément d'accord. Certains y voient une perte d'un temps ainsi qu'un goût maladif et prétentieux pour les arcanes du désordre social, celui provoqué par ceux qui détiennent l'argent et le pouvoir. Bref, dans cette histoire, je me suis dit qu'un comptable qui parvient à détourner des fonds pendant plusieurs années sans qu'on s'en aperçoive doit avoir des patrons peu regardants, que, dans leur boîte, l'argent doit couler à flots et qu'eux-mêmes, peut-être, doivent avoir des choses à se reprocher. Malheureusement, on n'avait pas pu compter sur Lornac pour nous en dire plus. Il avait avoué puis il avait comme qui dirait fait un blocage. Après tout, on avait ses aveux, qu'est-ce qu'on voulait de plus ? À notre avis, il avait peur ou on lui avait fait des promesses…

*

La dame avait quarante-cinq ans, c'est ce que le policier, bien que fatigué, déduisit de la date de naissance qu'elle venait de lui donner avec le reste de son identité.

— Et alors? dit-il distraitement, pour lancer la plainte, comme d'habitude.

Il songeait en fait qu'elle ne portait pas son âge. Soignée, assez classieuse, plutôt excitante. De belles jambes surtout. Pour la poitrine, on ne pouvait pas juger, avec ce temps glacial elle était tout emmitouflée, même ici dans ce bureau mal chauffé. Vivement le printemps…

— Alors… eh bien il avait dû repérer mon collier, je ne sais pas comment. Avec mon châle, à mon avis, on ne pouvait pas le voir, mais bon… J'étais devant la machine en train de retirer mon billet électronique. Il est venu derrière moi, il a passé sa main sous mon châle et a arraché le collier.

Le policier se serait bien mis à la place du voleur à ce moment-là du récit, histoire de vérifier, pour la poitrine. C'est ce qu'il pensa en disant, toujours aussi distraitement :

— Ensuite ?

— Ensuite, il l'a arraché. Ça a craqué. Et j'ai eu le tort de lui agripper le poignet. En tentant de se dégager, il m'a fait tomber.

— Vous avez eu le temps de le voir ?

— Après être tombée, non, il s'est perdu dans la foule et je ne voyais plus que des pieds. Mais à un moment, juste après l'avoir agrippé, j'ai croisé son regard. Un regard surpris et doux, pas du tout ce qu'on pourrait imaginer d'un voleur.

Un regard doux ? Putain, qu'est-ce qu'il faut pas entendre ! C'est ce que le policier fut à deux doigts de rétorquer, mais il se contint et continua de faire montre d'un calme olympien. Il dit, d'un ton blasé :

— Et, à part ce regard, quelle tête il avait ?

— À part le regard, je ne pourrais pas vous dire… Ah, si, il avait une capuche.

Bordel de merde, une capuche ! Si avec ça, on ne le retrouve pas, ce mec ! Ce fut la réflexion désabusée que se fit le flic. Mais, toujours aussi zen :

— J'ai oublié de vous demander votre métier ?

— Je suis professeur d'université.

— Professeur de quoi ?

— De sociologie.

— Ça ne m'étonne pas…

— Pourquoi ?

— Non, pour rien, c'était juste comme ça. J'enregistre votre plainte, je vous fais signer et, si on a quelque chose, on vous appelle.

*

Il était maintenant parvenu dans le grand hall, sous la verrière. Son cœur battait, alors même que l'escalier mécanique avait fait tout le boulot. C'était pourtant de bonnes sensations. Il regarda à droite et à gauche. Il vit des flics. C'était une simple patrouille, ça discutait le coup, deux hommes. Les autres qui avaient dû venir pour la femme étaient repartis. Elle leur avait sûrement donné un signalement, décrit le collier, et puis basta. Il était presque déçu.

Il fut tenté de remettre ça, pour se prouver quelque chose à lui-même, comme d'habitude, puisque personne, jamais, ne s'était intéressé à lui, à ce qu'il faisait, à ce qu'il était capable de faire. Peut-être pas un collier, mais pourquoi pas un sac à main ? Il suffisait de repérer une femme un peu en attente, le sac en bandoulière avec la main molle, relâchée, tout comme son attention. Une rêveuse quoi. Ça se trouvait, elles n'étaient pas toutes nerveuses, en retard ou pressées. Certaines dont le train n'était pas encore en gare avaient du temps à perdre. Il commença à examiner la foule, comme le fait un prédateur mais avec l'air de rien. Il était à l'affût et ça lui plaisait bien cette expectative avant la montée d'adrénaline.

Une main se posa sur son épaule. Ça lui fit un choc, évidemment. Il pensa à la main de la loi, une représentation commune qui ne lui était pas étrangère. Pourtant, il ne se retourna pas tout de suite et ne perdit pas totalement son sang-froid, juste un peu. Il se dit d'abord qu'il s'en foutait, que ce serait même une jouissance que d'être reconnu puis il se dit, pragmatique, qu'il n'avait plus le collier sur lui, Dieu merci. Il pourrait être reconnu, peut-être, mais alors avec incertitude. Et, si les choses allaient aussi loin, devant un tribunal, un bon avocat pourrait lui sauver la mise. Toutes ces pensées se bousculaient dans sa tête alors qu'il s'efforçait de demeurer de marbre. Il ne songea pas un instant à prendre la fuite, selon lui une réaction indigne et aussi un mauvais réflexe.

— Alors, Stan, on balade… Me dis pas que tu attends un train ?

Il se retourna. Ce n'était pas la police, il en aurait mis sa main au feu, et c'était un visage inconnu. La quarantaine, bien sapé, un Borsalino sur la tête. Le mec, lui, connaissait son prénom mais il avait employé un diminutif inusité. Pas assez d'éléments pour en tirer la moindre conclusion.

— On va discuter un peu, lui dit l'homme.

Aix-en-Provence, octobre 1987 (1)

Elle rit, elle rit fort, mais qu'est-ce que ça peut faire ? Elle a bien le droit de rire après tout. Elle est jeune, belle et gracieuse, on est à la fin des années quatre-vingt, une bonne époque pour les jeunes tout compte fait, quoi qu'on en ait dit. Ce sont aussi les derniers jours du mois d'octobre, l'automne, un automne provençal qui ressemble à l'été indien, celui des Américains, tout en douceur, senteurs et couleurs claires. Ses deux copines, amusées au début, trop, sont maintenant gênées. L'une d'elle lui dit :

— Arrête ! Tout le monde nous regarde.

L'autre lui chuchote :

— Ma parole, tu es saoule !

La première est toute rouge, la seconde regarde en l'air comme si elle n'était déjà plus là puis finit par se lever. L'autre l'imite aussitôt et puis elles s'en vont. Elles lui disent : « Salut Margot ! » Plus pour se donner une contenance que par politesse. Elles ont honte et sont excédées, jalouses aussi : cette Margot, elle est trop belle, elle peut tout se permettre ! C'est à ce moment-là que le garçon arrive pour prendre la commande.

— Un Americano ! dit Margot.

Puis, pour la cantonade, surtout pour ce type, lui, Kervadec à cette époque, bronzé et costaud, qui occupe, seul, la table d'à côté et ne manque rien du spectacle :

— J'adoooore l'Americano.

Elle ne doit pas être vraiment ivre, le garçon qui a l'œil, ne proteste pas. Ici, aux Deux Garçons – on dit aux « Deux G » –, on est pourtant très regardant là-dessus, pas d'ivresse publique, on ne veut pas d'ennui, on a une réputation, une réputation à sauvegarder. La clientèle est très éclectique, des étudiants venus des facultés, des hommes d'affaires descendus de leurs bureaux, des juristes qui fréquentent la cour d'appel toute proche, et enfin les touristes attirés par ce mélange de jeunes et de vieux, de gens élégants et d'autres décontractés, de types sérieux et d'autres encore qui cherchent la bonne fortune, attirés par toute cette jeunesse, cette chair fraîche… Du coup les garçons peuvent se permettre d'être exigeants, de sélectionner, de filtrer, d'éliminer en cas de besoin. Ça ne nuit pas au commerce, bien au contraire.

Margot, aujourd'hui, échappe à cette rigueur. Elle doit être une habituée, elle est si jolie, si tentante. Le garçon ne lui fait même pas une observation. Il se contente de se dispenser du long sourire habituel ; le sourire à Margot, quand elle est sage.

Le type, lui, tel qu'il se voit dans sa maturité triomphante, à la table d'à côté avec son verre de vin blanc devant lui, fait signe au garçon :

— Pour moi aussi, un Americano.

La jeune fille comprend parfaitement que c'est pour créer un lien. D'une manière un peu lourde peut-être, mais Margot se sent pleine d'indulgence. Il ajoute :

— Comme Margot.

Et il boit d'un trait son verre de blanc. Elle, elle rapproche imperceptiblement son siège de celui de l'homme. Il fait aussitôt de même et va jusqu'à tourner le sien vers elle. Le rire de Margot lui a remué les tripes. Seulement ça, rien que les tripes, bien que ce rire ne soit au fond ni vulgaire, ni même à proprement parler suggestif. Ce n'était pas ce genre de rire un peu rauque, plein de promesses, de promesses évidentes, pas du tout.

Cette jeune fille, c'est en elle-même une gourmandise pour tout mâle, prédateur ou non, et il ne peut nier que, ce soir, il se sent prédateur. D'ailleurs, ici, sur ce cours Mirabeau bordé d'arbres, de terrasses de cafés, restaurants et brasseries, c'est une mine d'or, un nid de jeunes filles qui, à la belle saison, s'exposent aux regards aiguisés des hommes quelles que soient leurs origines, leur milieu, leur âge, leurs intentions aussi.

Lorsque le garçon revient avec les deux Americanos, il les pose sur la même table. Il choisit celle de Margot.

— Vous n'êtes pas d'Aix, dit-elle, je ne vous ai jamais vu. Vous venez d'où ?

— Pas de question, répond l'homme, un doigt sur la bouche.

Il ne plaisante pas en fait, mais c'est ambigu et ça passe très bien.

D'ailleurs elle n'est pas déçue, c'était pour parler, simplement pour parler. Il n'a pas dit ça de manière abrupte, pas du tout, au contraire, avec ce geste du doigt qui n'est autre qu'un signe de complicité après tout. Ce type l'intéresse, elle ne saurait dire pourquoi. Elle l'a tout de suite repéré en arrivant avec ses copines et, du coup, elle les a vues partir avec satisfaction, peut-être même, pour être franche, s'est-elle arrangée pour ça. Qu'il demeure mystérieux ! – se dit-elle – ce n'est pas plus mal. S'il lui avait dit qu'il était d'ici ou d'ailleurs, qu'il était avocat, commerçant, fonctionnaire ou n'importe quelle autre profession, elle aurait été déçue, forcément ; le charme du mec s'en serait trouvé rompu et sans doute l'aurait-elle planté là. Elle se connaît, elle en aurait bien été capable.

— Moi, je suis étudiante, dit-elle, étudiante en droit. Mon père est notaire à Marseille et j'habite ici, un studio, pour être à proximité de la fac. Mais c'est pas ça qui facilite tellement mes études. Elles m'emmerdent.

Puis :

— Si on changeait de crémerie ?

L'homme se lève avec elle, volontiers. Il se sent léger, presque joyeux, saisi d'une joie simple. Il dépose un billet sur la table et ils s'en vont à travers cette vieille ville. Il fait doux, tiède. Ils marchent côte à côte. Lui observe, la tête en l'air, et elle le regarde faire avec curiosité. En passant devant un restaurant chic, il lui propose d'y entrer, de dîner là.

— Non, dit-elle, pas là. Plutôt une pizzeria où on boit du vin rouge. Vous aimez le vin rouge, vous ? Moi oui, beaucoup.

Il répond :

— Moi aussi, bien fort et bien épais. Avec une pizza, pourquoi pas ?

Et elle lui prend la main pour l'entraîner, puis, une fois la direction prise, la lui lâche.

Chapitre II

Il restait un quart d'heure avant le départ annoncé du TGV. Tant pis, je ne reverrais pas la dame au collier. Il me fallait remonter le grand escalier, vérifier la voie du train sur le panneau d'affichage et y aller. Pour peu que ma place soit tout au bout de la rame, il ne fallait pas perdre de temps. Je réglai mon café crème, sortis et, dans le froid et les quelques maigres flocons tourbillonnants, attaquai les marches. Une mauvaise nouvelle m'attendait sous la verrière : le panneau ne disait rien de mon train ! Le kiosque « informations » était assailli par une foule dense. Je me dirigeai vers la salle d'attente et là, coup de chance si l'on peut dire, un employé de la SNCF annonçait à une cantonade passablement énervée que le TGV en provenance de Paris et à destination de Nice, ralenti par la neige dans la vallée du Rhône, aurait au moins deux heures et demie de retard. Sinistre perspective ! Encore une heure et demie à tuer le temps dans cette glacière ! J'appelai Juston qui était censé m'attendre à la gare de Nice, il était plus que temps…

Il n'y était pas allé à la gare, pas la peine, il était au courant. Juston est toujours au courant.

— Il fait beau à Nice, me dit-il, serein. On vous attendra.

À ce moment, je ne songeais plus du tout à la dame. Elle avait fui mes pensées.

Je devais pourtant la retrouver vingt minutes avant le départ, c'est-à-dire à midi passé. Cela faisait presque trois heures de retard. Nous étions de nouveau sous la verrière. Elle était noyée dans la foule et cependant transie de froid. Je lui offris un café au bar, juste devant la voie de notre train. Elle préféra commander un chocolat chaud. Mon café était amer, je la regardais siroter sa tasse fumante, je l'enviais. Elle me raconta son dépôt de plainte et donc l'histoire du regard doux. J'imaginai la tête du flic. Mais ce ne fut pas tout. Alors que nous quittions nos tabourets, elle ajouta :

— Il y a une chose que je ne lui ai pas dite…

— Ha bon ?

— Ce jeune homme, son regard, il avait une autre particularité. Les deux yeux n'étaient pas de la même couleur. Enfin… pas tout à fait.

— C'est un sacré signe particulier, en effet. Pas vraiment bon pour un voleur à la tire, à mon avis. À sa place j'aurais choisi une autre voie… En tout cas, vous, vous êtes une grande spécialiste des regards.

— Ho, vous savez… Mais au fond vous avez peut-être raison, parce que ce n'est pas évident. Enfin, je veux dire… Il faut être attentif.

— Et vous l'êtes…

— C'est vrai. Mais peu importe, ce n'est pas l'essentiel. Ce n'est pas là que je voulais en venir, ça s'est passé comme ça, c'est tout…

Elle tergiversait. Je connaissais bien ces hésitations qui précèdent un aveu. Mais, bon Dieu, elle avait un aveu à me faire ?

Elle se lança :

— Enfin voilà, je ne l'ai pas dit au policier ! Ce n'est pas un oubli, c'était tout à fait volontaire ! Je n'ai pas eu le cœur de le lui dire. Peut-être ai-je eu tort ?

Je ne répondis rien. Je me dis que je n'avais pas à trancher, ce n'était pas mon affaire. En fait j'étais plutôt satisfait d'avoir passé sous silence ce que je faisais, je veux dire mon métier de juge d'instruction. Si j'en avais parlé, je n'aurais certainement pas eu droit à cette confidence, cette confidence qui nous rapprochait. Cette dame au collier était spontanée, pleine de charme et c'était vraiment agréable d'avoir avec elle cette conversation presque intime. Et puis elle était frigorifiée. J'aurais bien aimé la réchauffer, enfin… que nous nous réchauffions tous les deux car j'avais froid, moi aussi, à rester dans cette gare, ce palais des courants d'air, ce champ clos des aventures tronquées, ce haut lieu des rencontres fugaces et de l'attente qui n'en finit pas.

Je pris mon train, elle aussi. J'étais dans la voiture quatre, elle dans la voiture cinq. À Nice, en descendant, je ne la recherchai pas dans la foule car Juston, hélas, m'attendait sur le quai. Il était tout joyeux, Juston. C'est un type plutôt sérieux, parfois même taciturne, mais il rit volontiers de mes mésaventures. Il m'arrive de penser que c'est sa manière à lui de me témoigner son affection. Du coup je ne lui en veux pas, pas le moins du monde…

Aix-en-Provence, octobre 1987 (2)

Ils ont dîné, éclusé presque deux bouteilles de rouge, du gigondas. Elle avait choisi du Chianti mais il a insisté pour le gigondas. Il lui a gentiment reproché d'être conformiste : du chianti avec la pizza ! Elle a ri, un petit rire cristallin, rien à voir avec celui du début de la soirée. Ça l'a touché, lui, mais pas du tout de la même manière que tout à l'heure. Ils ont peu parlé, lui est resté quasiment silencieux. Elle s'est moquée des couples qui dînaient là, chacun y est passé, ils s'en sont amusés tous les deux. En partant, elle a insisté pour payer sa part.

Et les voilà à nouveau par les rues de la vieille ville. La nuit, douce encore, est tombée. Ils longent les antiques maisons bourgeoises et les hôtels aristocratiques. Elle lui a pris la main et l'a gardée. Un beau couple, dans un beau décor. Les gens se retournent sur eux. Il est plus vieux qu'elle, une dizaine d'années sûrement, ça ne choque pourtant pas.

Lui, ce type qui a toutes les raisons, y compris les moins avouables, d'être blasé se sent fier d'être, au vu de tout ce monde, la main dans la main avec une belle jeune fille. Il se souvient en effet du temps qu'il a passé dans cette ville, quelques longues années, enfermé le plus souvent au lycée militaire. Il sortait tout de même, parfois, et passait là, par ces rues et le cours Mirabeau, reluquant les filles avec discrétion. Il avait honte de sa coupe rase et de son teint blafard qui le faisaient tout de suite repérer et qui devaient provoquer des quolibets, des messes basses et des rires étouffés. Aujourd'hui, il est sûr de lui et a toutes les raisons de l'être. Il a les cheveux un peu longs, une barbe naissante, travaillée, un physique puissant encore avantagé par la coupe de son costume et un style de baroudeur, ce qu'il est en vérité. Les gens ne s'intéressent pas seulement à la fille, ils le regardent aussi, lui, spécialement les femmes, évidemment…

Ils descendent le cours Mirabeau, traversent une rue et, quelques dizaines de mètres plus loin, elle s'arrête, lève la tête et lui dit :

— Voilà, c'est là que j'habite.

Il lui met la main sur l'épaule, l'enlace ensuite et l'embrasse, elle se laisse faire puis, comme il se fait insistant, le repousse.

— Non, dit-elle. On se revoit demain soir au 2G ?

Il opine sans trop savoir pourquoi. Elle pénètre dans l'immeuble. Il se sent un peu benêt, ici, délaissé sur ce trottoir. Curieusement, il n'est pas déçu.

Il décide de rentrer à son hôtel. Chemin faisant il songe que, depuis qu'il est là, c'est-à-dire depuis dix jours, c'est la première fois qu'un événement un peu intéressant le tire de son ennui et surtout de ses soucis, de ses « états d'âme » selon le colonel.

Des vacances, tu parles ! C'est bien parce qu'on l'a forcé à prendre un congé ! Le colonel Vilquin, un fin psychologue tout compte fait, lui a dit :

— Il faut te reposer, changer d'air.

Puis, alors qu'il n'avait rien trouvé à répondre :

— C'est cette affaire Sankara qui t'a mis dans cet état !

Le colonel avait vu juste. C'était bien l'affaire Sankara qui lui avait foutu un coup de blues, l'assassinat de Sankara, une quinzaine de jours plus tôt, à Ouagadougou. Une véritable tuerie, huit morts, le tout exécuté par des troupes africaines d'élite, donc, à coup sûr formées par des officiers français. Thomas Sankara, le président Sankara, était un jeune officier, simple, désintéressé, fier et charismatique, tout le contraire de la plupart des dirigeants africains mis en place ou soutenus par la France. La Françafrique ne le tenait pas en odeur de sainteté, c'était le moins qu'on puisse dire. Il avait commencé par débaptiser son pays, jusqu'alors la Haute-Volta, pour le nommer Burkina Faso, « le pays des hommes intègres », tout un programme qui n'était pas pour convenir aux tireurs de ficelles à Paris. Il avait ensuite mené une lutte farouche contre la corruption, le nerf de la guerre des potentats africains, le carburant des barbouzes et, finalement, le vrai talon d'Achille de l'Afrique. Enfin sa politique extérieure ne plaisait pas du tout, mais alors pas du tout à la cellule africaine de la présidence française et encore moins aux alliés africains de la France qui voyait prospérer un bien mauvais exemple…

Et, bon Dieu, il avait été assassiné ! À qui profitait le crime ? C'était une question qu'on était en droit de se poser. Bien sûr, rien n'était prouvé et on voyait mal l'Élysée donner un tel ordre. Mais il se disait que la machine Françafrique marchait toute seule, faisant fi des changements politiques, qu'elle courait sur son erre comme un vieux train lancé dans une descente infernale, qu'elle agissait au besoin avec ses fonds propres et souvent pour le compte, non pas de la France politique d'aujourd'hui, mais d'une sorte de France éternelle, rêvée encore par certains, ou pour le compte de l'un ou l'autre des potentats africains en place, voire, selon les circonstances, d'une société française exploitant les richesses de l'Afrique.

Enfin… il se disait tant de choses. Il était difficile de se faire une idée, de démêler tout ça, même en étant à l'intérieur du truc. Pour le commandant Kervadec, c'était un peu le bordel et chacun semblait y trouver son compte, même ceux pour qui ce n'était pas une question d'argent ou de richesses. Lui penchait plutôt du côté de la France éternelle. Un genre de puissance tutélaire plutôt, une tutelle nécessaire. Mais de là à assassiner des gens… Et puis sur ce coup, ce n'était pas n'importe qui. Ce Sankara, il avait beau être africain, c'était un grand bonhomme, un militaire, un intellectuel aussi. Il l'avait rencontré une fois, il avait été impressionné, un type d'une classe incomparable... Lui, Kervadec, contrairement à certains de ses collègues, des racistes au fond, il l'admirait, Sankara, malgré toutes les misères qu'il faisait à la France, enfin, à une certaine France, celle de la politique et de l'argent...

S'il avait été en poste au Burkina, il s'y serait pris autrement et il aurait trouvé un terrain d'entente avec Sankara, il en était sûr. Son collègue et l'ambassadeur avaient été maladroits, ou trop gourmands. Pourtant il n'y avait pas grand-chose à gratter dans ce petit pays, l'un des plus pauvres, des plus déshérités, juste un peu d'agriculture dans les vallées et un chouia de manganèse, d'après ce qu'il en savait. Mais tout de même, une perle et une chance : Thomas Sankara. Et maintenant plus rien, une dictature sans fin, comme les autres. Et probablement l'assassin aux manettes, pour longtemps, avec la bénédiction de Paris.

Tout en remâchant ces pensées dont il n'aurait pas livré le quart au colonel, il avait répondu :

— C'est un peu trouble, non? Ça ne vous a pas posé problème à vous? Vous avez une idée précise de ce qui s'est passé? On vous a mis au parfum?

Poser de pareilles questions au colonel Vilquin, c'était gonflé et ça ne servait à rien, les réponses étaient toutes faites ; mieux, calculées. Ç'avait été un chien de guerre, comme lui, un agent de la cellule Afrique de la présidence, comme lui, un conseiller occulte de ministres ou de présidents africains, comme lui, et tous les deux avaient sacrifié leur vie au vieux pays, un sacrifice sans limite et sans retour. L'obéissance aux ordres, le colonel ne connaissait que ça. Mais en plus, étant désormais chef, il devait faire passer la pilule aux autres. Ça marchait plutôt bien, seuls quelques-uns, et c'était son cas à lui, Kervadec, pouvaient encore avoir quelques velléités intellectuelles qui les portaient au-delà du discours convenu et les amenaient à interroger leur conscience. Deviendrait-il un jour comme ce type, son chef, ce bloc de marbre duquel coulait cette source de duplicité?

— On ne m'a pas, à proprement parler, mis au courant, lui

avait dit le colonel. Mais je n'ai pas besoin de ça, je sais bien comment ça se passe, jusqu'où vont nos services et ce qu'ils s'interdisent de faire. Malheureusement, mon vieux Kervadec, on n'est jamais à l'abri des débordements de nos alliés, de nos alliés du moment, tu le sais bien. Ceux-là, on ne les choisit pas.

Chapitre III

Ce type, assis face à lui dans ce bar glacial et qui, ayant commandé deux cafés, se contentait de les attendre paisiblement, c'était un voyou. Ça ne faisait plus aucun doute pour Stanley. Voilà, ça devait arriver, un jour ou l'autre. Les jeunes comme lui, qui agissent en solo et s'en tirent plutôt bien, ça attire, un peu comme les belles putes. Stanley n'était pas né de la dernière pluie et savait ce qu'il fallait déduire des faits et des situations. Voyou, donc, mais en apparence rien de brutal, bien au contraire. Il semblait plein de bonhomie. Il aurait pu tomber plus mal, sur un de ces jeunes azimutés qui vous rackettent et vous forcent à turbiner comme un malade. Et puis, pas pressé, pas pressé du tout, le mec ! Même quand les deux cafés furent servis, il en resta là. Il se contenta de boire deux gorgées en le regardant du coin de l'œil, en l'espinchant comme on dit ici.

Du coup, Stanley attendait aussi. Qu'aurait-il pu faire d'autre ? Il regardait l'homme, mais à la dérobée. Il le détaillait. C'était un type pas très grand, mais costaud. Il avait une belle tête de Méditerranéen, les cheveux bouclés qui commençaient à se piquer de sel et une barbe naissante, beaucoup plus blanche, elle, qu'il maintenait juste rase, certainement par coquetterie, à l'italienne. Il devait plaire aux femmes. D'ailleurs, Stanley lui trouvait un air plutôt sympathique, mais il se méfiait : qu'est-ce que cela pouvait bien cacher ? Vu son âge, ç'aurait pu être son père. Son père… était-il comme ça ? Un vieux voyou ? Jusque-là, il l'avait plutôt imaginé en clochard, sans abri et alcoolique, ça justifiait son absence.

Un jour que la question des souvenirs qu'il avait de son père était venue sur le tapis et qu'il avait dépeint le personnage tel qu'il se le représentait aujourd'hui, clochard ou voyou, mais alors héroïque, madame Travers, la psychologue, lui avait dit :

— C'est important d'avoir un père, même si on ne le connaît pas. Mais toi, tu as eu la chance de le connaître, un peu. Et il t'a laissé un bon souvenir à ce que je vois. Cette gentillesse que je te connais, enfin… que je crois te connaître, elle vient de lui d'après ce que tu me racontes. Alors que tu étais tout petit, il t'a aimé, il t'a protégé, il t'a inspiré confiance. C'est ce qui t'a construit au fond. Tu n'arrives même pas à lui reprocher d'être parti, de t'avoir laissé tomber. Tu as peut-être raison d'ailleurs, qui sait comment il a disparu ?

Elle s'était bien gardée d'émettre l'hypothèse de la mort et il avait répondu :

— Alors j'ai eu de la chance d'avoir un père comme ça.

Elle avait fait une petite grimace. Ce n'était pas vraiment ce qu'elle avait voulu dire, mais enfin… Il avait poursuivi :

— Après avoir été abandonné, j'ai souvent eu de la chance avec les autres, les gens que j'ai rencontrés. Les éducateurs, les familles d'accueil, vous, les autres pensionnaires. Une chance de cocu. Je me dis que c'est une compensation…

Elle n'avait fait aucun commentaire. Elle n'avait su que penser. Il avait l'esprit fin et caustique. Un garçon vraiment intéressant, et attachant.

Aujourd'hui, face à ce type si tranquille qui lui avait fait penser à son père – allez savoir pourquoi – un voyou qui, probablement, voulait le mettre à son service, il se disait qu'il aurait pu tomber plus mal et que, voilà, d'une certaine manière, ça continuait cette chance de cocu…

— Tu t'y prends bien, sacrément bien. Je t'ai observé, dit enfin l'homme en posant sa tasse après l'avoir vidée.

— Non, justement, rétorqua Stanley, cette fois-ci j'ai merdé. Elle a réussi à m'attraper et j'ai dû la faire tomber.

— C'est vrai. Mais bon, j'ai bien vu que c'était un accident. Un truc comme ça nous arrive forcément à tous, un jour ou l'autre, des putains de jours où on devrait rester couché mais on ne le sait pas, dit l'homme.

Et il sembla songer un moment aux coups du sort qu'il avait sans doute lui-même connus.

Il reprit :

— La scoumoune, quoi. Le tout c'est d'arriver à s'en tirer et c'est ce que tu as fait. Tu es un cador, Stan !

Comme l'autre s'était tu à nouveau et que cela durait, durait… au point que ça en devenait insupportable, Stanley, n'y tenant plus :

— Vous voulez que je travaille pour vous maintenant, c'est ça ?

— Mais non, fils, juste une petite… sous-traitance.

Stanley accusa le coup. Il avait beau avoir compris que tout était écrit, il lui restait un vague espoir. L'homme qui était plus malin qu'on n'aurait pu le croire, repéra son désarroi et ajouta :

— Une fois, Stan, je n'ai besoin de toi que pour une seule fois. Un coup de main, quoi. Moi, tu comprends, je suis trop vieux pour ce genre de sport. Bien sûr, tu auras ta part. Ça te rapportera plus, crois-moi, que les clopinettes que tu vas tirer du fourgue pour le collier que tu viens de piquer !

Stanley n'avait plus envie de se faire un sac à main, plus du tout.

— Appelle-moi Ange, lui avait dit l'homme.

Ensuite, il avait commandé un autre café. Stanley, lui ne voulait rien, non merci. Le premier lui retournait déjà l'estomac. Et ils avaient attendu encore de longues minutes. L'homme, dénommé Ange – ça faisait drôle – était un silencieux ou alors un contemplatif. Stanley qui aimait à analyser les gens, ça lui avait rendu bien des services, hésitait : était-ce sa nature, était-il brut de décoffrage comme on aurait pu le penser, ou bien très fort, très malin. En dire le moins possible, c'est déjà une preuve d'intelligence, non ?

— Tes deux yeux sont pas pareils. Mauvais ça ! avait dit l'homme, soudain contrarié.

Puis, bien plus tard :

— Bon, tant pis ! On se voit demain, 11 heures, à la Samaritaine, sur le Vieux-Port, en terrasse. Et jusque-là, pas de connerie, hein !

Ça tombait bien, l'envie lui en était passée.

Et l'homme était parti, jetant négligemment un billet sur la table.

Aix-en-Provence, octobre 1987 (3)

Le lendemain, elle allait lui faire le même coup. Ils étaient en effet convenus de se retrouver aux Deux G, y prendre l'apéritif puis ensuite retourner dîner. C'est ce qu'ils avaient fait, d'une pizza, cette fois avec du chianti, pour lui faire plaisir. Une seule bouteille. La différence c'est que, pendant le repas, elle devait se moquer non seulement des autres mais aussi de lui, De ses manies et de ses tics. Il avait des manies et des tics ? On ne le lui avait jamais dit, c'était la première fois. Cette fille était déroutante, un peu folle à vrai dire. Parvenus devant chez elle, alors qu'ils avaient échangé un long baiser, pour lui encore plus troublant que la veille, elle lui dit :

— Non, pas encore, pas ce soir, demain.

— Mais, demain, je ne serai plus là.

— Alors, il faut retarder ton départ.

C'est ce qu'il avait fait, parvenant in extremis à changer son billet pour Dakar.

Le soir, aux Deux G, à peine l'apéritif terminé, elle lui a dit :

— Viens !

Elle l'a entraîné, ils sont allés chez elle, tous les deux. Il y avait une table décorée avec des tapas qu'elle avait préparées et deux bougies déjà allumées.

— Tu es un peu fada comme fille !

— C'est vrai, lui répond-elle.

— Viens, lui ordonne-t-elle à nouveau. Et ils font l'amour sur le canapé, un peu vite. Au moment où elle parvient à l'apogée de son plaisir, ce qu'il ressent confusément car il est déjà lui-même parti, elle éclate en sanglots. Il en est surpris dans sa petite mort, ému et tout chamboulé. Soudain tout lui paraît étrange, il est comme absorbé et maintenu dans un monde de sensations qu'il n'a jamais connu. Il ne ressent pas cette solitude de l'après qui lui est coutumière. Du coup, au lieu de s'éteindre comme à son habitude, il se fait caressant. *Qu'est-ce qui m'arrive* ? se dit-il alors que Margot, ses larmes à peine séchées, fait le chat, ronronnant d'aise.

Ils s'endorment ensuite sans toucher le repas qu'elle avait préparé ni même boire un verre. Ce n'était décidément pas comme ça qu'il avait imaginé cette nuit. Vers trois heures du matin, elle se coule contre lui, le réveille et le sortilège se reproduit, sauf que cette fois les prémices sont bien plus longues parce qu'il est plus généreux.

Ils mangent ensuite comme des goinfres et c'est très joyeux.

À 8 heures, il doit partir. Elle ne lui demande rien. C'est lui qui dit :

— Je reviendrai. Je ne sais pas quand mais je reviendrai.

Elle ne fait aucun commentaire, lui ouvre la porte et l'embrasse sans façon, sans chaleur non plus. Elle n'est pas triste, en tout cas elle n'en a pas l'air. Il en est déçu et, la porte refermée, il s'inquiète de cette déception. Sa dernière répartie lui paraît soudain prétentieuse, pire, ridicule, comme tirée d'une autre époque. Cette fille n'est pas du genre à jouer les Pénélope. « *Pour un baroudeur, tu es bien puéril, et puis tu dates, tu es vieux jeu, tu es vieux, tout simplement. Cette fille, Margot, est une fille de son temps, elle, une fille moderne comme on dit. Tu n'as pas manqué de t'en apercevoir et c'est justement ça qui t'a séduit. Tu es totalement incapable de la comprendre. Ce que tu recherches chez elle, c'est une nouvelle jeunesse, une jeunesse que tu n'as pas eue.* » C'est ce qu'il se dit.

Parvenu dans la rue, alors qu'il a jeté un œil sur sa montre pour organiser son départ, il revient à elle et se dit qu'elle doit déjà penser à autre chose, une autre aventure peut-être. C'est ça, c'est une jeune bourgeoise allumée, à la recherche de sensations. Pour tenter de se donner tort, il se retourne et regarde la façade de l'immeuble, mais il n'y a personne à la fenêtre. Il est désappointé. Pourtant, il sait que dès qu'il en aura l'occasion, il reviendra, pour voir, peu importe s'il est mal reçu, si elle lui ferme la porte au nez ou, accompagnée d'un autre qu'il apercevra derrière elle, elle le considère, condescendante, comme un vieil amant ridicule.

Elle est un peu folle, légère et évaporée, tout simplement. Mais émouvante, tellement émouvante. Dans l'avion qui file vers l'Afrique, il songe à cette année entière pendant laquelle il ne la verra pas, ne la joindra pas, ne lui écrira pas. Cette longue année pendant laquelle elle vivra, belle, jeune et libre, comme elle en a le droit. Il songe à l'effacement de son image à lui, comme une lente érosion. Au-dessus de la mer, des montagnes et du désert qu'aucun nuage ne lui cache tout au long de son voyage, il ressasse, il ressasse son amertume.

Chapitre IV

— Je vous l'avais dit, Juston, que Lornac le comptable était le premier étage d'une véritable fusée !

— C'est vrai, me répondit-il. Ça m'avait juste étonné mais au fond je vous ai cru, comme d'hab. Je m'y suis habitué à vos lubies, monsieur le juge, et, croyez-moi, ça fait belle lurette que je sais à peu près à quoi m'en tenir avec vous. Je dis bien « à peu près », parce que des fois…

Cet échange, c'était en partie du spectacle, du spectacle de Marseillais, pour la galerie. Et les flics de la PJ de Nice nous dévisageaient avec circonspection. Déjà, ma présence les avait surpris. Je suppose que les juges niçois ne doivent pas quitter souvent leur antre du palais de justice. Ensuite ce rapport entre Juston et moi ne correspondait pas du tout à leurs schémas. Ici, ou on était pote avec le juge ce qui était plutôt rare et source de toutes sortes de combines, ou alors on gardait soigneusement ses distances, exigence d'un côté, méfiance de l'autre. Ils connaissaient Juston, sa réputation dépassait les frontières des Bouches-du-Rhône. Il devait leur avoir filé des tuyaux car c'était un fin connaisseur du Milieu marseillais et, du coup, du Milieu en général. Mais – devaient-ils se dire – quel jeu joue-t-il avec ce mec, qu'est-ce que c'est que ce couple insolite ?

Tout le monde avait fait du bon travail, du travail pas très payant au début mais qui s'était terminé en apothéose. Ils s'étaient escrimés toute la journée à mettre sens dessus dessous les trois bureaux de la boîte. En pure perte tant que le patron absent, en visite à Monaco, n'était pas rentré.

Dès qu'il fut là je lui ordonnai de nous ouvrir le coffre. Le type, un Croate qui avait, me dit-il, pris la nationalité, ce dont je me foutais, fit feu de tout bois pour s'opposer à ma demande. Il avait conservé un accent à couper au couteau, ce dont je m'aperçus évidemment, et aussi de nombreux amis en Russie, ce qu'il me fit comprendre avec une insistance déplacée. Des amis importants, ajouta-il, tout comme en France d'ailleurs : un coup pour faire peur, physiquement, un autre pour faire craindre, pour la carrière. J'avais déjà entendu ça. Il était nerveux, très nerveux, au point que Juston s'était posté derrière lui, presque au contact et qu'un des flics de Nice avait porté sa main à son holster et la gardait là, bien au chaud.

— J'n'ai pas la clef, dit-il en désespoir de cause.

— Vous n'avez pas compris, monsieur, lui répondis-je. Je suis juge d'instruction et j'entends que ce coffre me soit ouvert. Ou vous l'ouvrez, ou je fais chercher un spécialiste et le matériel nécessaire…

Il comprit qu'il était cuit. Comme, à mon avis, c'était un ancien combattant et qu'il avait parfaitement suivi le manège des policiers, il ne bougea pas de peur d'un geste inconsidéré, mais m'indiqua un premier tiroir dans lequel je trouvais une petite clef plate puis un second, blindé celui-là, que j'ouvris et dans lequel se trouvait la clef du coffre. Je ne le montrai pas mais j'étais assez excité, tout comme mes compagnons d'ailleurs, qui ne se doutaient pas, l'instant d'avant, d'un tel scénario. L'adrénaline, à marée basse tout au long de cette journée, rompait ce soir les digues.

— Appelez la Banque de France, dis-je au flic, celui qui ne caressait pas son calibre. Qu'ils envoient deux employés et qu'ils restent en attente jusqu'à nouvel ordre.

Ça ne servait à rien, même pas à gagner du temps puisque le coffre allait être ouvert l'instant d'après. Mais ça faisait bien : prémonition ou coup de bluff, le type qui sait ce qu'il cherche et qui sait qu'il va le trouver. Juston, pas dupe, esquissa un sourire, mais les autres me semblèrent impressionnés.

Ouverture du coffre, sans un grincement ni même le bruit d'un frottement après le cliquetis de la clef, une porte qui joue à merveille, parfaitement équilibrée et qui, poussée d'un doigt léger, s'ouvre sur des billets, des liasses de billets, tous violets. Des petites piles de coupures de 500 € bien rangées les unes à côté des autres sur plusieurs étages !

On s'était assis, il fallait attendre les employés de la Banque de France pour compter. J'avais simplement dit au Serbo-Croate :

— Spécialiste du blanchiment, hein ?

Il avait imperceptiblement opiné, fataliste. Je ne lui avais rien demandé de plus. Il aurait exigé la présence de son avocat et nous serions alors partis pour la nuit.

Et maintenant que tout était fini et que les billets étaient bien au chaud dans un autre coffre, celui de la Banque de France, nous étions au commissariat à discuter un peu avant de nous séparer. Je ne sais pourquoi, mais je voulus enfoncer le clou avec Juston :

— Vous voyez Juston, j'ai bien fait de vous faire remuer les cendres.

Je lui avais en effet imposé, juste après l'incendie, de fouiller le service comptabilité de la Compagnie Phocéenne de l'Afrique Occidentale. Il s'était récrié :

— Mais c'est le boulot des gars du labo, monsieur le juge !

— Le boulot du laboratoire de police scientifique, c'est de rechercher l'origine de l'incendie et les preuves, mon bon Juston. Vous, ce que je vous demande, c'est de fouiller pour retrouver tout ce qu'il y a de lisible. Le papier, surtout en liasse, ça brûle mal…

Sans enthousiasme, il s'y était collé avec Clémentine Sibert, sa collègue qui n'était d'ailleurs pas seulement sa collègue…

C'était un boulot dégueulasse, je le reconnais. Ils avaient passé toute une journée dans cette ambiance fuligineuse et ils étaient sortis de là noirs comme les charbonniers de l'ancien temps, puants de cette odeur infecte de brûlis mouillé et refroidi. Mais ils avaient pu sauver des tas de documents intéressants que nous n'avions d'ailleurs pas fini d'exploiter et notamment des notes relatant des échanges entre la CPAO et la « Société immobilière Garibaldi », l'officine qu'on avait fourragée aujourd'hui. Par son intermédiaire, on achetait et on revendait des appartements, des villas et surtout des locaux commerciaux à Nice, à Cannes et dans toutes les Alpes-Maritimes.

Ce qui m'aurait intéressé, maintenant, ç'aurait été de connaître les noms des sociétés plus ou moins bidons qui travaillaient avec notre Croate et sa Société immobilière Garibaldi, ici, dans les Alpes-Maritimes. Un collègue niçois, je l'espérais, allait faire ce qu'il fallait pour les découvrir. Ce qui était sûr c'est qu'on ne me confierait pas cette affaire de blanchiment. C'était couru d'avance. On se méfierait. Et puis on avait une bonne excuse, ça ne se passait pas vraiment à Marseille, plutôt à Nice, non ?

N'empêche, je pouvais déjà brosser le tableau : la Société immobilière Garibaldi faisait vendre à la CPAO par une de ses boîtes jumelles un bien quelconque au prix fort, au moins le double du prix du marché. Paiement en grande partie en liquide. Ensuite, elle s'arrangeait pour le revendre pour le compte de la CPAO, cette fois au prix du marché, beaucoup moins… Bien sûr la CPAO perdait de l'argent, un paquet d'argent, mais c'était de l'argent sale et, lors de la revente, elle en récupérait moins, mais cette fois c'était de l'argent propre, lavé quoi. C'était le but de l'opération et cette opération présentait des avantages pour tout le monde.

L'argent sale, nous en avions une partie, trouvée dans le coffre, là, et l'argent lavé nous le retrouverions dans le patrimoine et la comptabilité de la CPAO, pas la peine de s'exciter. C'est ce que j'aime dans ces affaires financières, tout peut attendre, on n'est pas pressé. Un crime de sang est commis, il faut se précipiter pour récupérer l'arme en espérant que le coupable ou un autre ne l'a pas fait disparaître, tandis qu'en matière financière les pièces à conviction nous attendent, bien au chaud dans des dossiers, des cahiers, des listings, quelquefois dans la mémoire des ordinateurs. Et si ce n'est pas le cas, c'est dans ceux des banquiers, des clients ou des fournisseurs. Miracle des comptabilités croisées…

— Enfin… on tient le bon bout, dit Juston. Je vous ramène à Marseille ?

C'est ce que j'aime avec lui. Il est calme, philosophe, pas rancunier et toujours prêt à rendre service.

Chapitre V

— Mon cher Marcel, laissez-moi vous dire que vous êtes gourmand, très gourmand, insatiable, même ! dit Lusto, avec un détachement princier que dément son lourd accent.

— Mais enfin ce n'est pas pour moi, monsieur le président, vous le savez bien !

Marcel Sangin proteste mollement. Il semble las, il a vieilli. Il n'a pourtant aujourd'hui que quinze ans si l'on s'en tient à la durée effective de son existence. En fait il faut y ajouter ses années d'avant, les années Kervadec, qui sont bien plus nombreuses : du coup, ça ne lui fait pas loin de la cinquantaine. Depuis quatre ans, après une longue mais passionnante période de baroud, il est redevenu conseiller des princes africains. Un passage au Mali, un passage au Togo où il n'était pas inconnu et puis enfin ici, auprès de sa majesté Lusto, le plus gros morceau. Le Mali, ça allait. Le Togo, c'était déjà pas mal. Mais ici, c'était le summum !

Il y avait beaucoup à dire sur Marcel Sangin, du bon et du mauvais. Le bon, il ne le commentait pas, c'était un modeste. Le mauvais, il l'admettait sans plus de commentaire. Il se disait encore que c'était pour la bonne cause, dans les grandes lignes… Ce qui est sûr, c'est qu'il était désintéressé, c'était tout ce qui lui restait et il y tenait. Il pouvait à peu près tout admettre comme – pensait-on – il pouvait tout commettre, mais ça, non ! Ce qu'il avait fait, ce qu'il faisait, il ne le faisait ni ne l'avait jamais fait pour lui, jamais !

— Je sais, je sais… lui répondit le président. Quand je dis vous, c'est un pluriel, Marcel, un pluriel, ça ne vous vise pas vous, mon ami Marcel Sangin. Mais enfin, c'est vous qu'on envoie, justement parce que vous êtes un ami, un vrai. On profite de l'amitié que je vous porte ! Parce que, laissez-moi vous dire que ceux que vous servez, leur amitié, ils ont beau la faire célébrer avec tambours et trompettes, je n'y crois pas, pas un instant. D'ailleurs, dès que j'ai le dos tourné, ils changent de musique… Encore dernièrement, si j'en crois vos journaux, ils se sont permis de dire pis que pendre de mon opération de… de pacification au nord. Si je ne la mène pas, cette opération, je saute Marcel… Je saute et vous et vos amis, vous dégagez !

Marcel Sangin n'est pas convaincu, et pour cause. Il a en effet quelques discrètes accointances avec les rebelles du nord – ne pas mettre tous ses œufs dans le même panier. Mais là n'était pas la question, il dit :

— Il faut comprendre, monsieur le président, dans mon pays on est obligé, de temps à autre, de dire des choses qu'on ne pense pas. Les gens, à Paris, la plupart d'entre eux en tout cas, ne connaissent pas l'Afrique, ils n'y comprennent rien, ils croient qu'il en va chez vous comme chez eux, alors que, nous le savons, vous comme moi, ici c'est infiniment plus compliqué.

— C'est tout de même bien vous, les Européens, qui au fond avez tort, dit le président – reprenant son dada que Sangin connaissait bien et qui n'était d'ailleurs pas toujours dénué de pertinence. Non seulement vous vous prenez pour le centre du monde mais en plus pour le point culminant de la civilisation. On a rarement vu dans l'Histoire autant de prétention et d'aveuglement. Il faudrait que vos amis comprennent une fois pour toutes que, pour diriger des hommes, il a toujours fallu des chefs ! C'est une loi vieille comme l'humanité et même encore plus ancienne, Darwin m'en est témoin. D'ailleurs, en réalité, chez vous, quoi que vous en disiez, c'est du pareil au même. La démocratie n'est qu'un prétexte, ça complique les choses, ça fait perdre du temps mais, au bout du compte, il y a un chef. Sauf que, quelquefois, il faut bien l'admettre, ce n'est pas le meilleur. C'est là toute la différence.

Pour une fois, Marcel Sangin n'était pas loin d'être d'accord avec Habib Lusto, sur le principe en tout cas. Parce que précisément, ce Lusto, président à vie, là, devant lui en chair et en os, n'était pas forcément le meilleur, c'était ce qu'il s'employait à démontrer et c'était ce qu'on commençait à admettre en haut lieu. Il l'avait été sans doute à la mort de l'autre. C'est pourquoi on avait en douce, sous prétexte de ne pas s'ingérer dans les affaires intérieures, favorisé son putsch et accepté sans broncher la liquidation de son principal concurrent. On avait même constitué sa garde présidentielle avec des paras de l'ancien 11e choc, une dizaine, et aussi quelques mercenaires plus discrets, toute cette cellule française pour recruter et encadrer la troupe, composée, elle, de soldats africains.

C'est aussi pourquoi on l'avait placé lui, Marcel Sangin, à ses côtés pour servir de mentor et aussi le surveiller, bien sûr. Malheureusement il avait beau être toujours en excellent terme avec ce président devenu potentat, l'autre, s'il acceptait encore ses conseils, ne les suivait plus forcément. Ce système des cornacs mis en place depuis l'indépendance dans les anciennes colonies d'Afrique noire avait un défaut, il s'usait. C'était ce à quoi songeait Marcel Sangin avec une certaine appréhension.

— Monsieur le président, pour être chef, en France, il faut de l'argent. Tout comme ici pour le rester, d'ailleurs, osa-t-il.

Il donnait sans peine l'apparence du respect, mais il savait faire sentir qu'au fond, tout comme au début, lorsqu'ils l'avaient mis en place, c'était lui qui tenait le bâton. Le jeu était difficile, de plus en plus difficile car d'autres pays courtisaient le président qui en outre, à force d'occuper la place, prenait de l'assurance.

Autrefois c'était les pays communistes : l'Union soviétique, Cuba mais ça ne marchait pas fort pour eux. Ils étaient maladroits et parlaient trop de leurs grands principes. La lutte contre le capitalisme, l'internationale prolétarienne, le communisme et tout son train, ils s'en foutaient les potentats d'Afrique…

Aujourd'hui, toutes les puissances s'y mettaient, notamment la Chine devenue très active sur le continent. Ces gens-là faisaient, sans vergogne, miroiter des fortunes. La France devait payer, directement et par ses entreprises qui, Dieu merci, de longue date, exploitaient le pays. Gros retours sur investissements, donc. Toutes ces sommes versées sous prétexte d'aide économique rentraient dans l'escarcelle de la famille présidentielle et de son clan, pas grand-chose pour le développement du pays, pour ainsi dire rien.

Mais ce n'était pas le problème de Sangin, ce n'était plus son problème. Lui, ce qu'il voulait, tout ce à quoi il tendait désormais, c'était faire en sorte que son pays, la France, reste aux commandes de ses anciennes colonies en Afrique. Ce n'était même pas à proprement parler pour exécuter les ordres de son service, ni pour gagner sa vie, c'était son vœu, un vœu ancien, un vœu usé, un vœu élimé comme une défroque que l'on ne peut quitter sans se retrouver nu, mais un vœu qui tenait encore, tant bien que mal.

Aujourd'hui, rien d'autre ne comptait pour lui. Plus rien d'autre. Il y aurait sacrifié sa vie, mais ça ne voulait pas dire grand-chose, parce que cette vie ne valait pas tripette. D'ailleurs, en vérité, c'est ce qu'il avait déjà fait, il y a longtemps. Il avait fait une croix sur tous ceux qui lui étaient chers ce qui se réduisait à peu de monde. Certaines nuits, il est vrai, des souvenirs revenaient le hanter. Il les chassait, ce n'étaient pour lui que de vieux rêves ou des cauchemars et les personnages qui les peuplaient, sauf un peut-être, n'étaient plus, depuis longtemps, que des fantômes.

Sa repartie ne plut pas au président, mais alors pas du tout. C'était comme s'il lui avait dit : « Qui t'a fait roi ? » Un truc exact au fond, mais qui, dans le contexte actuel, était bien pire qu'une grossièreté. Carrément inadmissible !

Le président, contrarié, remâchait. Il était toujours question d'argent entre eux : les Français au pouvoir et lui ! Ils lui en versaient beaucoup, officiellement, puis, par la bande, en récupéraient une partie : échange de bons procédés ou retour d'ascenseur, on appelait ça le coup du rétro. Ils ne récupéraient pas une partie énorme, d'accord, mais tout de même... Et du liquide en plus ! Le président qui se croyait arrivé, supportait de moins en moins qu'on lui parle sur ce ton ou qu'on lui fasse sentir de qui il dépendait.

Même Marcel Sangin, ce vieux complice pour lequel il avait une réelle affection, avait intérêt à se méfier. Il en avait fait exécuter d'autres, aussi proches et pour moins que ça. Sa chance à Sangin, c'est qu'il était européen. Pourquoi d'ailleurs répugnait-on à exécuter des Européens dans cette Afrique d'aujourd'hui ? Habib Lusto qui ne se gênait pas pour éliminer le moindre gêneur, voire le moindre suspect de son entourage, pourvu qu'il soit africain, commençait à se poser la question.

En attendant d'y répondre et de résoudre ainsi ses contradictions, il lui fallait poursuivre la conversation qui menaçait de mal tourner ou, mieux encore, changer le sujet. Reprendre la main, quoi ! Ce n'était pas encore le moment de se fâcher avec les Français. Mais enfin, tout de même, il fallait leur tenir la dragée haute, exprimer des exigences à défaut de manifester son pouvoir.

— Des filles, dit-il simplement, les yeux baissés et tapotant sur le bras de son fauteuil.

On aurait dit un gamin faisant un caprice, et c'était bien ce qu'il voulait mimer. Il se voyait en dauphin exigeant un service du grand argentier. Il adorait l'histoire de France qu'il connaissait d'ailleurs fort bien, il l'avait enseignée dans sa jeunesse. La France d'aujourd'hui, les présidents, les élections et tout le reste, ça ne l'intéressait guère. Les rois, la monarchie absolue, alors là oui, mille fois oui !

— Comment ?

Il ne manquait plus que ça, songea Marcel Sangin, pris de court.

— Eh bien des femmes, quoi ! Des blondes, comme autrefois.

— C'est devenu très compliqué, monsieur le président. Je veux dire de les faire venir de Paris. Et puis, la dernière fois on s'est foutus dans la merde. Il y en a au moins deux qu'on a eu bien du mal à faire taire. Celles que vous avez un peu secouées.

— Des saintes-nitouches. Elles ont fait ça pour toucher un peu plus. D'ailleurs, elles ont obtenu ce qu'elles voulaient…

— Bon, je vais voir ce que je peux faire. Mais encore une fois, il ne faut pas compter les faire venir de Paris. Je penserais plutôt à des Ukrainiennes.

— Ha, non. Je veux des Françaises, qu'on puisse leur parler, causer un peu avec elles. On n'est pas des bêtes ! Et des jeunes, Marcel, des jeunes…

Bordel de merde, des jeunes ! se dit Sangin qui voyait bien ce que l'autre entendait par là. Des mineures en plus ! Et Françaises ! Impossible.

Il ne fait aucun commentaire. Il fallait gagner du temps. Obtenir d'abord ce qu'il était venu chercher pour les autres. Dix millions d'euros en bonnes coupures, rien que ça !

Laurent, l'aide de camp et petit cousin de Lusto, entra dans la pièce. Il était accompagné d'un homme âgé, un homme du nord qui s'agenouilla aussitôt devant le président. C'était pitoyable et cruel. Marcel Sangin se détourna et franchit le seuil d'une porte-fenêtre qui donnait sur un balcon. Il ne souhaitait pas entendre le discours du vieil homme venu sans doute plaider sa cause ou, plus certainement, celle des siens. Mais il percevait encore la complainte du vieux, cet avilissement. Il s'efforça de penser à autre chose, des souvenirs, n'importe lesquels.

Une fois de plus il vit le corps sans vie qui le hantait. Dans cette pose artificielle et un peu ridicule qui, cette nuit funeste, lui avait fait songer à un pantin. C'était la dépouille d'un homme de bien, un idéaliste. Il fallait qu'il passe la main, c'était tout ce qu'on demandait, que lui demandait la France. Il n'aurait pas dû mourir et il était mort. Une bavure.

C'était une sale affaire, la sale affaire de sa vie, celle qui avait tout changé, et pas seulement parce qu'il avait été amené à toucher du doigt la pure réalité de son engagement.

Engagement, ça pouvait paraître un bien grand mot. Et pourtant si, c'était bien ça, n'en déplaise aux cyniques et aux intellectuels, aux béni-oui-oui qui croient en la bonté de l'homme, aux angéliques, aux donneurs de leçons. Ceux-là, il ne pouvait pas les sentir. C'était véritablement ses ennemis, bien pires que ceux qu'il combattait et avait combattus.

Jusque-là, il s'était honoré de son rôle de barbouze. En secret, cela va sans dire, devant sa glace, selon l'expression consacrée. La violation de la parole donnée, les faux-semblants, la traîtrise, la dissimulation, même à l'égard de ses proches, l'ignominie parfois, tout cela il s'en serait glorifié. Il avait, lui, ce courage extrême d'aller jusqu'au bout, jusqu'à y risquer son âme et même, parfois, la perdre. Il n'était pas de ceux, la cohorte des hypocrites, qui ne veulent pas se salir les mains ni se pourrir le cœur, les fiers soldats qui se battent proprement et qui méprisent, comme tout un chacun d'ailleurs, ce qu'ils appellent les barbouzeries, les naïfs en fait, qui croient qu'une guerre ne se gagne que par de bons procédés.

C'était le colonel qui ne manquait jamais de rappeler l'histoire de Daladier à qui l'on proposait les services d'un agent atteint d'une maladie incurable et qui, habitant un appartement devant lequel passait régulièrement Hitler, avait proposé de l'assassiner avec un fusil à lunette. On n'assassine pas le chef d'un État voisin, avait répondu le président du conseil. Sangin faisait partie de la petite armée des vrais combattants que rien n'arrête pourvu que la cause soit juste. Sorte de chevaliers. Des seigneurs. Marcel Sangin était décidément de ceux-là, il en était convaincu. Convaincu jusqu'à cette nuit…

Et puis, quelques années après le meurtre de Sankara qui lui avait déjà donné à réfléchir, il y avait eu cette autre affaire avec cet autre type, un type bien lui aussi, une belle mécanique intellectuelle, admirable par certains côtés, un compagnon passionnant, fin et cultivé, soudain métamorphosé lui aussi en un pitoyable pantin. Une sale affaire, vraiment, le tournant de sa vie, l'événement à partir duquel plus rien n'avait été pareil. La rupture et la faille.

Chapitre VI

— Pour moi, un jaune. Et toi, petit ?

— Un café.

— Un café ? À cette heure-ci ?

— Oui, un café !

Ange Simeoni laissa partir le garçon avec sa commande, puis :

— Excuse-moi de te dire ça, niston, mais tu m'as pas l'air d'un type qui aime se faire plaisir.

Stanley ne répondit rien. Le garçon revint et posa le pastis ainsi que le café devant les deux hommes, et le temps passa encore. Stanley attendait. Qu'allait lui dire l'autre ?

— Tu fais que des femmes ? demanda enfin Ange Simeoni.

— Ouais.

— Parce que c'est plus facile ?

— Non, pas du tout. C'est juste parce qu'elles portent des colliers et qu'elles ont des sacs à main.

— J'aime mieux ça. Tu vois, je me demandais si t'étais pas un dégonflé. Bon, je vois que c'est pour le côté pratique alors ça va ! Voilà, parce que là, c'est un homme. Je veux dire celui dont tu vas t'occuper. Il aura pas de collier ni de sac à main, mais il portera une serviette ou une mallette, je sais pas encore et d'ailleurs on s'en fout. Il descendra du train de Paris. Je te le montrerai à ce moment-là et je te laisserai, obligé. Il faudra que tu attendes qu'il soit en haut de l'escalier roulant, juste engagé dessus. Enfin… c'est comme ça que je vois les choses. Et alors tu lui piques cette putain de serviette ou de mallette. Moi, je serai à la sortie de la gare, au dépose minute avec un scooter, tu monteras derrière et ensuite, Zoumaï !

Tout compte fait, Stanley trouva ça assez excitant. Bien plus excitant que les femmes. *En haut de l'escalier?* se dit-il, *mmmh…* Il verrait. Depuis qu'hier l'homme l'avait abordé à Saint-Charles, il se faisait du souci. La nuit précédente, il n'avait pas fermé l'œil. Et puis voilà, il l'avait retrouvé, toujours pareil, toujours aussi calme, aussi placide, aussi… spécial. Et voilà qu'il lui expliquait ce qu'il avait à faire tout simplement, comme s'il avait été un de ses professeurs de travail manuel, menuisier, maçon, de manière aussi claire et détaillée, en lui laissant tout de même son mot à dire, au cas où… Il inspirait confiance, ce type, il frimait pas, il était carré et, tout de même, il se mouillait un peu dans l'opération. Il se contentait pas de ramasser les billes. Stanley était rassuré. Il en vint à éprouver pour l'autre comme un élan de sympathie.

— On se donne rendez-vous devant la salle d'attente à neuf heures et demie. Ça nous laissera un peu de temps. Pas trop tout de même parce qu'il faudrait pas qu'on nous voie ensemble. Le moins longtemps possible.

Le malfrat se leva ensuite et entraîna le jeune homme en face, sur le quai du Vieux-Port où ils déambulèrent parmi une foule bigarrée et pas pressée. Latins, Africains, Maghrébins, indistincts au bout du compte et touristes en provenance de la France du nord et de toute l'Europe, reconnaissables, eux. Une tiédeur printanière avait remplacé le froid coupant de la veille. Ange Simeoni sortit de sa poche une petite liasse de billets de cinquante et la remit à Stanley, comme un père filant de l'argent de poche à son fils. Un père riche toutefois, car des billets, il y en avait pas mal !

— Prends un peu de bon temps, lui conseilla-t-il. C'est ce qu'il faut faire avant l'épreuve, comme disent les sportifs.

Et, après lui avoir balancé une tape amicale dans le dos, il fit demi-tour pour se diriger vers la mairie.

Stanley pénétra dans la station de métro. Il serait en retard à son cours de maçonnerie et même il arriverait après, à l'heure du déjeuner. Il s'en foutait, le professeur ne l'engueulerait même pas, c'était un brave type. Il prendrait sa place et chacun ferait comme s'il n'avait rien vu. Et plus tard, en fin d'après-midi, il avait rendez-vous avec madame Travers. Une journée pas si mauvaise que ça après tout…

Aix-en-Provence, juin 1988 (4)

Comme il se l'était promis, il était revenu à Aix huit mois plus tard. Pendant ces huit mois il n'avait guère cessé de penser à elle. Il était en poste à Lomé, au Togo. Le passé de ce petit pays n'était pas rose : son premier président, celui de l'indépendance, avait été assassiné juste après avoir tenté de quitter la sphère d'influence de la France, précisément l'avant-veille d'une signature déterminante ! Mais bon, c'était en 1963… Aujourd'hui, en 1988, le pays était dirigé par l'assassin probable, Étienne Eyadéma Gnassingbé, une présidence bien assise depuis plus de vingt ans et pour longtemps encore, à vie probablement et même, peut-être, héréditaire, il ne fallait pas se faire d'illusions…

C'était donc un pays de tout repos, pour lui en tout cas, un pays nanti d'un président peu ragoûtant, mais qui était un ancien sous-officier de l'armée française. Voilà qui, pour un conseiller militaire, mais pas seulement militaire, facilitait les choses. Rien d'exaltant, donc, l'hypocrisie avec les autorités en place, la direction occulte d'une petite équipe de renseignement dans le pays, des rapports réguliers et loyaux avec ses chefs et – donc, plus loin, plus haut —, avec la cellule Afrique de l'Élysée, et puis des fantasmes et des pensées voguant ailleurs, loin de tout ça, et encore quelques voyages éclairs à Dakar où il avait une amie bienveillante et sans exigences.

Il pénètre dans l'immeuble sans sonner car en bas c'est ouvert. C'est, dans cette ville bourgeoise et donc méfiante, un bref instant de relâchement. L'heure de l'apéritif approche. Les devantures des magasins se ferment, on entend ça et là les rideaux de fer couiner et les commerçants s'apostropher. La vigilance des uns et des autres est émoussée, tout le monde, pendant cet intermède, semble ramolli et bienveillant. À l'étage, il frappe à sa porte et elle lui ouvre. Elle le regarde sans surprise, comme s'ils s'étaient quittés quelques jours plus tôt : drôle de fille, tout de même… Elle est souriante et aussi radieuse, mais c'est sa nature.

Il cache son trouble et son bonheur, joue le jeu et lui dit :

— Si on allait prendre un Americano aux Deux G ?

— Tu as une voiture ?

— Oui, j'en ai loué une, elle est au garage de l'hôtel. Pourquoi ?

— Parce que ce soir j'ai envie de boire du blanc, avec un poisson grillé, au bord de la mer. Et que pour ça il faudrait aller à Marseille ou à Cassis.

Elle n'a donc pas changé, elle prend toujours la vie comme elle vient. Il ne l'a pas surprise, c'est ce qu'il semble en tout cas. Pas la moindre manifestation d'étonnement. Elle ne l'a pas oublié non plus. Quoique ? Peut-être l'avait-elle tout simplement rayé de la carte, mais alors rayé provisoirement ? Il réapparaît et reprend une place, tout simplement. Disparues la passion, l'émotion, enfouis les gestes et réactions étranges dont le souvenir l'avait hanté pendant ces mois d'attente. À moins qu'elle ne les dissimule ou à moins qu'il ne se soit trompé, jadis ?

Toutes ces supputations ne font pas son affaire. Il est incertain et somme toute déçu par ce pragmatisme qu'elle manifeste, même si cela rend les choses plus simples. En vérité, ce que, sans se l'avouer, il avait souhaité au plus profond de lui, c'est qu'elle se jette dans ses bras. Mais – se dit-il – et alors ? Qu'aurait-il fait de ça, qu'en aurait-il fait, putain ? Cette fille n'avait eu aucune nouvelle de lui pendant huit mois et aucun moyen d'en avoir. Il ne lui avait laissé aucune adresse, aucun numéro de téléphone, aucun indice de nature à lui permettre de chercher à le joindre ! Et lui qui aurait pu la joindre comme il l'entendait, y compris par des moyens détournés, il n'en avait rien fait ! Et voilà qu'elle le recevait aimablement, comme s'ils s'étaient quittés l'avant-veille, sans effusions, certes, mais enfin… Bon Dieu, que pouvait-il demander de plus ?

Ils se dirigent vers l'hôtel, lui, préoccupé, même s'il n'en laisse rien paraître, elle, pour ce qu'il en voit, légère et même enjouée. Les journées, à Aix, sont déjà chaudes et les soirées douces grâce à de légers courants d'air qui parcourent les rues. Ils marchent de concert mais sans se tenir la main. Il aurait bien voulu mais il n'est pas question qu'il en prenne l'initiative. Jusqu'au moment de s'enfourner dans la voiture, ils ne prononcent plus une parole.

— Marseille, dit-elle, alors la corniche, Borély, Pointe Rouge, tu continues à longer le bord de mer et, avant la madrague de Montredon, tu tourneras à droite, ça s'appelle « Chez Aldo », c'est indiqué sur la route, mais je vais surveiller. Rassure-toi, je ne vais pas m'endormir, seulement m'approcher de toi, tu vois ? Comme ça, te toucher, te palper, te sentir, me blottir tout contre, tu veux bien ?

Il veut, bon Dieu, il veut, il ne demande que ça !

Après avoir mangé et bu, fraîcheurs et saveurs, ils boivent encore, au bord de la mer, au rythme envoûtant du ressac, presque sous leurs pieds. À l'angle d'une véranda, ils font face au petit port fait de bric et de broc, charmant malgré tout, comme si souvent à Marseille où la beauté et la laideur, comme l'extrême et l'excès, sont toujours sur la corde raide. À cette saison le jour semble ne jamais pouvoir finir, le soleil refuse de tirer sa révérence et on dirait que le grand cycle de l'univers est en panne, suspendu par cette atmosphère en tout point magique. Dans le restaurant où sont attablés quelques couples, les hommes arborent curieusement des sourires niais, leurs regards se font admiratifs, presque éblouis, et les femmes ont les yeux flamboyants.

Lui, comme les autres, contemple les yeux sombres et brillants de Margot, il les contemple jusqu'à s'y noyer. Ils lui semblent d'une profondeur infinie, insondable. Il y a tant de mystère et un tel appel dans cet éclat ! Ni l'un ni l'autre ne fait le moindre geste, ils sont dans l'attente, une attente forcée, jusque-là délicieuse mais maintenant presque douloureuse pour lui. Elle parle par intermittence, un ronronnement doux et subtil. Il lui répond, mais leurs mots n'ont aucune substance au-delà de leur musique, ils ne font qu'habiter, comme pour donner le change, l'espace sonore devenu entre eux sans importance. Seul compte ce lien des regards croisés, si puissant qu'on le dirait dangereux. Et, en vérité, pour lui, il l'est. Confusément, il se sent vulnérable, éloigné de lui-même, de sa vraie vie, de sa nature. Il a la sensation d'avoir quitté sa galaxie et de voguer dans un univers inconnu. Il a ce sentiment d'un danger. C'est, se dit-il par instants, profondément ridicule.

Qui es-tu aujourd'hui, Kervadec ? songe-t-il naïvement. *Es-tu encore ce guerrier, formé par ton pays dès ton plus jeune âge, aiguisé ensuite par ton clan, l'armée, rompu enfin par l'expérience, responsable maintenant, sur une terre lointaine et étrangère, de l'avenir d'hommes et de femmes pour le meilleur et pour le pire ?* Et, en réponse à ces questions, il ressent un grand vide.

À un moment, il dit, fort, pour échapper à tout ça:

— Je suis ivre.

— Ivre de quoi? lui répond Margot, soudain souriante, comme libérée. Ce n'est pas le vin, avec le peu qu'on a bu… ou alors, c'est que tu as bien changé…

— Ivre de toi, peut-être.

— Ça, tu ne me le feras pas croire, pas encore en tout cas, tu ne m'as même pas touchée…

Cela sonne comme une boutade, un reproche ou une invite ou tout à la fois, il ne saurait dire. Il se tait et la conversation tombe. Cette allusion a détourné le cours de ses pensées. Il regarde distraitement la mer, le large. On voit le phare du Planier qui s'est allumé et, au loin, un cargo qui s'approche, de plus en plus distinct. Il songe à Margot il y a huit mois, son corps délié, sa douceur et sa fougue, sa délicatesse et sa folie et puis les sanglots. Margot la femme qui pleure, sa femme qui pleure, qui pleure pour lui, qui pleure de lui…

Lui vient alors un sentiment singulier, qu'il n'a jamais connu ou dont il n'a aucun souvenir. Il imagine Margot avec un autre, d'autres, en son absence. Il en conçoit de l'amertume et même une sorte de rage. C'est ridicule, encore. C'est une chose qui est arrivée, bien sûr, il l'a toujours pensé sans trouver à y redire, de quel droit aurait-il pu s'y opposer ? Lui-même…

Ce qu'il faudrait faire en cet instant, ce serait se lever, la prendre par la main et l'entraîner, l'emmener quelque part, dans la colline, là-haut ou au bord de la mer, un peu plus loin, l'emmener n'importe où, quelque part, tous les deux, seuls, pour se fondre. Mais il y a ce sentiment malsain qui demeure et qui le pousse à tergiverser pour parler encore, pour interroger.

— Je suis quoi pour toi, finalement ? dit-il. Un amant de passage que tu acceptes quand tu es libre ?

Elle se tait, elle a un air malicieux. Elle prend ça à la rigolade, se dit-il, agacé. Elle prend tout à la rigolade. Peut-être est-elle vraiment folle ou peut-être est-ce une manière de s'échapper ou de se protéger. Que croire ?

Puis elle finit par dire :

— Tu es mon roi et mon valet. Mon roi de cœur, le seul, et puis mon valet, parmi d'autres, lorsque tu ne sers qu'à me faire plaisir.

Il ne voulut pas entendre la fin de cette déclaration, une vraie déclaration d'amour au début. Peu lui importait le reste, après tout.

Dans la rade, le cargo illuminé, désormais tout proche, lui paraît féerique, il lui semble tout droit sorti de *E la nave va*, l'un des derniers films de Fellini qu'il a vu à Lomé, dans la rue, assis sur une chaise. Pourtant, devant lui, Margot, en attente, toujours souriante, quoique d'un sourire presque timide, n'a, Dieu merci, rien d'une héroïne fellinienne. Il se lève, lui prend la main et l'entraîne dans la nuit, fuyant la lumière.

Chapitre VII

C'était une affaire compliquée, insurmontable à en juger par l'épaisseur des trois tomes de dossier soigneusement ficelés entre eux. J'étais seul, il commençait à se faire tard. Ma nature paresseuse prenait le dessus. Je regardai ce tas rébarbatif avec circonspection : s'il y avait eu la place, je crois que j'aurais tourné autour. Je fus même tenté – c'est dire à quel point j'étais fatigué – de l'apostropher.

Les dossiers judiciaires contiennent tellement de matière humaine que quelquefois on se demande s'ils n'ont pas une âme ; une âme maléfique la plupart du temps. Pourtant, depuis le moment où, avec Juston, nous avions fait l'inventaire des avoirs de Lornac (ses comptes bancaires, son logement, sa – et en fait – ses voitures, ses loisirs récents et même le contenu de ses armoires), une voie royale s'était ouverte devant nous. C'était une méthode imparable, vieille comme le Nouveau Monde puisque ce fut celle qu'utilisèrent les incorruptibles pour faire tomber Al Capone. Elle n'était d'ailleurs pas usée, loin de là, contrairement à ce que pensaient les caciques de l'enquête à la papa ainsi que les adeptes de la religion des aveux. Et elle avait donné, comme dit Juston.

Le gars possédait une Twingo, de longue date, et s'était acheté, dix-huit mois auparavant, un 4x4 de soixante-dix mille euros. Il se faisait faire des costumes sur mesure et des gâteries par une call-girl que Juston connaissait. Juston connaît tout le monde à Marseille, et bien au-delà, c'est l'une de ses forces. Il connaît mais ne fréquente pas, m'expliqua-t-il spontanément, car en principe j'évite de lui poser des questions là-dessus.

Il m'arrive quelquefois de faire juste une petite remontrance parce je me rends compte qu'il fait preuve d'une faiblesse que j'estime coupable à l'égard de certains voyous. Il finit par leur vouer une sorte d'affection, trouble, d'après moi. Mais je comprends bien où, au bout du compte, il veut en venir. On n'a rien sans rien… Ce dont je suis sûr, c'est qu'il n'y a aucune histoire de fric derrière tout ça. Juston est un pur, un type qui se méfie de la facilité, qui a tendance à la trouver suspecte. D'ailleurs, il arrive qu'on le lui reproche, et c'est pour ça qu'il fait figure de marginal et de solitaire dans la grande maison.

Après le coup de la fortune de Lornac, j'avais orienté les recherches vers la victime de ses détournements, cette société CPAO trop laxiste pour être honnête. C'était une vieille maison, autrefois très prospère, comme il en avait existé des quantités du temps des colonies. Elle était cotée en bourse depuis longtemps, d'abord à la bourse de Marseille aujourd'hui disparue et ensuite à celle de Paris, au second marché.

À ce stade, celui de la CPAO, avec Juston nous avions eu un petit différend de l'ordre de ceux qui opposent traditionnellement les donneurs d'ordre aux mains délicates aux malheureux exécutants qui doivent se les salir. Il avait en effet fallu qu'il se les salisse, et pas seulement les mains. Il l'avait fait en binôme avec sa bien-aimée. Une chose d'ailleurs, cette relation amoureuse, qu'ils cachaient tous les deux soigneusement. Mais moi, je savais, Juston s'était confié une ou deux fois. À ce propos, passant le soir par le lieu du sinistre où, le chantier étant terminé, ils pliaient tous les deux bagages, j'avais bien vu dans le regard de mon bonhomme qu'ils envisageaient sérieusement d'aller prendre une douche ensemble. Ils en avaient bien besoin, les pauvres, et ils la méritaient. Après cette journée dans une atmosphère fuligineuse, ils étaient non seulement sales comme des bougnats, mais aussi puants.

Le lendemain, je lui avais demandé s'il avait passé une bonne soirée et il s'était mis à rougir comme un adolescent, tout au moins comme un adolescent de mon époque, et il avait baragouiné une réponse embarrassée. J'en avais déduit que mes soupçons sur son emploi du temps étaient fondés et au fond j'avais été content pour lui. Quand même, je me demandais pourquoi ce secret. Cela devait venir de Clémentine Sibert qui avait un caractère bien trempé. Pauvre Juston, malgré son tempérament qui en impressionnait plus d'un, je me demandais s'il était vraiment armé pour résister au despotisme féminin…

Notre petit différend était oublié, pas uniquement parce que sa bonne nuit était passée par là, mais aussi parce qu'en feuilletant les tas de papiers noircis dont certains, en piles, n'étaient consumés qu'aux bords, nous avions découvert quelques fragments de notes, factures de commissions et lettres parfaitement lisibles et bien intéressantes. Il y était question de la Société immobilière Garibaldi.

Qu'avait à faire la CPAO, une entreprise de commerce international, qui avait son siège établi depuis plus d'un siècle à Marseille et des succursales dans la plupart des ports d'Afrique, avec une obscure société spécialisée dans les transactions immobilières sur la Côte d'Azur ? C'était à partir de là que j'avais songé au blanchiment. D'autant que Nice est un haut lieu de ce genre de sport, réservé, comme le golf et le yachting, à une certaine frange de la population. Mais j'exagère, je suis sans nuance. Après tout il n'y a pas de mal à arpenter les aires engazonnées et pousser la balle blanche avec une canne ni à tenir la barre face au vent et à l'immensité de la mer, dans le fracas d'un moteur de trois cents chevaux, une casquette de vieux loup de mer vissée sur la tête. Toujours, on ne se refait pas, cette sacrée propension à voir le mal partout…

À Nice, Cannes, Juan-les-Pins ou Villefranche, les prix des

villas peuvent atteindre des sommets qui n'étonnent plus personne, même pas les agents du fisc. Et c'est bien ce désordre du marché qui favorise le blanchiment. La mafia russe avait été la première à l'avoir compris. À sa suite, tout le *nec plus ultra* de la crapulerie internationale s'était mis de la partie. Et puis, parce qu'il n'y a pas que l'argent de la drogue et des trafics d'armes, celui du racket, des commissions et rétrocommissions occultes, mais aussi celui qu'on veut soustraire au fisc ou qui résulte de gigantesques spéculations, notre Serbo-Croate avait dû faire pas mal d'affaires et se sentir pousser des ailes avant, pour son malheur, de voir venir à lui un petit juge de Marseille...

Je réunis les principales pièces du dossier et téléphonais au procureur pour lui rendre une petite visite. Ce n'est pas l'usage, mais là j'avais besoin d'un sésame pour aller plus loin. Et ce sésame, ça se nomme, dans notre jargon, un réquisitoire supplétif.

C'était un nouveau procureur. On en changeait assez souvent à Marseille et il y avait des hauts et des bas. Celui-là n'avait pas été imposé par le garde des Sceaux, il n'était pas copain avec le président ni avec le Premier ministre. Je déduisais cela du fait que le conseil de la magistrature avait validé sa candidature et que du coup le garde des Sceaux n'avait pas eu à passer en force comme ça arrivait régulièrement ces temps derniers.

Il avait peut-être des amis, ce nouveau procureur, mais alors à l'intérieur de la maison, et après tout il avait fait ses classes et ses preuves. Il était passé un peu partout : le Centre, le Nord, l'Est, enfin tous les purgatoires nécessaires. J'étais mal placé pour le critiquer, moi qui, au cours de ma modeste carrière, n'avais fait que traîner mes guêtres le long des golfes clairs. Il avait la cinquantaine, avait été juge d'instruction à ses débuts (à Mende !), puis avait fait une carrière de procureur, en dernier lieu à Valenciennes, sans se faire spécialement remarquer. Élégant, aimable, éloquent, ayant le sens du compromis, il me semblait faire son boulot correctement, et ses adjoints et substituts ne se plaignaient pas de lui. Il était surtout très consensuel, ce qui, pour une fois, m'arrangeait.

J'allais donc le tester. Il me reçut aimablement. Dès que sa secrétaire lui signala par téléphone mon arrivée, il jaillit de son bureau pour m'accueillir. Ça commençait bien mais ça ne signifiait rien, je ne me faisais pas d'illusions. Dans nos milieux l'hypocrisie est un art. J'eus l'impression, presque la certitude, qu'il savait où je voulais en venir et même qu'il s'attendait à ma visite. Son substitut qui connaissait l'affaire avait dû le mettre au parfum.

Au début, il me sembla un peu tendu, ennuyé par un souci. Il me fit penser au type qui aime bien faire plaisir mais qui sait que, malheureusement, là, il va être récalcitrant parce qu'il ne peut faire autrement. Mauvais augure. Il ne me restait plus que mon joker, et ce joker, c'était les feuillets noircis que j'avais collationnés dans mon petit dossier. Son substitut ne les avait pas vus, pas encore, et je m'étais bien gardé de lui en parler. Il allait lui falloir se salir les mains – moins que Juston, mais tout de même –, et j'avais une chance de l'avoir par surprise.

Il posa le dossier sur son bureau, l'ouvrit et commença sa lecture. Au début il employa la technique de la lecture rapide que nous pratiquons tous pour absorber les dizaines de kilos de documents qui nous sont soumis tous les jours. Puis il ralentit et me sembla plus concentré. On aurait dit qu'au volant d'une voiture de sport, parvenu à la fin d'une longue ligne droite, il avait soudain rétrogradé. C'était un peu ça, ce moteur intellectuel jusque-là emballé qui se mettait vraiment au travail, avec application. Il finit sa lecture laborieuse pendant que je faisais semblant de m'intéresser, regardant par la fenêtre, à un ciel d'azur où il ne passait rien, presque rien, juste, un instant, l'image fugace d'un gros gabian à la poursuite d'un malheureux pigeon.

Sa lecture terminée il fit mine de reprendre le dossier depuis le début. Je voyais bien que c'était du cinéma. Ce type était dans l'hésitation, il se donnait du temps, ou alors il ménageait ses effets. J'aurais eu mauvaise grâce à lui en vouloir puisque j'étais moi aussi un adepte de cette pratique vaniteuse. Je le laissai faire. J'étais plutôt confiant, il n'aurait pas agi ainsi s'il avait envisagé de m'opposer un refus.

— Un réquisitoire supplétif, ça ne me paraît pas très logique, dit-il. L'incendie et les abus de confiance de Lornac, ça n'a rien à voir avec les faux, les abus de biens sociaux et, peut-être, le blanchiment de la CPAO. Dans le premier cas elle est victime, dans le second elle est auteur !

— C'est exact. Mais c'est une suite logique et vous pouvez ouvrir une information distincte, ça ne me gêne pas, au contraire.

— Sauf que c'est le président qui va désigner le juge. Êtes-vous sûr qu'il va vous désigner, vous ? Vous êtes seize juges d'instruction, ici.

— Si vous lui expliquez un peu l'histoire, sans trop entrer dans le détail, je pense qu'il vous suivra. Et puis, vous savez, la plupart des collègues, les affaires financières…

— Ils ne courent pas après, je sais, je m'en suis aperçu. Bon, d'accord… Ce que j'aimerais, c'est qu'officiellement vous ne me donniez pas toutes les pièces, pas dans l'immédiat. Qu'on puisse entrevoir les faux, les abus de biens sociaux, la fraude fiscale même, mais pas encore le blanchiment. Le blanchiment, vous savez, c'est un gros mot. Un mot qui effraye tout de suite en haut lieu, je veux dire dans la sphère politique, qui va donc effrayer mon procureur général d'abord et aussi les collègues de la chancellerie et enfin le ministre, vous comprenez ?

Je comprenais, je comprenais parfaitement… et je ne pouvais pas décemment lui refuser cette petite fleur qui, pensais-je, ne me coûtait rien…

Chapitre VIII

— Qu'est-ce que tu fricotes vraiment, Stanley, tu veux me le dire ?

Stanley la regardait avec son sourire désarmant et ses yeux vairons. Il était face à la fenêtre, dans le rayon de soleil, et on voyait bien la différence de couleur, un phénomène plutôt rare. Il avait aussi une dent cassée et, aussi paradoxal que cela puisse paraître, ça lui donnait un air à la fois naïf et roublard. Mais, cette dent, on ne pouvait la voir que lorsqu'il souriait et ça ne devait pas lui arriver souvent.

Madame Travers, qui avait une longue expérience des jeunes marginaux et donc, à un moment ou à un autre, des délinquants, avait un penchant pour ce petit patient-là et, du coup, avec lui, faisait parfois preuve de faiblesse. Elle décida de ne pas insister. Peut-être se déciderait-il plus tard, un jour. Tout de même, elle qui en avait tant vu et aurait pu être blasée, elle était inquiète.

Elle avait accepté, très volontiers d'ailleurs, de le recevoir une fois par semaine. L'institution n'avait les moyens de ne payer que deux séances par mois, mais, pour les deux autres, elle avait décidé de les faire gratuitement ; surtout après que Stanley lui ait dit qu'il pourrait s'arranger lui, pour payer. Pour elle, il n'en était évidemment pas question mais, en même temps qu'elle s'était demandée où il comptait trouver cet argent, elle avait vécu ça comme une vraie preuve d'amour. Madame Travers était une vieille thérapeute expérimentée, mais pas pour autant insensible.

— Vous n'êtes pas de la police ? C'est ça le message que tu veux me faire passer ? Je sais bien – je te l'ai assez dit – que ce n'est ni le but ni l'objet de nos séances : la police fait son travail et moi je fais le mien. Mais, comme tu as voulu me voir plus souvent, je me disais que, peut-être, tu désirais me parler d'autre chose. Mais bon, tant pis, je me suis trompée, n'en parlons plus !

Stanley avait cessé de sourire. Elle avait raison, c'était vrai qu'en multipliant les séances, il cherchait autre chose que la relation imposée par son état, sa situation de jeune en difficulté, de thérapeute à patient, comme disaient les éducateurs. D'autant que, déjà, leurs rapports n'étaient plus tout à fait ceux-là. Il s'en rendait compte et elle, ça ne pouvait pas lui avoir échappé.

Mais comment exprimer ça ? Cinq ans auparavant, lorsqu'on l'avait envoyé chez elle, il avait dû plusieurs fois se faire violence pour réprimer un élan qui le poussait, au beau milieu de la séance, à se lever, à faire le tour de la table ronde qui les séparait, à l'approcher, à s'agenouiller devant son fauteuil et même – pourquoi pas ? – à mettre sa tête sur ses genoux, à se jeter ou la prendre dans ses bras ; là, il ne savait pas bien. Il n'avait jamais fait ça avec personne, juste lu dans les livres ou vu au cinéma. Tout ça à supposer qu'il puisse se lâcher, car il y a loin de la coupe aux lèvres comme elle disait souvent. Tout ça à supposer qu'il puisse se laisser aller jusqu'au bout, ce qui n'était pas vraiment envisageable.

Une fois pourtant, il avait esquissé le mouvement mais s'était arrêté à temps, contre la table, tout près d'elle. Elle l'avait regardé longuement, dans les yeux, lui avait laissé le temps de retourner à sa place, puis avait repris la conversation là où elle avait été interrompue, précisément. De la sorte, cet épisode passé et un peu honteux aurait dû devenir incertain, retourner dans les limbes. Mais ce n'était pas le cas, du moins pour lui. Il était petit à cette époque-là, c'était le tout début et il n'avait jamais recommencé. Ce genre d'élans, ce sont des pulsions d'enfance, c'est ce qu'il se disait.

Tout compte fait, aujourd'hui, ce qui l'avait poussé à la voir plus souvent, c'était à peu près du même ordre que cet élan réprimé, sauf qu'il était devenu un homme, raisonnable donc. Il n'empêche, pour lui, madame Travers était bel et bien la personne qui comptait le plus au monde, même si elle ne le savait pas. D'ailleurs, qui d'autre comptait, à part, dans ses fantasmes, celui qui n'était qu'une ombre bien qu'il eût existé, et qui, s'il était encore en vie, n'en savait rien non plus ?

Avait-elle des enfants, cette dame ? Elle devait vivre au-dessus de cette pièce qui ressemblait à un salon. Une porte mystérieuse, entre deux bibliothèques, devait donner sur un escalier montant sans doute à son appartement. Avait-elle des petits-enfants ? Il aurait bien voulu lui poser la question, mais il n'osait pas. Il les imaginait parfois, les veinards, et il leur en voulait, il était jaloux. Avait-elle un mari ou un homme ? Sûrement, concluait-il, car elle avait dû être jolie et, encore aujourd'hui, elle était bien – un peu grosse peut-être – mais à part ça merveilleuse. Cet homme-là, s'il existait, il aurait bien voulu le connaître.

C'était vrai qu'il lui cachait tout un pan de sa vie, le côté inavouable, justement. Mais comment faire autrement ? Ne lui en révéler qu'une partie, la partie qui l'aurait arrangé ? C'était compliqué, impossible même, en tout cas risqué. C'est qu'elle était sacrément futée ! Il aurait bien voulu, par exemple, lui parler de ce type, ce dénommé Ange (Ange, putain !), lui dire qu'il l'avait épaté, qu'il lui avait tapé dans l'œil. Un malfrat pourtant (comme lui, d'accord, mais enfin…). Il y avait bien à ça un motif qu'il était malheureusement incapable de débrouiller tout seul. Il aurait voulu aussi qu'elle approfondisse les raisons pour lesquelles il avait un jour décidé de voler, de se mettre en marge, et pourquoi il aimait ça, au point de se sentir plein d'affinité pour un vieux voyou qui l'avait recruté, de ressentir une vraie attirance pour lui. L'autre n'avait pourtant rien de glorieux ou d'héroïque et il n'en imposait pas par sa force ou sa violence. Ce n'était même pas un baratineur de haut vol, comme certains escrocs, il ne parlait pratiquement pas. Il n'avait rien non plus d'un type généreux. Stanley aurait parié qu'il garderait dix fois plus d'argent pour lui qu'il ne lui en donnerait pour ses bons et loyaux services. Alors quoi ? Pas moyen de voir ça avec elle. Dommage, vraiment dommage…

— Stanley ?

— Oui ?

— Tu rêves ?

— Non, non, je, je… pensais.

— Et à quoi pensais-tu ?

— À rien, rien de bien précis, j'attendais vos questions.

— Tu sais bien, depuis le temps, que mes questions ce n'est pas le principe. C'est à toi de t'exprimer. Tu dois avoir des tas de choses à me dire non ? Puisque tu as demandé à doubler le nombre de nos séances ?

— C'est que, pour être franc… C'est pas facile à dire… Voilà, en réalité, j'aime bien vous rencontrer. Je, je ne sais pas pourquoi, mais je… me sens bien ici, ça me plaît, j'ai l'impression d'être invité chez vous. La cheminée qui est là, vous devriez l'allumer, ce serait encore mieux. Et tous ces livres que vous avez dû lire, qu'est-ce qu'il y en a ! Et puis, et puis… Eh bien il y a vous qui êtes gentille…

Madame Travers ne répondit rien. Pour elle, Stanley était un vieux transfert, comme on dit dans le métier. Contrairement à ce qu'espérait le jeune homme, cette déclaration d'amour ne lui apprenait rien. Mais, tout de même, ça lui fit plaisir. Elle aussi elle l'aimait bien, son Stanley. Il y avait longtemps que ce n'était plus un client comme un autre. Raison de plus – songeait-elle – pour demeurer professionnelle, très professionnelle.

— Ce que tu recherches Stanley, c'est une figure maternelle. Parle-moi donc de ta mère, il faut y venir. Jusqu'à présent, tu n'es jamais parvenu à m'en parler un peu sérieusement. À chaque fois que j'essaye de mettre ce sujet-là sur le tapis, cette question de la maternité, tu éludes, tu t'échappes, comme tu sais si bien le faire quand ça t'arrange.

— Ma mère, elle est morte… J'aime mieux parler de mon père.

— Ton père, tu l'as à peine connu, c'est bien ce que tu m'as dit ?

— Oui, mais je m'en souviens, j'y pense souvent.

— À quoi tu penses, précisément ?

— Il m'a porté, mon père.

— Normalement, c'est la mère qui porte l'enfant, Stanley !

— Ouais, mais moi c'est mon père qui m'a porté. Enfin… C'est le souvenir que j'en ai. Il me portait sur son ventre, et moi, je ne voyais que lui. Je levais la tête et je le regardais. L'autre jour, en montant l'escalator du métro, j'ai vu, en face, dans la descente, un type qui portait son bébé comme ça, sur le ventre, et le bébé le regardait. Ça m'a fait tout drôle.

Madame Travers laissa passer un peu de temps.

Stanley était ému, plus qu'il ne l'avait jamais été, c'est ce qu'elle se dit en tout cas. C'est lui qui finit par reprendre la parole :

— Vous avez lu mon dossier ?

— Ton dossier, quel dossier ?

— Ben, mon dossier, mon dossier de l'institution.

— Ha oui, ton dossier. Mais non, pas du tout Stanley, je ne l'ai jamais vu. Moi, on m'a demandé, il y a longtemps, de te prendre en charge pour un suivi en psychothérapie et c'est tout. Je ne suis ni assistante sociale, ni éducatrice, ni enseignante, et ce n'est pas l'usage de donner à un thérapeute le dossier éducatif ou scolaire du patient. On me transmet juste, de temps à autre, un rapport sur ta conduite et ton évolution.

— Ça aurait pu vous être utile.

— Non, je ne crois pas, Stanley. Ça brouille les pistes, au contraire.

— Eh bien moi je crois que si. Nous, par exemple, ça pourrait nous aider pour la discussion. La plupart des questions que je me pose, elles doivent avoir des réponses dans le dossier, sûrement.

Madame Travers demeura pensive, puis :

— Tu n'as peut-être pas tout à fait tort. Ce qui est vrai pour les autres ne l'est pas forcément pour toi. La relation que j'ai avec toi est un peu différente de celle que j'ai avec tes camarades, du coup…

Stanley apprécia évidemment cette réflexion, cette déclaration à peine ébauchée, ça lui fit vraiment plaisir. Il avait donc, auprès de madame Travers, une place particulière. Il s'en doutait un peu. Déjà, les séances supplémentaires, gratuites en plus… mais il était content de le lui entendre dire, en substance bien sûr, mais, madame Travers, c'était comme ça qu'elle parlait, en substance, il n'y avait que ses questions, assez rares du reste, qui étaient directes.

— C'est fini pour aujourd'hui, l'entendit-il dire.

Et ce lui fut comme un rappel à la dure réalité, une douche froide.

Elle ajouta :

— Nous avons largement débordé et le suivant doit commencer à s'impatienter dans l'antichambre.

Stanley la trouva soudain sévère, comme si la petite flamme qui avait bien voulu briller entre eux avait été brutalement soufflée. Frustré, il se leva à regret, pas besoin d'être psy pour le remarquer. Il faudrait, la prochaine fois, reprendre cette conversation. La reprendre exactement au point où ils l'avaient laissée. Pendant les trois jours à venir, il ne penserait qu'à ça. Ah, non ! Pas demain, car demain il aurait d'autres chats à fouetter… C'était encore une fois les deux pans essentiels de sa vie qui alternaient, qui s'opposaient…

Aix-en-Provence, juin 1989 (5)

Il s'est embourgeoisé. Il a pris des habitudes, ou plutôt une habitude, si l'on peut dire. Il est revenu en juin, comme l'an dernier, revenu à Aix, la ville où est Margot. Il n'a pas pu s'en empêcher. Le colonel, toujours à l'affût, lui a dit :

— Alors, voilà que tu prends des vacances régulières maintenant… Tu t'es converti aux congés payés ?

Il a dit :

— Oui, pourquoi pas.

Sur le même ton, celui de la plaisanterie, et il s'est bien gardé d'en dire plus. Le colonel a insisté, sans changer de ton, lui non plus :

— Prends garde, tu t'embourgeoises… Et on renonce souvent à l'essentiel, à son idéal, quand on s'embourgeoise !

Cette fois il n'avait rien répondu, s'efforçant de sourire, mais il avait pensé : *c'est plutôt mon idéal qui est en train de me faire faux bond…*

Ces quinze jours avec Margot, l'an dernier, ç'avait été comme une plongée dans un monde d'oubli, de légèreté et de bonheur simple, un entracte paradisiaque, avec elle qu'il aimait – qu'il aime, ça, c'est une chose dont il ne doute plus –, même s'il n'y comprend rien, même si, auparavant, ce genre de choses n'avait aucun sens pour lui, même s'il les considérait avec, si ce n'était du mépris, tout au moins de la condescendance. Marc Kervadec amoureux ? Personne ne l'aurait cru, pas même lui. Dans son environnement à la fois militaire et barbouzard, il arrive que l'un ou l'autre en pince pour une fille, c'est ce que l'on dit et ça dure quelques jours, quelques mois, juste pour passer de bons moments au lit, pas plus, jamais plus, c'est dans l'ordre des choses. Il est aussi arrivé, bien entendu, qu'un homme soit « accroché », souvent par une étrangère, une autochtone, une indigène et, généralement, on le considère alors comme perdu, ou pire, on le suspecte et en temps de guerre on va même quelquefois jusqu'à l'éliminer.

Mais Margot n'est pas une indigène ou une autochtone, Marc Kervadec n'a rien laissé filtrer de sa relation et, revenu en Afrique, il a toujours pris soin de couper les ponts, s'interdisant tout contact. Pourtant, bien que ce ne soit pas elle qui ait mis le ver dans le fruit, elle n'est pas tout à fait étrangère à son évolution, celle de son état d'esprit qui excite les méninges du colonel. En fait, tout cela avait commencé avec le mystérieux meurtre de Sankara et les questions qu'il s'était posées ensuite au vu de la politique de la France en Afrique. Ce que l'on pouvait dire, c'est que ces tranches de dolce vita que lui apportait Margot lui insufflaient des bouffées de joies simples, d'humanité lucide, des bouffées pernicieuses qui avaient pour conséquence d'aggraver tout le reste.

*

La ville est toujours la même, provinciale, pittoresque et gorgée d'une jeunesse curieusement sage, chic et bourgeoise, plutôt ennuyeuse au fond. Un décor ravissant et, à l'intérieur du décor, une vie sociale sereine, comme tout droit sortie d'un de ces mauvais films américains des années soixante qui raconte, comme on sert une soupe, la vie d'une famille heureuse et bien pensante habitant un quartier coquet et sans histoires. La vie aixoise suit paisiblement son cours et tout y va pour le mieux dans un monde parmi les meilleurs qu'on puisse rêver, à condition, probablement, de ne pas soulever le charmant tapis.

Elle habite toujours le même petit appartement au centre de ce décor, à deux pas du cours Mirabeau. Il songe soudain que, si elle avait déménagé, elle n'aurait eu aucun moyen de lui en faire part et lui aucun moyen de la retrouver. Il en a un pincement au cœur. Toutefois ses craintes ne sont pas justifiées, elle est bien là et elle l'accueille aussi naturellement que la fois précédente. Simplement, elle ne dit rien.

Elle est seule, Dieu merci ! Au premier coup d'œil, tout chargé d'émotion, elle lui semble moins assurée, moins dynamique, plus vulnérable que jadis. Elle a les yeux un peu creux et les traits fatigués, ce qui la vieillit et, paradoxalement, lui donne un charme supplémentaire. Il prend cela pour des signes de maturité et il en est bouleversé. En ces instants de retrouvailles, il lui en faut peu, il serait passé sur tout ou presque. Il était tout à l'heure tellement inquiet et ému qu'en remontant le cours Mirabeau puis en gravissant les marches de l'immeuble, son cœur battait la chamade. *Quand même, pour un baroudeur, un dur, un mercenaire aiguisé, cela confine au ridicule !* avait-il pensé.

Comme elle se tait, l'ayant enlacé et le caressant de sa main libre, il se sent gêné et prend lui-même la parole :

— Je t'ai cherchée en remontant le cours Mirabeau, j'ai vérifié toutes les terrasses. Je me disais que c'était ton heure. Mais non, rien. Et brusquement, en arrivant ici, dans ta rue, je me suis dit que tu pouvais être absente, ou même partie !

— Mais non, tu vois, je savais que tu viendrais. Je ne savais pas quand, c'est tout !

Du pied, il referme la porte derrière lui et, toujours enlacés, ils se dirigent maladroitement vers le canapé. Elle s'accroche à lui, elle ne veut pas le lâcher. Il s'assied, elle le tient encore par le cou et se glisse sur ses genoux.

— Je n'y vais plus, sur le Cours. Je ne sors plus boire l'apéro. Il m'arrive de sortir, mais alors le soir, beaucoup plus tard et ailleurs… Mais quelle importance, tu es là, je te tiens, je te serre, tu es mon prisonnier, dit-elle d'une voix calme, un peu sourde, dépourvue en tout cas de l'affectation qu'il lui connaissait.

Il a la sensation de la voir et de l'entendre enfin telle qu'en elle-même, sans ce folklore qu'il lui a connu et qu'elle doit réserver désormais aux autres. Devant lui, elle a baissé les armes. Il a l'impression de la fin d'une longue conquête, une conquête achevée. Bouleversé, tout à ce soulagement, tout à cette découverte et plongé dans la perspective des quinze jours de félicité à venir, il n'attache d'importance à rien d'autre, même pas à l'annonce de ces sorties du soir, tardives et en des lieux inconnus. Il ne se rend pas compte que, pour Margot, c'est un appel, discret, timide, mais un appel tout de même. Il ne se rend pas compte qu'elle ne le renouvellera pas. Il se laisse prendre tout entier par le confort de l'instant. Il s'en souviendra plus tard, douloureusement…

Chapitre IX

Stanley, cet adolescent encapuchonné, mains au fond des poches qui, en compagnie d'un type bien plus âgé, semblait attendre un parent ou un ami au train de 9 heures, était jeune, bien sûr, mais pas pour autant né de la dernière pluie. La vraie vie, celle de la rue, de la débrouille, régie par la loi de la jungle, n'était pas un vain mot pour lui, il en avait eu une expérience précoce. Il avait malheureusement appris à pratiquer la méfiance bien plus tôt que les autres et n'était pas du genre à être dupe d'un escroc, aussi malin fût-il. Victime, peut-être, mais en tout cas pas dupe, c'était bien comme ça qu'il voyait les choses. Et puis il n'était pas con, il était même intelligent, très intelligent, dixit madame Travers qui, dans ce domaine, en connaissait un rayon.

Malencontreusement confronté à Ange Simeoni, et bien que le spécimen lui fût apparu plus insolite que dangereux, il avait exploité cette intelligence, il avait procédé à une vraie analyse et était parvenu à une conclusion assez rassurante. Ce qui surprenait chez ce type, c'était son attitude, cette sorte d'absence. Non, plutôt… pour être précis, son manque de présence, surtout dans la conversation. Voilà, c'était ça ! Cette caractéristique qui, d'un certain point de vue, aurait pu apparaître comme un signe inquiétant, révélateur d'un esprit sournois, ou encore comme la manifestation d'une riche vie intérieure, il l'avait par la suite justement attribuée à une forme d'économie, tout simplement. Le même type d'économie que développe cet animal extraordinaire qu'il avait vu dans un reportage à la télévision : le paresseux si bien nommé.

Pour le reste, il avait parfaitement compris la mentalité, l'état d'esprit et les intentions du bonhomme, tout cela n'était pas très compliqué. Le deal que l'autre lui proposait, ou plutôt, pour être exact, lui imposait, était un cas type de sous-traitance. Il appliquerait la convention collective en vigueur dans ce milieu (et d'ailleurs pas seulement dans ce milieu…), c'est-à-dire un minimum de bénéfice pour le sous-traitant qui allait faire le sale boulot – le plus dur et surtout le plus risqué – et le maximum pour lui qui avait apporté l'affaire et n'allait y participer qu'après le coup de feu.

Pour autant, selon Stanley, quelque chose clochait. On aurait dit que le type manquait d'enthousiasme, que le truc lui était imposé à lui aussi, ou plus exactement qu'il n'avait pas besoin de faire ce boulot et qu'il ne s'y était résolu que pour des raisons obscures n'ayant rien à voir avec l'appât du gain. Or, en toute logique, l'appât du gain aurait dû être pour lui le nerf de la guerre. Mystère…

Il avait beaucoup réfléchi à tout ça, gambergé même ; mais bon, de toute façon, il n'avait pas eu le choix et voilà qu'il était là, avec Ange, comme un père et un fils attendant un fils/frère ou une fille/sœur devant les voies encore désertes du TGV en provenance de Paris.

Le train entra en gare sans que les deux hommes aient échangé un mot ni modifié leur attitude. Les voyageurs commencèrent à descendre, tous pressés, le virus parisien sans doute. Ça ne durerait pas.

— Le voilà, dit Ange. C'est le mec au costume gris, avec la parka ouverte et l'écharpe blanche.

C'était un homme à qui Stanley aurait donné une cinquantaine d'années mais qui devait être plus jeune. Quoi qu'il en soit un vieux pour Stanley, petit et presque chauve, mais sans l'embonpoint qui commence souvent à naître et même à prospérer à cet âge. Un nerveux, se dit Ange avec une pointe d'inquiétude, il aurait préféré un obèse. Le type, dès qu'il eût posé le pied sur le quai, sortit maladroitement une cigarette de sa poche de veste et, pour ce faire, dut placer sa mallette entre ses genoux. *Dommage,* songea Stanley, *ç'aurait été le moment ou jamais…*

— Coup de chance, Stan, un fumeur, un vrai, un accro, chuchota Ange à l'oreille de Stanley. Tu vas voir, il va aller boire un café pour mieux se régaler de sa clope et peut-être même de la suivante. Toi, ça va te permettre de le calculer et moi ça va me donner le temps de me placer avec le scoot. Allez, *vamos, buena suerte y hasta luego*, Stan !

C'était de l'espagnol et ça devait être un encouragement. Voilà tout ce que comprit Stanley et finalement ça lui suffit. Il en fut même content, il se sentit l'âme d'un coéquipier et se dit que, pour une fois, Ange Simeoni faisait preuve de dynamisme et que, bonne Mère, il avait choisi le bon moment.

Ange Simeoni s'éclipsa. Lui s'éloigna un peu, mine de rien, pour pouvoir se placer derrière le type et le pister. Il se mit à respirer plus vite et son cœur se mit à battre, du moins commença-t-il à se manifester, car d'ordinaire il ne l'entendait pas. Putain que c'était flippant et bon à la fois !

Le mec fit le tour d'une sorte de stand où l'on servait les petits déjeuners, juste en face du McDo. Il s'approcha du bar. Il ne s'assiérait donc pas. Stanley aurait préféré. L'autre écrasa sa cigarette par terre et, bien que fumer fût interdit dans l'enceinte de la gare, en sortit une autre en commandant son café. Personne ne lui dit rien. On n'y fit même pas attention.

Stanley s'était rapproché, il était maintenant à deux pas, presque au contact.

Pour allumer sa seconde clope le type plaça à nouveau sa mallette entre ses jambes, ce devait être une habitude, une mauvaise habitude, parce que :

Banzaï !

Stanley courait maintenant à toutes jambes vers la sortie qui donnait sur le dépose minute. Il tenait la mallette à hauteur de sa poitrine, tout contre lui, comme un joueur de rugby allant à l'essai. Il savait que l'autre ne pourrait le rattraper mais il l'entendit crier « Au voleur ! » ou quelque chose du même genre, il n'aurait su dire, ce n'était pas ça qui lui importait. Ce qui l'inquiétait, c'était la réaction des gens. La plupart du temps, ils le regardaient passer avec une mine ahurie ou demeuraient sans réaction ou encore s'écartaient comme s'il était le diable en personne. Mais il était déjà arrivé qu'un homme, par altruisme, goût de la chasse, ou simplement envie de se rendre intéressant, tente de l'arrêter ou de le courser. En fait, ça lui était arrivé deux fois et il en avait facilement réchappé.

Mais parfois la chance tourne et un obstacle inattendu surgit, et justement, là, devant lui, à une dizaine de mètres, se tenait, jambes écartées, un colosse décidé, semblait-il, à faire du zèle. Par chance il était athlétique, certes, mais lourd. Stanley amorça un crochet vers la gauche, le colosse pencha du côté indiqué, prêt à bondir. Stanley balança alors à droite, au dernier moment, réalisant un superbe contre-pied qui mit le colosse dans le vent. Plus d'obstacle à l'horizon et, droit devant, le scooter qui ronflait. Il sauta derrière Ange comme un cow-boy pressé enfourchant sa monture. Son cul avait à peine touché la selle que l'engin s'arrachait au bitume.

En bas de la gare, juste avant de se mêler au flux des voitures, Ange lui fit passer un casque. Bien vu, il n'aurait plus manqué qu'un flic les sifflât ! Ange Simeoni conduisait bien sa machine, c'était un motard aguerri qui respectait scrupuleusement la signalisation et le code de la route. Pour Stanley, cette course à travers les rues, derrière ce type qu'il avait enlacé sans façon après avoir placé la précieuse mallette entre eux deux, c'était une sorte de Nirvana. Encore un coup réussi, se disait-il, un coup délicat pourtant, et pas tout seul. En équipe cette fois !

Chapitre X

Je pliai le journal, pris le téléphone et appelai Juston.

— Juston ?

— Oui, monsieur le juge.

— Je viens de lire un article dans *La Provence* : on y apprend qu'un membre du cabinet du ministre de l'Intérieur s'est fait arracher sa mallette à Saint-Charles. Vous l'avez vu ?

— Non, pas encore lu le journal. On n'en a qu'un pour toute la brigade…

— Pas grave, vous le regarderez plus tard… Entre nous, pour ce qu'il y a dedans ! Enfin… sauf aujourd'hui, cette histoire… Voilà, après avoir lu ça, mon vieux Juston, j'ai fait des rapprochements !

— Ah ! fit Juston avec la réserve agaçante dont il faisait preuve dans ces cas-là.

— Oui, le premier fait, c'est un vol à l'arraché dont j'ai presque été le témoin le jour où j'attendais le TGV et où vous-même m'attendiez à Nice. Vous me suivez ? L'auteur est à chaque fois un jeune homme à capuche…

Il ne se manifesta pas, sauf, justement, par un silence lourd de sens, de peur probablement de se montrer désobligeant. Je le cherchais un peu, je le reconnais, avec cette manière de présenter les choses.

—… Le premier rapprochement, c'est avec notre affaire Lornac-CPAO.

— Ah bon, vous êtes saisi d'une affaire CPAO ?

Il dit cela d'une manière sarcastique qui ne lui était pas coutumière, en tout cas avec moi. Je vis bien que le début de la conversation l'avait contrarié.

— Non, pas encore, mentis-je, j'attends le moment propice pour aller voir le proc et, là-dessus, je suis optimiste. Avec tous les éléments qu'on a, il ne pourra pas me refuser ça. Déjà, le volet niçois m'a échappé et je n'ai pas fait de difficulté ! Donc, Juston, examinons le deuxième rapprochement : mallette, argent liquide, membre d'un cabinet ministériel…

Il y eut encore un silence du même tonneau que le précédent, puis :

— Monsieur le juge, sauf votre respect (J'adorais cette formule qui lui était familière et cela bien qu'elle ne laissât jamais présager rien de bon) et pour être vraiment franc avec vous si vous le permettez, vous devriez écrire des romans…

— J'y songe, Juston, j'y songe, à la retraite… Mais enfin, soyez juste, il est tout de même arrivé plusieurs fois que mes intuitions, ou mon imagination débordante si vous préférez, ouvrent la voie à autre chose que des romans et que…

Il m'interrompit pour se reprendre :

— Je vois ce que vous voulez dire. Mais, monsieur le juge, les fois dont vous parlez et où, honnêtement, je dois dire que vous m'avez scotché, c'était autre chose : vous aviez du biscuit, des éléments quoi. Vous ne procédiez pas à des… des…

— Déductions hasardeuses ?

— Oui, c'est ça, des déductions hasardeuses, si vous voulez.

— Écoutez, Juston, je vois que, ce matin, vous êtes mal luné. Je vais donc juste vous demander de vous intéresser discrètement à cette affaire. Cette histoire de vol à l'arraché de la mallette du loufiat du ministre. Soyez gentil de me faire part de vos découvertes. D'accord ?

— Je vais voir…

— OK. Salut, Juston.

— Bonne journée, monsieur le juge.

Chapitre XI

En bas, la rue était vide, sauf, toutes les deux minutes, une sentinelle qui, appliquant les consignes, s'y hasardait brièvement, jetant un œil blasé alentour. Ce devait être une véritable fournaise. Lui, sur son balcon, il était protégé par un store mais il transpirait et sa chemise lui collait à la peau.

Il ressassait. Toujours la même chose, la même scène. C'était bien des années auparavant. C'était à ses débuts. Pour la première fois, il devait agir seul au plus haut niveau et cornaquer lui-même un de ces présidents africains. Il avait déjà vu faire des camarades, des chefs en réalité, mais il n'avait jamais été lui-même aux manettes, et en solo.

Au tout début de ce qu'on pourrait appeler sa période d'apprentissage, lorsqu'il assistait de loin à tout ça, on l'avait fait passer pour un simple officier, une sorte de mercenaire encadrant les fameuses gardes présidentielles. Il venait d'ailleurs du 11e choc, il y avait été lieutenant en des temps lointains, mais dépendait depuis longtemps de la DGSE, plus ou moins officiellement, car avec la DGSE où était la limite ? Quand dépassait-on les bornes de l'officiel ? Quand passait-on du statut de soldat à celui d'agent, de mercenaire ou de franc-tireur, sans parler évidemment des « honorables correspondants » ?

Pour ce grand baptême, on lui avait dit qu'il avait de la chance et, pour ce qu'il en savait, il en était convenu. Il tombait bien, pas sur un dictateur en herbe, comme souvent. Ce type, un médecin qui avait fait ses études à Paris puis le début de sa carrière dans un grand hôpital, était en fait adulé par ses concitoyens. Son prédécesseur l'avait d'ailleurs collé deux fois en tôle, alors même qu'il ne briguait rien et n'avait d'autre ambition que de soigner les gens dans son pays et, si possible, d'y organiser un système de santé un peu convenable. Du coup, il était populaire et c'était pour ça que l'autre, le précédent, reclus, méfiant, craignant jusqu'à son ombre, l'avait, par deux fois, fait emprisonner.

Marc Kervadec, chef de bataillon dans les paras à l'origine, mais dépendant de la DGSE, avait donc été placé à ces deux titres aux côtés de ce nouveau président, un président régulièrement élu pour une fois. Il était officiellement conseiller militaire mais, pour les services français, bras droit occulte, ce dont le président et son entourage n'étaient évidemment pas dupes. Marc Kervadec avait rencontré un homme direct et amical avec lequel il n'avait pas été nécessaire de finasser. L'autre avait parfaitement compris pourquoi il était là et que ses prétendus conseils n'iraient a priori que dans le sens des intérêts français.

Pour autant, il avait joué le jeu, il lui avait expliqué que la France (en fait surtout les Français, individus et associations non gouvernementales) pouvait être utile à son pays, qu'il la connaissait bien, la France, qu'il était nourri de sa culture et qu'il avait même un penchant pour elle. Cette dernière expression, à la fois franche et mesurée, était allée droit au cœur de Kervadec. Au fil de leur collaboration, il avait trouvé le personnage admirable et s'en était tout bonnement entiché. Ça n'allait pas tout à fait dans le sens de sa mission bien qu'il en eût, lui, une conception différente et bien plus profonde que celle de ses chefs.

Le président Soumaré, Cyrille Soumaré, était à la tête d'un pays pauvre, parmi les plus pauvres d'Afrique. Il en était bien conscient et savait aussi qu'il ne pourrait véritablement changer le cours des choses. Les céréales, les bananiers, les palmiers, les arbres à bois exotiques ne poussent pas dans les rochers, le sable sec et les cailloux ; creuser des puits coûtait cher et acheter des pompes plus cher encore, sans compter la recherche de l'eau, singulièrement aléatoire.

Mais Cyrille Soumaré, philosophe, se disait que cette pauvreté c'était aussi ce qui avait sauvé ses concitoyens des guerres si fréquentes ici et de la barbarie ordinaire. En vérité, pour un pays africain, être riche était une malédiction. Ici, pauvreté signifiait sauvegarde, et richesse désolation, telles étaient les deux équations. Enfin… cette pauvreté n'était que l'une des causes qui avaient permis d'épargner les habitants de son pays, ce pays immense mais en grande partie désertique. L'équation exacte était : pas de richesse dans le sol et le sous-sol, des frontières à peu près cohérentes, peu de convoitise de la part des voisins, le tout conduisant à la tranquillité. Trois conditions nécessaires mais pas suffisantes pour élaborer un théorème. Dommage, ç'aurait été bien : le théorème de Soumaré. Ça aurait peut-être permis de faire prendre au sérieux l'homme africain, permis de contredire en passant ceux qui prétendraient plus tard que cet homme-là n'est pas suffisamment entré dans l'histoire.

Cyrille Soumaré rêvait volontiers. C'était un scientifique et il rêvait. Il ne voyait pas là de contradiction. À l'encontre de son théorème, le découpage des frontières par les pays colonisateurs était aberrant, irrattrapable, quasiment toujours : comme si ces puissances tutélaires, ayant seulement fait mine de partir, avaient posé des jalons, des bornes fixes et immuables. Le sous-sol pouvait toujours receler des richesses encore ignorées. Et puis il y avait les raisons – au fait, la raison avait-elle sa place là-dedans ? – les incontournables raisons stratégiques et géopolitiques : laisser partir à vau-l'eau une ancienne colonie aurait effrayé les autres. Et enfin il y avait les ambitions, les croyances, les doctrines et la folie des hommes. Pas de quoi être optimiste et le président Soumaré ne l'était pas, pas vraiment.

Il n'était d'ailleurs pas non plus satisfait de son sort.

Contrairement à tous les autres présidents de son continent – souvent des présidents à vie, pas comme lui – non seulement il n'avait pas une âme de dictateur, mais il n'avait jamais vraiment souhaité parvenir au pouvoir. Ça s'était fait malgré lui. À défaut d'avoir sous la main un quelconque chef de clan, la France l'avait voulu, lui, pour diriger son pays – après la destitution de l'autre. Comment résister ? C'était ou lui ou le chaos, un peu comme avait dit le général de Gaulle à propos de la France, en des temps pas si lointains. Pour lui, à titre personnel, le choix était simple, prendre la tête de son pays ou bien retourner avec femme et enfants à Paris où l'hôpital Lariboisière le reprendrait volontiers malgré ses douze années d'absence. Il avait pris la décision de rester : après tout c'était sa terre, celle de ses ancêtres, et puis il espérait un jour ou l'autre, plus tard, soigner, exercer à nouveau la médecine, c'était sa vocation. Exercer ici et pas ailleurs, car c'était là où on en avait besoin.

*

Le lieutenant-colonel Marc Kervadec, désormais Marcel Sangin, tout à ses pensées, finit par se rendre compte qu'on n'entendait plus de bruit de conversation dans la pièce. Laurent, le neveu, devait avoir quitté les lieux avec le vieil infortuné. Il décida de chasser le docteur Soumaré de ses pensées. Ça ne lui disait pourtant rien de rentrer retrouver la trombine de Lusto : la comparaison avec Soumaré n'était pas flatteuse, c'était le moins qu'il puisse en dire… Il s'accorda quelques secondes encore, s'accouda à la rambarde et regarda ses mains. Des mains sales. Pour les bonnes causes il fallait bien que certains se salissent les mains, il le croyait toujours, malgré tout. Encore devait-il s'agir d'une bonne cause… Et de ça, en était-il bien sûr ?

— Marcel ?

Ce n'était pas un appel autoritaire ni même impératif sur le ton qu'employait Lusto avec les serviteurs de sa maison, les militaires et même sa famille et son clan. C'était plutôt amical, presque doux. Le président Lusto, versatile et changeant comme un caméléon, était revenu à de meilleurs sentiments. Avec le vieil homme à qui il avait dû tout refuser et qu'il avait sûrement, en prime, fait jeter en prison, il avait obtenu, tel un vampire qui a sa dose de sang, son comptant de cruauté. Il était maintenant calme, bienveillant, enjoué presque.

— Ah, Marcel, mon ami, je me demandais où vous étiez passé. Vous preniez l'air ?

— Oui, c'est ça, monsieur, je prenais l'air.

Marcel Sangin était soudain écœuré de l'amitié que lui manifestait Habib Lusto, d'autant plus écœuré qu'à ce moment précis il se rendait compte à quel point elle était sincère, à géométrie variable, certes, mais indiscutablement sincère. *Celui-là* – se dit-il en songeant au docteur Soumaré dont il ignorerait toujours s'il l'avait honoré de son amitié – *en cas de besoin, je ne lui ferais aucun cadeau, s'il le faut j'y mettrais mes propres mains et, pour le coup, je n'en aurais aucun remords !*

— Bon, Marcel, ils demandent à nouveau dix millions, c'est ça ? Alors qu'il y a moins d'une semaine il en est parti autant par la valise diplomatique ? Où sont-ils donc ces dix premiers millions ?

— D'abord, monsieur le président, si je puis me permettre, nous étions convenus de vingt millions en deux fois, pour sécuriser les envois, donc il n'y a aucune surprise, répondit Sangin qui pensait : putain, il fait l'âne pour manger du foin ! Et pour ce qui est de la destination exacte, je n'en sais rien, strictement rien. Je pense seulement qu'ils ne commettent pas la bêtise de déposer l'argent directement à la banque, qu'il doit y avoir un circuit, par une société quelconque, ou même plusieurs. Le blanchiment, ça nécessite des procédés compliqués, vous le savez mieux que personne, et ça coûte cher, on y laisse des plumes au passage, ça aussi vous vous en doutez. Au bout du compte, ce qui restera après tous ces frais, à mon avis ça va servir à financer la prochaine campagne présidentielle et puis la suivante, la législative.

— On ne me fera pas croire qu'ils n'en ramassent pas un paquet pour eux, qu'ils n'en profitent pas pour se faire les couilles en or, conclut le président Lusto, résigné mais grincheux.

Il pensait à son appartement de l'avenue Foch à Paris, à son château en Sologne, à sa villa au cap Ferrat qu'on lui reprochait régulièrement à mots plus ou moins couverts. Des donneurs de leçons qui feraient mieux de se regarder le cul !

Marc Kervadec alias Marcel Sangin lisait dans les pensées du président Habib Lusto. Il y lisait comme dans un livre ouvert et au fond il n'était pas loin de penser comme lui, à peu de chose près.

Chapitre XII

C'était moi qui avais rappelé Juston. Ce n'était pas de l'impatience, ce n'était pas non plus pour lui forcer la main ni encore moins pour le relancer, car j'étais sûr qu'il avait d'ores et déjà fait le job, cette petite recherche sur le vol à l'arraché de la mallette à Saint-Charles. S'il ne m'avait pas appelé lui-même, c'est qu'il devait se sentir gêné aux entournures et donc que j'avais vu juste. Il n'était pas pressé de faire amende honorable, tout simplement. Je pouvais le comprendre et ce n'était pas la première fois que j'étais amené à ménager sa susceptibilité.

Oui, bien sûr, nous pouvions nous voir, me répondit-il avec une voix basse et faisant celui qui est occupé mais, par délicatesse, répugne à le dire, genre : « je suis en réunion » ou « nous sommes en plein interrogatoire ». Mais moi, je savais qu'il n'en était rien. Dans ces cas-là, il me dit juste : « Un instant ! », et quitte la pièce pour rejoindre un couloir où il peut parler plus à son aise. Pour un flic en société, l'appel d'un juge c'est une très bonne excuse pour s'éclipser et personne ne trouve à y redire.

Soucieux d'épargner son amour-propre, je ne lui demandai pas de se déballonner tout de suite, comme ça, au téléphone. J'avais bien compris qu'il ne le souhaitait pas et, de mon côté, je ne voulais pas le froisser, pas le moins du monde.

— On pourrait déjeuner ensemble ? lui proposai-je.

— J'ai pas beaucoup de temps aujourd'hui. Je pourrai peut-être faire une pause entre midi et deux, mais alors juste une petite heure, pas assez pour aller jusqu'au palais et manger un morceau dans le coin.

— Eh bien, Juston, pas de problème. Je vais traverser le Vieux-Port à la nage et on se retrouve au « J », place de Lenche, à midi et demie. De votre bureau à l'Évêché, vous y êtes en deux minutes.

— Ça roule, monsieur le juge.

Et je vis par là qu'il avait repéré et apprécié ma délicatesse. Enfin… c'est ce qu'il me sembla.

Et voilà que nous nous trouvions maintenant face à face devant deux assiettes de pastas à l'encre de seiche et une bouteille de blanc de Cassis. Encore fidèle à ma ligne de conduite (mais il commençait à me courir…), je le laissai siroter son verre de blanc en guise d'apéritif et de remontant.

Lorsqu'il eut posé son verre, regardé son assiette, déplié sa serviette et qu'il se fût essuyé la bouche qui n'en avait nul besoin, estimant cette fois que toutes ces simagrées avaient assez duré, je lui dis :

— Alors, Juston ?

— Alors… voilà, vous n'aviez pas… tout à fait tort. Rien n'est sûr à cent pour cent, loin de là, mais bon, la manière dont se passent les choses… laisse à penser… que, peut-être…

— Bon Dieu, accouchez, Juston !

— Reprenons par le début…

Bon sang, il allait me faire le coup du gendarme qui, au garde à vous, rend compte par le détail à son supérieur. Il me l'avait déjà fait, et je connaissais la chanson. Je suis un type zen, je l'ai maintes fois prouvé, spécialement avec lui, et il aurait dû s'en souvenir, le salopard. Là aussi j'avais été super cool et, dans son for intérieur, il aurait dû m'en être reconnaissant. Je commençais à perdre patience.

— Si vous voulez bien, lui dis-je d'un ton sec et sans appel, épargnez-moi le reste et commencez par la plainte du type à la mallette. Un membre du cabinet du ministre de l'Intérieur, si je ne m'abuse ?

— Un conseiller technique ou chef de cabinet, oui.

— Et alors, qu'est-ce qu'il raconte ?

— En fait, il aurait bien voulu ne pas déposer plainte, c'est ce que l'enquêteur m'a dit. Mais tout ça avait fait du bruit dans la gare, il y avait des tas de témoins dont deux ou trois, chose rare comme vous savez, qui voulaient absolument déposer. Donc le type, tout conseiller technique du ministre de l'Intérieur qu'il soit, ne pouvait pas y couper, il a fini par le comprendre.

— Voilà, Juston, un premier élément, cette curieuse réserve, qui corrobore ma théorie de la mallette au trésor. Et que dit notre homme sur le contenu de cette fameuse mallette ?

— Pas grand-chose. Des papiers sur lesquels il comptait travailler pendant son séjour à Marseille. Il dit qu'à part le contretemps ce n'est pas grave, il a les doubles dans son bureau au ministère. L'enquêteur m'a fait les confidences qu'on se fait entre collègues. Il pense que son attitude démentait ses paroles, il avait l'air très, très emmerdé et particulièrement nerveux.

— Bon, mais, ces soi-disant papiers, il en avait tout de même besoin pour sa mission à Marseille. Qui devait-il rencontrer, le préfet, le préfet de police, des élus, des flics ?

— Il ne devait rencontrer personne. C'était un voyage privé à ce qu'il a dit. Il avait réservé une chambre au Sofitel pour le soir même et devait rentrer à Paris le lendemain.

— Un voyage privé ? Avec la mallette et des papiers ? N'importe quoi ! J'espère que vous lui avez mis le nez dans son caca.

— Ce n'est pas moi qui l'entendais, monsieur !

— Oui, enfin… Je veux dire, j'espère qu'on lui a mis le nez dans son caca.

— C'était difficile, l'enquêteur avait affaire à un gros bonnet du ministère et puis le contrôleur général est passé vite fait pour dire que monsieur le conseiller était très occupé et, plus carrément, qu'il fallait lui foutre la paix. C'est pour ça que je n'ai que les impressions de l'enquêteur qui, entre nous, est un brave type, et pas con.

Les pastas refroidissaient et Juston, à juste titre, leur avait jeté à plusieurs reprises un regard désolé. Je me tus, piquai la fourchette et commençai à la tourner. Il m'imita avec un mélange de soulagement et d'enthousiasme.

Quand il eut fini ses pâtes et saucé consciencieusement son assiette, il reprit la parole :

— Tiens, dit-il, hier j'ai interrogé un jeune des quartiers Nord que j'avais envoyé à votre femme. À cette époque, il était à la dérive, complètement jeté. Il avait bien besoin qu'on lui resserre les boulons.

— Et alors, il a remis ça ? répondis-je distraitement. Je vois que ça n'a pas servi à grand-chose.

Ma curiosité était tout de même aiguisée par cette nouvelle qui allait me permettre, en cas de besoin, de titiller Billie sur l'efficacité aléatoire de sa psychothérapie.

— Remis ça, c'est beaucoup dire. Il est simplement complice d'un trafic de cartes de crédit, rien de bien méchant en ce qui le concerne. Mais je vous rassure, il allait beaucoup mieux sur le plan psychologique. Elle a obtenu un résultat impressionnant, parole !

Juston aime bien Billie et n'hésite pas, quand ça l'arrange, à exploiter les dissensions qui nous opposent, enfin… les tensions inévitables qu'on retrouve, je pense, dans presque tous les couples et dont il a connaissance parce que j'ai la faiblesse de trop parler. Je trouvais ça assez mesquin, mais bon…

— Bref, Juston, revenons à nos moutons voulez-vous ? Notre homme a-t-il demandé qu'on remue ciel et terre pour retrouver son bien et les voleurs ?

— Pas vraiment, il a simplement réclamé la copie de tous les témoignages, le signalement des types et tous les éléments qu'on pouvait avoir en laissant entendre qu'avec ça il allait actionner une cellule d'enquête relevant directement du ministère, à Paris.

— Ah oui, bon Dieu ! À Paris où on fait tout mieux

qu'ailleurs et où on a surtout la main sur les enquêteurs ce qui permet de réagir en cas d'excès de zèle. Réaction intéressante, très intéressante ! « Ne vous mêlez pas de mes affaires, je m'en charge » en quelque sorte.

— C'est ce que je pense aussi.

— Ha, content de vous voir revenir à de meilleurs sentiments ! Dites-moi, où il est allé ensuite ? Directement à sa chambre d'hôtel ?

— Non, il est rentré tout de suite à Paris, par le premier TGV. Enfin… C'est ce qu'il avait l'intention de faire d'après ses dires. On ne l'a pas fait suivre…

— Si nous pensons bien et je crois que c'est le cas, notre bonhomme va se faire remonter les bretelles. Il devait y avoir un paquet de fric dans cette mallette.

— Ouais, si nous pensons bien…

Finalement, me dis-je, Juston n'est pas toujours beau joueur.

Aix-en-Provence, juin 1990 (6)

Marc Kervadec remonte le cours Mirabeau, comme l'année précédente et encore celle d'avant. Il est nerveux et inquiet, comme l'année précédente et celle d'avant: retrouvera-t-il Margot ? En un an de silence et d'ignorance, il peut s'en passer des choses…

Pourtant son inquiétude devrait être moins aiguë que l'an dernier car il ne doute plus de l'amour de Margot. Il est son roi de cœur, elle le lui a dit à nouveau et le lui a prouvé, même si au fond, elle est un peu folle, et peut-être justement pour ça. Margot partie avec un autre, il n'y croit pas. Serait-il trop sûr de lui ? Il ne le pense pas, vraiment pas. Mais les mauvaises surprises de la vie sont d'une variété infinie, il le sait. Il doit donc s'attendre à tout.

Tiens, pour conjurer le mauvais sort, il est prêt à concéder un contretemps. Son absence et un petit mot sur la porte, puisqu'elle sait qu'il revient tous les ans à cette période de l'année. Un petit mot expliquant cette absence, disant qu'elle n'est pas là mais qu'elle revient demain, après-demain ou même, allez… dans trois jours. Il accorde au destin trois jours d'attente, trois jours perdus en échange d'une bonne nouvelle, l'existence, la présence et l'amour de Margot. Il regarde les terrasses des cafés du Cours, sans conviction, puisqu'elle lui a dit, l'an dernier, qu'elle ne les fréquentait plus. D'ailleurs, qu'avait-elle ajouté ? Ha oui, qu'elle allait ailleurs, le soir. Mais, comme il s'en foutait ou plutôt qu'il ne voulait pas trop savoir, il n'avait pas insisté.

Et si elle n'était pas là, sans autre explication, où la chercherait-il ? Bon Dieu, il ne savait pas où elle allait, le soir ! Il aurait dû tirer ça au clair, comme elle l'y invitait, aujourd'hui ça lui paraissait évident. Quel con ! Bon, elle lui avait tout de même donné les coordonnées de ses parents, leur numéro de téléphone, au cas où… Il l'avait appris par cœur. Il fallait qu'il se présente comme étant Grégoire. Grégoire, c'était un sésame. C'était le prénom d'un jeune prof qui lui avait miraculeusement permis d'obtenir son bac. Ses parents le vénéraient, paraît-il, bien qu'ils ne l'aient jamais vu.

Il parvient au pied de son immeuble. Il sonne. Pas de réponse. Il insiste, rien ! Il ne sait que faire. Un voisin arrive sur ces entrefaites. Un vieux type sympathique qui l'a vu avec elle l'année précédente, ils avaient échangé quelques mots. Il le reconnaît, une chance. Il lui explique qu'il va chez Margot, l'autre le laisse entrer. Sur la porte palière il n'y a pas le petit mot qu'il espérait. Le destin n'a pas voulu lui accorder sa clémence.

Il glisse une page déchirée de son carnet sous la porte – *je suis là, je te cherche* –, il redescend et traîne dans la rue plus d'une heure. Il surveille, s'excite dès qu'au loin il voit se profiler une silhouette qui pourrait être celle de Margot. Il est neuf heures du soir. Les gens vont finir par se demander ce qu'il fout là. Il décide de partir et de repasser toutes les heures. C'est ce qu'il fait. Il marche dans la ville, boit des coups, mange un sandwich et tue le temps. À cinq heures du matin l'appartement demeure toujours sourd à ses appels. Il n'y a vu aucune lumière. À 7 heures, rien de nouveau. Il va boire un café sur le Cours, revient, se rend compte que tout cela ne sert à rien, décide de rentrer à son hôtel pour se reposer un peu et réfléchir après cette nuit blanche.

Que faire ? Il ne veut appeler les parents qu'en dernière extrémité. Elle ne lui a jamais parlé d'eux, ou si peu, juste pour en dire du mal. Ils doivent être de drôles de citoyens ! Il décide d'attendre et de repasser le soir. Il se couche et dort par intermittence. Il se lève vers deux heures de l'après-midi, décidé à aller manger un morceau. N'y tenant plus, il repasse devant l'immeuble, sonne, pas de résultat.

Le lendemain soir, malgré un siège assidu, il n'est pas plus avancé. L'angoisse le prend, qu'a-t-il pu se passer ? Il a bien imaginé interroger le voisin, mais il ne l'a pas revu. Et puis, si le vieux avait su quelque chose, il lui en aurait parlé l'avant-veille. Il se morfond dans sa chambre d'hôtel, une belle chambre au Roi René où il aurait bien aimé amener Margot. Ils y auraient passé une ou deux nuits avant de partir pour un périple vers l'Italie ou vers l'Espagne cette fois, à l'aventure. Il décroche le téléphone.

Une voix de femme, une voix sévère. Ce doit être la mère. Il se présente – Grégoire, un ancien prof de Margot. *Vous êtes sa mère, enchanté, je la cherche, elle ne semble pas être chez elle*… La femme dont la voix s'était radoucie après la présentation – Grégoire, c'était bien un sésame – redevient sèche et péremptoire :

— Nous ne voulons plus entendre parler de Margot. On paye son loyer et ses factures, par devoir, uniquement. Elle a fait des choses… Enfin, tout cela l'a menée à l'hôpital, dans un service fermé où, paraît-il, on la soigne… Mais, monsieur… Grégoire, il y a des choses qui ne se soignent pas, si vous voyez ce que je veux dire… Elle est malade d'accord, mais elle s'est rendue malade, elle est totalement responsable de son état et de bien d'autres choses d'ailleurs. On ne veut plus avoir de rapports avec elle. On a d'autres enfants, plus jeunes qu'elle et qui font leur chemin, eux, malgré tout, malgré l'exemple de leur sœur. On n'est pas de mauvais parents, on paye. La note d'hôpital, ce sera pour nous, enfin, je veux dire… tout ce que la sécu ne prendra pas en charge. Vous voyez, on fait le maximum, avec tous les ennuis qu'elle nous a causés… Le nom de l'hôpital ? Édouard Toulouse, à Marseille. Si on peut lui rendre visite ? Ça, je ne sais pas, sans doute, sans doute. Et puis, il y a autre chose, autre chose que je ne peux pas vous dire, le comble en fait. Si elle veut, elle vous le dira. C'est à elle d'en parler, ce n'est pas à nous de le faire. Mais nous trinquons là encore, c'est nous qui payons la note !

Marc Kervadec préfère couper court à ce discours qui l'écœure, il en sait assez. D'ailleurs, après cette révélation sibylline, la femme semble n'avoir plus rien à dire. Elle a vidé son sac, sauf à répondre à des questions qu'elle souhaite entendre mais qui ne viendront pas. On se dit au revoir et puis merci, et on raccroche.

Chapitre XIII

Après cette équipée au départ de la gare Saint-Charles, Stanley se retrouva dans l'appartement du Panier, face à Marie-Lou, la femme de Simeoni qui, les mains sur les hanches – c'était assez gênant – l'envisageait avec curiosité. L'appartement était modeste, coquet, quoique d'une coquetterie un peu excessive, genre chalet autrichien, et on s'y sentait en sécurité. Elle avait servi un café à son homme et à lui un cappuccino. Ce n'était pas véritablement ce qu'il avait demandé mais elle avait insisté. Elle avait commandé par correspondance l'appareil ad hoc, venait d'en recevoir livraison, et son homme ne buvant que du café noir sans sucre, ce qui était assez frustrant, elle avait vu là l'occasion rêvée d'expérimenter l'objet.

Stanley sentait confusément – et il en était d'autant plus intimidé – que cette invitation dans l'antre du malfrat, en présence de sa femme, avait quelque chose d'exceptionnel. Une sacrée marque de confiance !

Avant de venir, ils avaient laissé le scooter dans un box boulevard des Dames. Ange Simeoni avait dit qu'il en changerait les plaques, le maquillerait un chouïa et irait un soir le déposer quelque part dans les quartiers Nord. Ainsi, il était sûr que l'engin ne ferait pas de vieux os ou que, plus précisément, ses os s'éparpilleraient à travers le vaste monde, un peu comme des reliques. Ensuite, au lieu de donner l'ordre de dispersion, ce qui aurait évidemment été une sage précaution, il l'avait entraîné ici, chez lui.

Ange quitta la pièce avec la mallette.

Stanley, de plus en plus intimidé, regardait Marie-Lou à la dérobée. Cette femme, bien vivante, un peu trop même, semblait en revanche atteinte de mutisme. Il aurait pu être convaincu de cette infirmité si elle ne lui avait proposé, quelques instants plus tôt, l'œil pétillant, le fameux cappuccino. En dehors de ça, rien, même pas bonjour. Un baiser gourmand à son homme, un signe de tête pour lui et puis l'attente.

De nouvelles ? De consignes ? D'ordres même ? Ou plus simplement de la suite des événements ? Pour l'instant, il semblait qu'il était le maître de la suite des événements selon Marie-Lou. Elle posait sur lui un regard paisible mais vigilant. Comment allait-il réagir au cappuccino ? Il songea à nouveau que bien qu'elle soit quasiment muette, elle avait une sacrée présence. Ample et bien foutue, gracieuse aussi, une grâce naturelle, troublante en vérité. Elle constituait probablement, pour autant qu'il puisse en juger, l'idéal de la femme de voyou. D'une beauté tapageuse, elle était, l'air de rien, naturellement provocante mais, évidemment, intouchable…

Du coup, songeait Stanley, ce n'était pas seulement son manque de conversation – après tout, elle n'avait peut-être pas grand-chose à dire – qui mettait mal à l'aise, C'était autre chose, des choses auxquelles un très jeune homme est particulièrement sensible.

Ange réapparut. Il était souriant, satisfait, en fait soulagé. Avant de s'attaquer à son café, il posa brièvement une main légère sur la croupe de Marie-Lou puis vint donner deux tapes dans le dos de son jeune complice qui, décidément embarrassé, lui demanda, plus pour dire quelque chose que par véritable curiosité :

— Il y a quoi dans la mallette ?

— Je ne l'ai pas ouverte, répondit Ange. Elle est fermée à clef et c'est eux qui vont forcer la serrure, normal !

Puis, après un temps d'arrêt :

— Je sais ce qu'il y a dedans, mais pas combien. Un sacré gros paquet sûrement.

Il n'y avait rien à répondre à ça, juste noter que c'était une sacrée confidence. C'était donc le moment, pour Stanley, de boire une gorgée, enfin… de déguster son cappuccino. Il ne manqua pas d'exprimer sa satisfaction. D'ailleurs, il trouva ça bon.

C'était le signe qu'attendait Marie-Lou. Satisfaite, elle fit un demi-tour très élaboré et quelques pas du même tonneau pour s'éloigner. Putain, ça tanguait, ça tanguait… Cette femme devait, à la longue, finir par vous foutre le mal de mer ou pire encore. Stanley en eut, un instant, le souffle coupé.

— Maintenant, il faut plus que tu traînes en ville et surtout pas du côté de la gare, Stan, dit Ange Simeoni qui semblait trouver parfaitement naturelles l'attitude et les manières de sa femme.

Il ajouta :

— Et pour un bon moment !

Il alla ensuite ouvrir un placard et en sortit une enveloppe en papier kraft particulièrement rebondie. Il la tendit à Stanley. Marie-Lou semblait être ailleurs.

— Ça va te permettre de tenir. C'est des billets de cinquante. C'est plus facile à écouler. Tu te tiens à carreau, Stan, bordel, plus rien ! Plus rien avant que je te donne le feu vert. Si ça dure un peu longtemps, je t'en filerai d'autres, une rallonge, je me démerderai.

Puis, après réflexion :

— Si tu veux pas perdre la main, collègue, ce que je peux comprendre, il faudra faire ça loin d'ici, à Paris par exemple. La gare de Lyon, à Paris, c'est un bon terrain de manœuvre. Il y a plusieurs bons coins, plusieurs étages, un moulon de monde…

Et encore :

— Mets-toi au vert, Stan. Voyage un peu, maintenant tu as ce qu'il faut…

Après qu'Ange Simeoni lui eût expliqué les moyens alambiqués pour reprendre contact : numéros de portables bidons, cafés de simple passage ou de repérage et autres ficelles, le malfrat se leva, donna une longue accolade au jeune homme qui, lui, n'osa pas embrasser Marie-Lou. Il aurait pourtant préféré… Elle s'était aussi levée, lui prit la main, la lui serra et l'attira vers elle, jusqu'à le toucher, mais rien de plus. La main de Marie-Lou lui avait semblé brûlante et son corps frémissant. Sensations troubles, impressions, simples impressions, sûrement.

Il prit la porte, rougissant et le souffle un peu court.

Marseille, juin 1990 (7)

La chambre donne une impression de profond dénuement, comme une cellule de moine telle que se l'imagine Marc Kervadec, sauf que l'environnement n'est pas de pierre. Le plafond est taché. La pluie a dû s'infiltrer sous les tuiles un jour de tempête et on a laissé comme ça. Il reste une forme monstrueuse pour peu qu'on ait tendance à voir la vie en noir ce qui, ici, doit être fréquent. Le carrelage est gris mais parfaitement nettoyé. Les murs, blanc cassé, s'écaillent. Il y a juste un lit et rien d'autre, sauf la chaise qu'on l'a autorisé à amener du couloir pour s'asseoir, tout de même. Margot est allongée sur le lit.

Elle porte une chemise de nuit blanche à manches courtes, elle est pâle et amaigrie, sa peau est diaphane. Malgré tout il la trouve plus belle et émouvante que jamais, une beauté simple à vous couper le souffle. Il est intimidé, lui, l'homme des pires situations. Pour se donner une contenance, il pose sa chaise devant lui et s'assied à califourchon. Il ne l'a pas approchée, pas embrassée, pas touchée. Il l'envisage, simplement, de toute la ferveur de son regard.

Elle s'attend à des reproches. Les reproches, maintenant, elle ne connaît que ça. Elle-même… Mais il dit :

— Je suis allé te voir. Tu n'étais pas là. Je t'ai cherchée et voilà, je suis content de t'avoir trouvée.

Elle lui ouvre les bras et, bousculant la chaise qu'il rattrape au vol et remet sur ses pieds, il vient à elle.

On toque à la porte, ils se séparent vivement et le médecin traitant entre dans la chambre. C'est une femme d'une soixantaine d'années, lourde et charpentée, souriante. Elle dit, s'adressant à Kervadec :

— Je ne suis pas opposée à votre proposition. De toute façon pas avant trois jours, il faut la préparer, changer son traitement parce que là, elle est un peu… dans les vapes, si vous voyez ce que je veux dire, et je ne pense pas que vous vouliez emmener un zombie. Mais il y a certaines conditions, des conditions impératives…

La psychiatre, en prononçant ces derniers mots, a abandonné son sourire. Elle poursuit :

— Il faudrait que vous vous engagiez à rester constamment avec elle. Et puis il faudrait aussi que vous soyez installé. La chambre d'hôtel dont vous m'avez parlé, c'est très bien, mais ça ne fera pas l'affaire parce que…

Elle se ravise devant sa mine perplexe et, se tournant vers Margot :

— Margot, vous ne lui en avez pas parlé ?

Margot répond :

— Non… pas encore… je n'ai encore rien dit… pas eu le temps.

Ce sont les premiers mots qu'elle prononce et Kervadec se rend compte que sa diction est hésitante, pâteuse, que ses paroles semblent avoir un mal infini à franchir ses lèvres. Il regarde la psychiatre qui dit, comme pour s'excuser :

— Ce sont les médicaments. Pas moyen de faire autrement pour la sevrer en douceur. Mais si elle est accompagnée, comblée par la présence de ceux qu'elle aime, le traitement peut être très allégé. Je vous laisse, Margot, je vous laisse vous expliquer, je reviens dans un quart d'heure.

Elle sort de la chambre, elle paraît gênée, la gêne de quelqu'un qui aurait commis un impair, qui aurait mis les pieds dans le plat. Elle n'est plus du tout souriante, elle a un air sévère.

La porte se referme et Margot, le visage tourné vers la fenêtre, s'explique.

Il semble à Kervadec que tout s'effondre autour de lui, le plafond taché avec cette forme monstrueuse et les murs écaillés aussi.

Chapitre XIV

Édouard Duverdon arborait, le mot n'est pas trop fort, ce qu'on nomme couramment une tête de circonstance. Cette circonstance aurait pu être un décès dans sa famille, mais alors pas la famille proche, un cousin éloigné par exemple, à l'enterrement duquel il aurait assisté par devoir, pour respecter les convenances. Pas douloureux donc, plutôt consterné, simplement ennuyé d'être là, énervé aussi, comme furieux, même si cela, il faisait tout pour le dissimuler. Un énervement qui pouvait lui être naturel après tout. Il m'était difficile, ne l'ayant jamais vu auparavant, de me prononcer là-dessus. Il y a des natures comme ça, agitées, toujours sur la brèche, ce qui, à mon avis, est mauvais pour la santé. C'est ce que j'aurais pu lui dire, mais après tout je n'étais pas son médecin. Enfin, pour conclure là-dessus, de manière familière, cursive et sans risque d'être contredit, on pouvait affirmer qu'il tirait la gueule.

C'était un type de trente-cinq ans, un petit blond soigné à la peau pâle et fragile. Il était salement attaqué par la calvitie et donnait à voir, de manière constante je suppose, un air sérieux et responsable, ce qui contribuait à le vieillir. C'était un pur produit de notre École nationale d'administration. Lui, comme bien d'autres, avait dédaigné l'administration proprement dite et fait le choix de la politique. Il portait donc un costume bleu foncé et une cravate bleu clair, couleur des conservateurs, je suppose. Je n'avais pas vu ses chaussures mais elles devaient être noires et d'un classicisme confondant. Chef de cabinet du ministre de l'Intérieur, il pouvait espérer, à cet âge, devenir lui-même secrétaire d'État ou ministre vers la quarantaine si la droite se maintenait au pouvoir, ou un peu plus tard si, chassée, elle y revenait par la suite en vertu du principe de l'alternance.

De multiples pensées devaient s'agiter dans sa tête. C'est généralement ce qui se passe chez les gens qui ont le malheur d'occuper cette place, juste devant moi, de l'autre côté de mon bureau. Une tempête sous le crâne de ces gens, assis sur ce siège, aujourd'hui un fauteuil quelconque, que l'on nommait jadis, en des temps où la justice était plus expéditive, la sellette.

Dans ses phases pessimistes, il devait se dire qu'il s'était fait poisser, selon l'expression récente d'un de ses amis politiques à propos d'un ancien ministre surpris au Maroc en compagnie de très jeunes garçons dans un lieu interlope. Il devait se dire tout de même que sa situation, bien moins déshonorante, n'était pas désespérée, loin de là. Il n'avait été convoqué qu'en qualité de témoin, qui plus est de manière assez acrobatique selon lui, par un juge qui ne manquait pas d'air.

La droite a tendance à considérer les juges comme de simples fonctionnaires. L'indépendance de la justice, c'est un truc qu'elle n'a jamais réussi à admettre. Certains types de gauche aussi qui, à tout bout de champ, mettent en avant la sacro-sainte raison d'État. Enfin… tout ça mélangé, brassé, remâché, devait être la cause de son énervement, mais pas seulement à mon avis.

Madame Del Castillo, ma greffière, préparait les documents de manière méthodique, me laissant le loisir de le détailler. Je le regardai à la dérobée, ce qu'il ne faisait pas lui-même, le regard fixé sur un point situé quelque part au-dessus de ma tête. Son genou droit était affecté d'un tremblement que tentait d'atténuer sa main. Il s'efforçait de paraître lointain et blasé mais en fait il ne faisait aucun doute que la fameuse tempête inhérente à ce triangle des Bermudes faisait rage sous son crâne dégarni. Il « marinait », comme dit Juston.

Je lui fis prêter le serment des témoins et il fit semblant de prendre ça au sérieux, puis :

— Vous avez été victime, à la gare Saint-Charles, d'un vol à l'arraché. Le vol d'une mallette, c'est exact ?

Il contre-attaqua immédiatement. Il avait préparé sa première répartie :

— Je ne vois pas le rapport avec l'affaire dont vous êtes saisi. Une affaire d'incendie volontaire, de détournements et je ne sais quoi d'autre, contre le comptable d'une société de commerce. C'est ce qui ressort de ma convocation en tout cas.

Il me fallait le remettre à sa place (« d'équerre », aurait dit Juston dont les méthodes sont, naturellement, un peu plus abruptes). Dommage, j'avais envisagé une audition tout en douceur…

— Monsieur Duverdon, il faut que vous compreniez qu'ici, c'est la personne qui occupe ma place, le juge, qui pose les questions. Il n'est certainement pas là pour se justifier. Par ailleurs, je vous rappelle, ce qui devrait vous rassurer, que vous n'êtes pas le moins du monde en accusation, que vous êtes entendu comme témoin et que, de ce fait, vous êtes censé ne pas connaître le dossier. J'ai tendance à douter de ce dernier point bien sûr, puisque le ministre de la Justice peut se faire communiquer la procédure par le parquet et que le ministre de l'Intérieur dispose, s'il le désire, de la copie des procès-verbaux de police. Vous ne me ferez pas croire, je le dis en passant, que votre ministre et son collègue vous ont privé de ces informations. Mais, si vous le voulez bien, faisons comme si… Je réitère donc ma question.

Sa main droite se faisait plus lourde sur son genou, elle en était blanchie. Tout en haut, en revanche, ça bouillait.

— Eh bien, en effet, on m'a arraché, à la gare Saint-Charles, ma mallette. Je m'en suis expliqué en détail lors de mon dépôt de plainte.

— En détail ? Pas tout à fait, monsieur Duverdon. Vous

n'avez pas indiqué, de façon précise en tout cas, le contenu de cette mallette.

Il tiqua. Il répondit vite, trop vite:

— Mais si, des documents, des documents de travail.

Je laissai passer.

— Quel était l'objet de votre visite à Marseille ?

— Je devais rencontrer le préfet de police et un adjoint au maire, l'adjoint à la sécurité. Ces derniers temps, je ne sais pas si vous êtes au courant, il y a eu des meurtres en série à Marseille, des règlements de comptes. Je voulais me renseigner sur tout ça, la situation était préoccupante, elle l'est toujours d'ailleurs, et le ministre s'en inquiétait. C'était une visite informelle, pour préparer celle du ministre qui ne devrait pas tarder.

Ça n'avait rien à voir avec la déclaration qu'il avait faite, sur ce point au flic qui l'avait entendu, il commençait à perdre les pédales. Je laissai filer.

— Vous les avez effectivement rencontrés ?

— Non, ce vol a complètement modifié mes projets.

— Cependant, vous n'êtes pas rentré immédiatement à Paris.

— Non, effectivement. J'ai passé la nuit ici, au Sofitel où j'avais réservé, enfin… où était réservée une chambre.

— Vous avez rencontré d'autres personnes ?

Il tiqua à nouveau, cette fois de manière évidente. Sa main quitta son genou et il la passa sur son visage. Il transpirait. Il ne répondit pas tout de suite. Il dut réfléchir. Il pouvait difficilement mentir sur ce point. Une bonne enquête pouvait le mettre en porte-à-faux. Marseille n'est pas Paris, ici tout finit par se savoir… Il comprit qu'il devait dire la vérité, tout au moins sur ce point précis, sous peine d'être, un jour prochain, confronté à ses contradictions. Il était coincé.

— J'ai déjeuné au restaurant « Une table au sud », sur le Vieux-Port, avec monsieur… monsieur Desramets, un ami.

— Monsieur Duverdon, je suis obligé d'interrompre cette audition. Il se trouve que monsieur Desramets est le président-directeur général de la société Compagnie Phocéenne de l'Afrique Occidentale, la CPAO, celle-là même qui a été victime de l'incendie volontaire et des détournements objets de mon information. Cette coïncidence est troublante, elle ne veut peut-être rien dire, mais on n'est jamais assez prudent, vous comprenez. Je ne voudrais pas que, par la suite, il apparaisse que j'ai bafoué vos droits, et puis, je le confesse, je ne voudrais pas non plus que mon instruction soit annulée pour vice de procédure. La loi impose en effet que vous soyez désormais, d'une manière ou d'une autre, assisté d'un avocat.

II était pâle, bien plus pâle que sa complexion ne le justifiait. Cette fois, il transpirait à grosses gouttes. Il laissait maintenant libre cours aux tremblements dont était affectée sa jambe droite. Il ne bouillait plus, n'était plus vindicatif du tout, ne semblait plus m'en vouloir de quelque manière que ce soit. Sa vindicte devait maintenant être dirigée contre son ministre, les chefs de son parti et toux ceux qui l'avaient convaincu de rendre ce petit service tout à fait anodin et sans risque, cette opération, banale en apparence et qui avait mal tourné, qui tournait même pour lui au cauchemar. D'autant qu'on lui reprochait déjà, depuis le début et je suppose avec véhémence, sa négligence qui avait été la cause de la disparition d'un véritable pactole et qu'on se foutait bien de ses petits problèmes personnels.

Il devait être revenu à de plus humbles sentiments, se dire qu'il n'était qu'un jeune fonctionnaire appelé provisoirement à de hautes fonctions, qui avait exécuté les ordres de son chef, le ministre, et simplement conclure de tout ça quelque chose comme : bordel de merde, qu'ai-je été faire dans cette galère ?

Il signa le procès-verbal sans même le relire comme je l'y invitai pourtant. Sa signature, une signature de chef de cabinet ministériel tout de même, n'était pas assurée, pas du tout. On aurait dit le paraphe tremblé d'un vieillard, et madame Del Castillo la considéra avec une certaine réprobation, comme si elle était incongrue, fausse ou affectée d'une grossière faute d'orthographe.

Marseille, juin 1990 (8)

Kervadec est satisfait, pas heureux, satisfait seulement. Il a fait ce qu'il fallait. S'il s'était dérobé, ce qui aurait été logique et, selon lui, plutôt légitime, il s'en serait quand même voulu toute sa vie. Il ne nage donc pas dans le bonheur, comme les années précédentes avec Margot, il a seulement recouvré un semblant de sérénité et c'est déjà pas mal…

Il a trouvé un appartement meublé à Marseille, au vallon des Auffes, à la fois en ville et au bord de la mer, un joli appartement au premier étage d'une petite maison. Il l'a loué pour une douzaine de jours. Il y a une chambre où est installé le bébé et, eux, ils couchent dans une belle pièce qui donne sur une terrasse surplombant le petit port. Ce n'est pas du tout ce dont il avait rêvé et cette situation a pour lui un côté profondément ridicule. Mais il se dit que cela aurait pu être pire. Il se laisse aller à la douceur de vivre, il s'y efforce. Par moments il a hâte que cette parenthèse, totalement incongrue, prenne fin.

La psychiatre avait raison, Margot est beaucoup mieux, elle a encore un traitement mais elle semble normale, juste un peu nonchalante. Kervadec ne trouve pas ça désagréable. Il n'est plus dans la passion, il est toujours amoureux d'elle, mais il est déçu. En fait, il la croyait très forte et il constate qu'elle n'a pas été capable de résister à cette saloperie. Et puis il n'est pas fait pour les amours communes, c'est un violent au fond. Il est ancré dans l'aventure. L'aventure, c'est sa vie. Elle, elle est heureuse. C'est assez curieux de la voir tant investir dans ce petit être dont personne, pas même elle, n'a souhaité la venue. Le nourrisson doit le sentir car il est sage, dormeur et méditatif. Lui, Kervadec, n'en est pas jaloux, simplement curieux, un peu. Il lui arrive de le prendre, de le porter dans son dos ou sur son ventre tandis qu'ils se baladent au bord de la mer ou dans la colline, au long des sentiers qu'ils empruntent pour de longues promenades. Ça lui rappelle le crapahut, ou, non, quelque chose de plus paisible comme les marches de survie qu'on leur faisait faire jadis à l'école militaire puis à Saint-Cyr, sauf que la charge est légère et qu'il ne porte pas d'arme. Il est en dehors du temps. Il se demande ce qu'il fout là. Parfois il s'ennuie, mais, curieusement, c'est un ennui bienvenu, de ceux qui vous reposent du poids de la vie. Il se dit que, tout compte fait, ce sont de bons moments.

Un jour qu'ils sont assis sur un rocher, dans le courant d'air au faîte d'un col surplombant le massif des calanques, elle dit, à propos de l'enfant qu'elle protège des rafales :

— Il est si fragile, le moindre coup de vent lui coupe le souffle.

Puis, de manière tout aussi anodine :

— Il n'est pas de toi.

Lui, qui contemple le panorama sublime, répond :

— Tant mieux !

Il s'est efforcé d'adopter le même ton qu'elle. Il garde l'œil fixé sur la côte, en contrebas, une côte profondément pénétrée par l'azur de la mer, cisaillée comme par des lames.

Ensuite, il se lève, lui présente le petit sac confortable dans son dos, un véritable nid, dans lequel elle installe le nourrisson, toujours aussi placide.

Ils savent que, dans deux jours, il faudra se séparer de lui, le remettre à la famille d'accueil, pour Margot réintégrer l'hôpital et pour lui, Kervadec, prendre l'air et rejoindre l'Afrique. Il éprouve de l'amertume mais aussi un certain soulagement.

Chapitre XV

Aucun observateur, même le plus avisé, même le plus assidu n'aurait pu détecter le point faible du malfrat le plus emblématique du quartier du Panier: Ange Simeoni. Il était toujours parvenu à le dissimuler à tous, sauf à sa femme devant laquelle il se laissait aller au contraire et qui s'employait alors, par des dérivatifs plus ou moins innocents, à y faire face. Généralement, elle y parvenait. Sur le coup tout au moins, ses bons soins étaient efficaces.

C'était en effet, qui s'en serait douté, un inquiet, un angoissé même, avec parfois des manifestations aiguës, des crises dont il retardait tant bien que mal les effets jusque chez lui et qui requéraient alors l'intervention immédiate de Marie-Lou. Paradoxalement, cette tare pour le commun des mortels constituait un atout pour un voyou. C'était en grande partie du fait de cette faiblesse que Simeoni était parvenu à passer la quarantaine à peu près sans encombre malgré une grosse alerte (ce passage de la quarantaine, c'était une chose rare dans le Milieu et, spécialement, dans ce quartier au cœur de Marseille). Et, selon lui, ce n'était pas fini ; bien plus attaché à la vie que les autres voyous, il comptait bien « de vivre vieux » comme dit la chanson québécoise.

Stanley sortait à peine de chez lui où il avait été convoqué. Les deux hommes ne s'étaient pas revus depuis l'équipée de la gare Saint-Charles. L'entrevue avait été chaleureuse mais brève: Ange, un peu nerveux, avait allongé une nouvelle enveloppe et Marie-Lou, ravie de l'aubaine, avait offert au jeune homme un nouveau cappuccino. Après tout, puisqu'il appréciait…

Cette fois les consignes avaient été impérieuses et définitives. Il fallait que Stanley déguerpisse, vide les lieux, dégage l'horizon, aille se faire voir ailleurs – à Paris, à Lyon, à Bordeaux à Toulouse toute la carte de France y était passée, sauf le sud-est – en tout cas se faire oublier à Marseille, bordel ! C'était chaud bouillant ici. Inutile de donner plus d'explications, Ange Simeoni n'aimait pas en donner et puis ça pouvait porter tort. Il fallait le croire sur parole, point barre.

Stanley, dûment chapitré et au fond plutôt porté à l'obéissance, était à peine sorti qu'Ange Simeoni, quittant son masque, s'effondrait dans son fauteuil favori. Marie-Lou, toujours attentive, vit bien de quoi il retournait mais laissa faire, considérant que ce n'était pas encore à proprement parler une crise. Elle quitta la pièce discrètement pour vaquer à ses occupations. Il lui fallait rincer soigneusement l'appareil à cappuccino, la notice était, là-dessus, impérative.

Ange était en effet bien plus soucieux qu'il ne l'avait manifesté à Stanley. On parlait beaucoup dans les bas-fonds et ce qu'on disait n'était rien moins qu'inquiétant. Il se disait que l'affaire de la mallette avait amené du monde, des fouineurs, des types étrangers à la ville et d'une catégorie redoutable. Des barbouzes, quoi ! Il y avait longtemps qu'on n'en avait pas vu à Marseille mais on se souvenait de leurs méthodes, sans foi ni loi, pas comme les flics. Les flics normaux, c'était des enfants de chœur à côté. Ils avaient commencé à filer de grands coups de pied dans la fourmilière marseillaise. On incitait les uns et les autres à parler, au besoin on tentait de leur forcer la main. Ce n'était d'ailleurs pas les barbouzes eux-mêmes qui agissaient, ils avaient actionné des sbires locaux grassement payés, des sbires qui n'avaient pas de limites et, bien entendu, pas de pitié. On les connaissait trop bien et on savait donc à quoi s'en tenir. De quoi vous foutre une putain de cagagne, surtout si on était concerné, de près ou de loin.

Et Ange était bel et bien concerné, et de près ! Bien sûr, il avait pris ses précautions. En principe personne n'était au courant de l'opération à part les commanditaires, et, normalement, personne n'avait pu les repérer ni encore moins les identifier. Mais Ange était payé pour savoir que rien n'est jamais parfait et que la vie réserve souvent des surprises. Il lui fallait donc être sur ses gardes et surtout, pour prévenir toute mauvaise nouvelle, bien renseigné. Il savait aussi, par expérience, que les choses pouvaient évoluer très vite.

Il réfléchissait à tout ça et le fruit de ses réflexions l'amenait à penser que, justement, pour une fois il n'était pas assez renseigné. Du côté du Milieu, il n'y avait pas de problème. Il était, de longue date, l'un des réceptacles les plus fameux : tout le monde se confiait à lui au hasard des rencontres, des cafés et apéritifs qu'il prenait ici ou là. On le considérait comme un confident non seulement utile mais aussi idéal, comme une tombe, c'est ce qui se disait. C'était probablement parce qu'un jour il avait en effet eu affaire avec la mort, ce qui lui avait valu son surnom.

Ce jour funeste, il avait été la cible d'un contrat exécuté par deux tueurs à moto. Selon la légende, il avait passé l'arme à gauche avant de zigouiller les deux types, ou peut-être au même moment... Ce qui était avéré, c'est que la mort des trois protagonistes avait bel et bien été constatée par un docteur. Mais vingt-quatre heures plus tard, son retour à la vie avait été dûment constaté à l'hôpital de la Timone. Ainsi s'était construite, dans ce quartier interlope du Panier et depuis au-delà, sa légende, la légende d'Ange Simeoni, dit « Ange le revenant ».

Cette réputation de discrétion confortée par ce haut fait était toutefois en partie usurpée, il fallait bien en convenir. Il renseignait en effet un flic, un seul, quoique, avec parcimonie. Ce flic qui savait mieux que personne protéger ses indics, c'était Juston, le commandant Juston, un homme en qui on pouvait avoir confiance mais, tout de même, un condé.

Ange, tout à ses sombres réflexions, s'attardait précisément sur Juston. Non pas qu'il fût tenté de le renseigner sur cette affaire – Dieu garde ! – ni sur aucune autre, mais au contraire dans la perspective de lui tirer les vers du nez, une fois n'est pas coutume. Ce qu'Ange voulait connaître, c'était les éléments dont disposait la police. Parce que, il en était sûr, ceux-ci avaient dû être communiqués aux redoutables barbouzes qui, pour Ange, n'étaient au fond que des flics, mais officieux, les pires.

Malheureusement, ça ne paraissait pas envisageable. Juston n'était pas du genre à tailler la bavette au hasard d'une rencontre devant un café ou un pastis. D'ailleurs les deux hommes ne se voyaient pratiquement jamais et ne fréquentaient pas les mêmes lieux. Lorsqu'ils se rencontraient, c'est que l'inspecteur lui avait fait signe et qu'ils avaient pris rendez-vous. Un rendez-vous toujours fixé au même endroit, sur la terrasse d'un restaurant à Niolon, une calanque au-delà du monde, en roulant vers le nord, passé le dernier port de l'Estaque. Ils s'installaient là, face à la ville, mais de l'autre côté de la mer, et Juston, après des tours et des détours, menait la danse. Lui, tout en retenue et sacrément mal à l'aise, s'efforçait d'en dire le moins possible. Ils mangeaient ensuite un morceau ensemble. Pour ce qui le concernait, ce semblant de repas n'était pas pris de bon cœur et il avait du mal à digérer la friture qui lui pesait sur l'estomac…

Il ne se voyait donc pas prendre contact avec le commandant Juston pour lui dire un truc comme : « Il y a eu un vol de mallette à la gare Saint-Charles, un vol à l'arraché, la mallette d'un type important, proche d'un ministre, j'aimerais en savoir un peu plus là-dessus, ça vous dirait de me rencarder ? » Non, bordel, il ne savait pas faire, et puis, les questions, non seulement ça ne marchait pas dans ce sens, mais en plus ça appelait d'autres questions !

Marie-Lou, débarrassée de sa tâche domestique, passait et repassait, frôlant le fauteuil et jetant à chaque fois un coup d'œil attentif à son homme. Elle devait se dire : il est effondré, c'est clair, mais pas prostré. Se dire ça en des termes différents, bien sûr, moins précis et peut-être d'ailleurs même pas formulés, ce qui prouve que, chez certains, l'intuition est largement suffisante. Quoi qu'il en soit, forte de ce diagnostic, elle disparaissait. Tout de même, il était sept heures du soir, l'heure de l'apéro avait sonné et il ne semblait pas vouloir bouger, ce n'était pas bon signe !

Ange se leva enfin, attrapa sa veste de lin sur la patère et annonça, mezzo voce, qu'il allait prendre l'apéro. Du coup, Marie-Lou, malgré le ton de son homme et bien qu'il ne lui semblât pas bien gaillard, fut tout à fait soulagée : c'était une fausse alerte ou en tout cas l'orage était passé. Cette femme était naturellement portée à l'optimisme.

Le téléphone d'Ange se mit à vibrer dans sa poche alors qu'il atteignait la porte. Il revint à son fauteuil, attendit que cela cesse et sortit l'engin. Ange ne décrochait jamais immédiatement. Il ne se faisait pas confiance pour la conversation. Voilà pourquoi son téléphone portable était toujours en mode muet ou vibreur.

C'était, après l'appel manqué, un SMS en provenance d'un numéro inconnu. Il lut :

« On se voit com dab, demain soir à huit. »

Pour une fois, il reçut ce message avec satisfaction, presque comme un cadeau de la providence à laquelle il croyait, tout comme Marie-Lou. Bien sûr, la perspective n'était pas rose. Comme d'habitude il y aurait un mauvais moment à passer, mais en la jouant fine il pourrait obtenir quelque chose de l'inspecteur Juston, quelque chose dont il avait grand besoin. Donnant-donnant en quelque sorte, bien qu'il sût que, dans la vraie vie, ça ne se jouait pas tout à fait comme ça. Mais après tout, si la providence s'était ainsi manifestée à son appel, c'est que, quelque part, on avait décidé de lui filer un coup de main. Il y avait donc des raisons d'être confiant…

Il sortit en se disant que sa mauresque – c'est ce qu'il avait décidé de commander au bar ce soir-là – n'aurait pas un goût amer, bien au contraire. Peut-être même en prendrait-il une deuxième, puis, pourquoi pas ? une troisième. Il fallait se préparer.

Chapitre XVI

Ça y est, maintenant on avait des certitudes. Auparavant, moi j'avais des convictions et Juston des doutes, de gros doutes sur lesquels il avait été obligé de revenir. Le principe de réalité s'était imposé à lui, il avait fait amende honorable et désormais nous étions à peu près sur la même longueur d'onde. Comme pour illustrer cet unisson, nous marchions tous les deux d'un bon pas sur la promenade du Prado, parmi les passants, les vélos et les coureurs à pieds, nous dirigeant vers une certaine brasserie qu'il aimait bien. C'était moi qui l'avais incité à laisser la voiture au garage.

En mal d'exercice physique, j'en avais bien besoin et, pour le convaincre, je lui avais cité l'exemple des philosophes péripatéticiens qui réfléchissaient en marchant. Il n'avait pas bronché, levant sans doute les yeux au ciel, mais ravalant pour l'occasion ses sarcasmes habituels. C'était moi qui parlais. Je faisais, pour nous deux, la synthèse de la situation. En fait, j'abusais un peu de ma position avantageuse, je le reconnais, et lui, provisoirement, adoptait profil bas : les effets du principe de réalité, encore une fois.

— En fait, on a découvert un processus tout à fait classique avec des phénomènes collatéraux tout aussi habituels, attaquai-je doctement. Au fond, Juston, les délinquants, quelle que soit leur branche ou leur niveau, finissent par être ennuyeux à force d'être prévisibles… Une boîte fait le taxi, le comptable s'en rend compte. Vu la morale élastique de son patron et surtout le désordre financier, il se dit : pourquoi ne pas me remplir les poches, moi aussi ? Et il décide d'en profiter. Pendant deux ans, il grappille çà et là. Mais, la nature humaine étant ce qu'elle est, il devient trop gourmand et, finalement, se rend compte que le pot aux roses va être découvert. Il fout le feu, mais il est confondu quand même parce qu'il a affaire à un flic d'élite, vous Juston, qui n'hésite pas à se vautrer dans la suie… Il est obligé de passer aux aveux. Il le fait juste pour ce qui le concerne, mais demeure parfaitement muet sur le reste. Tout ça parce que son patron lui paye un bon avocat et s'engage à mettre la pédale douce sur les dommages et intérêts. Ça aussi, ça nous vient d'Amérique et c'est devenu banal comme une série télé de troisième ordre. Du coup, la boîte peut continuer. Bien malin qui pourrait découvrir des anomalies dans une comptabilité partie en fumée ! Sauf que le flic, imperturbable, continue à se salir, et pas seulement les mains…

Bien qu'il eût tout loisir de le faire, grâce aux silences volontaires dont je prenais soin d'émailler mon propos, Juston ne mouftait pas. *À quoi bon*, devait-il se dire. Manifestement, il n'était pas en forme et je trouvais ça décevant.

— La boîte qui, à temps perdu, fait le taxi, doit recevoir une mallette bourrée de gros billets, une somme considérable à blanchir pour le compte du parti du président. Pour le transport de la mallette, on a décidé de choisir un homme de confiance, le chef de cabinet du ministre de l'Intérieur. Malheureusement, cet excellent technocrate ne possède pas les qualités d'un authentique porteur de valise. Car c'est un vrai métier, une corporation presque, composée de spécialistes qui, depuis longtemps, par gros temps ou petit temps, temps de guerre ou temps de paix, passent et repassent la frontière suisse avec leur cargaison de billets, revenant le plus souvent à vide. Enfin, bref, ça ne s'invente pas, il faut être solide, attentif et même posséder une sorte de sixième sens tout à fait étranger à l'enseignement dispensé par l'École nationale d'administration. Aussi la catastrophe se produit-elle, le type se fait arracher sa mallette à sa descente du train !

Ce fut alors que Juston qui n'en pouvait plus de ronger son frein, intervint :

— Et voilà qu'on apparaît avec nos gros sabots ! Et voilà qu'on se lance, contre toute attente, peut-être même contre toute logique, tout ça parce que, dans cette embrouille, vous voyez des mirages, au loin, ou vous entendez des voix, je ne sais pas... Mais en tout cas, je dois le reconnaître, vous y voyez clair. Vous savez quoi ? Je crois, monsieur le juge, que vous avez en vous un truc spécial, une sorte de don, comme les rebouteux ou les cartomanciennes...

Ce que je voyais surtout, c'est ce qu'il voulait insinuer, et je ne trouvais pas ça flatteur, contrairement aux apparences. Il aurait pu tout aussi bien ajouter « Un don comme celui de madame Irma mais – trop fort ! – sans la boule de cristal ! » Ce Juston est bien plus mauvais joueur que je ne pensais. Je rétorquai :

— Pas du tout, Juston, pas du tout, vous n'y êtes pas. Juste une démarche intellectuelle. Une démarche intellectuelle fondée sur la logique et soutenue par l'expérience, tout simplement, inutile d'aller chercher plus loin.

Comme il ne voyait rien à répondre à ça, je poursuivis :

— Le problème, Juston, c'est que tout nous permet d'avoir la certitude que la mallette contenait des fonds, des fonds occultes, puisque Duverdon avait rendez-vous avec un blanchisseur et ne serait-ce que du fait qu'elle a intéressé les voleurs ; mais, pour autant, on n'en a pas la preuve. Autant dire qu'un bon avocat aura vite fait de parler de suppositions hasardeuses fondées sur une simple coïncidence et d'approximations étrangères aux principes juridiques. Du coup, on n'est pas au bout de nos peines, et comme il serait illusoire d'espérer des aveux de ces messieurs, il nous faut gratter sur le vol. Qui en sont les auteurs ? Pour le compte de qui ont-ils travaillé ? Et c'est là-dessus, entre autres, que je compte sur vous, Juston, il nous faut des renseignements, il faut aller à la pêche, faire travailler vos relais…

— J'ai commencé, dit-il, je suis allé à la pêche, comme vous dites, mais je n'ai pour l'instant aucune touche. Apparemment, le coup a été bien monté. Tout ce qu'on a, c'est un signalement très imparfait du voleur à l'arraché, un jeune, style « quartiers Nord », habile et possédant beaucoup de sang-froid. J'ai un rendez-vous ce soir avec un type en général bien informé, un indic occasionnel, j'espère en tirer quelques renseignements supplémentaires. Mais il y a autre chose…

— Autre chose ?

— Oui, monsieur le juge, je dois vous dire que ça grenouille sec à l'Évêché. La procédure a été consultée par des types pas vraiment officiels qui sont venus se rencarder, et pas pour renseigner la justice… Ils ont été bien reçus, ça ne vous étonnera pas, et certains collègues leur ont même déroulé le tapis rouge avant d'ouvrir les placards et de s'allonger avec une complaisance écœurante. Jamais je les ai vus se comporter comme ça avec vous autres, les juges.

— Qu'est-ce que vous entendez par « pas vraiment officiels » ? Des agents de la DCRI ? Des policiers parallèles ?

— Ni la DCRI, ni des policiers, plutôt des agents de la DGSE à mon avis, des gens qu'on ne voit jamais ici et qui d'habitude se contentent de faire leurs salades à l'étranger; je dirais en Afrique, comme ça, au pif. Des gens qui se foutent pas mal du code. J'en ai vu deux. Ils étaient dans le bureau d'un collègue très « politique », du genre qui arrête pas de se plaindre des lois qui nous empêchent de travailler et des juges qui s'en emparent pour faire du zèle et nous faire chier. Un facho quoi ! Ayant eu vent de ces drôles de visites, j'ai déboulé dans son bureau sans crier gare. Il était sacrément surpris de me voir et plutôt gêné aux entournures. Je lui ai demandé de me présenter les gus qui étaient là, pas gênés du tout, eux. Il y en a un qui était à la fenêtre et regardait dehors en attendant que ça passe, sûrement. Seul l'autre s'intéressait, décontracté et souriant en coin, comme dans les vieux films américains. Mon facho m'a dit: des collègues, non, des copains… des potes, quoi. Le type intéressé l'a regardé comme si c'était une merde, une merde puante et, toujours avec ce sourire à la con, il s'est tourné vers moi mais n'a pas moufté. Moi, cette équipe, ils m'ont pas calculé, j'en ai pas vu un seul chez moi, vous pensez bien.

— Je vois. Ils doivent être en service commandé pour tenter de récupérer le magot. Ils n'y vont pas avec le dos de la cuiller ! En haut lieu, ils doivent être furieux de l'avoir vu filer, ce magot, et aussi inquiets, sacrément inquiets. Juston, je ne pense pas qu'ils veuillent faciliter l'enquête, enfin, je veux dire: notre enquête.

— C'est sûr. Et du coup, ces types qui sont pas à leur affaire pour opérer eux-mêmes – Marseille, c'est pas leur terrain – ils vont, d'après ce que j'ai compris, engager des hommes de main pour faire le job. Ça craint, monsieur le juge, ça craint. Je ne voudrais pas être à la place du gamin et de son complice. Les autres, les commanditaires du vol, je ne les plains pas, ils doivent avoir du répondant. Mais tout de même, ça pourrait bien déclencher une guerre des gangs. Une de plus à Marseille…

— Bon Dieu, Juston, il faut à tout prix qu'on leur grille la politesse ! dis-je dans un élan de confiance et d'optimisme.

Puis, prenant conscience des difficultés et aussi des dangers, je me rattrapai tant bien que mal :

— Je reconnais que ce n'est pas simple. On ne lutte pas à armes égales avec ces gens-là…

— Comme vous dites. Enfin… Pour l'instant, je vais me contenter de voir ce que ça donne ce soir avec mon type.

— Voyez, Juston, voyez. Soyez prudent et tenez-moi au courant, autant que vous pouvez…

Comme il y avait trop de monde dans la brasserie et que les tables se touchaient presque, il nous fallut changer de conversation. Je lui demandai de ses nouvelles, avait-il déménagé ? Avait-il enfin pris un appartement avec sa collègue, Clémentine Sibert, comme c'était prévu ? Cela faisait plusieurs années qu'ils vivaient chacun de leur côté, une situation qui lui pesait : il aurait bien voulu, le soir, retrouver comme moi la chaleur d'un foyer, c'est ce qu'il m'avait souvent laissé entendre dans ses moments de déprime. Il me dit que non, pas encore, qu'ils en avaient fait le projet mais que, une fois de plus, Clémentine avait repoussé l'échéance.

De ce que j'en connaissais, Clémentine Sibert, une Manosquine dont les parents étaient originaires de la Haute Ubaye, avait conservé les traits de caractère de ses ancêtres bas-alpins, elle ne s'en laissait pas compter. Ainsi était-elle rigoureuse et exigeante, même en amour, comme trop souvent les femmes aujourd'hui, à mon avis. Juston était marseillais pur jus et elle devait avoir fait le pari de le changer, de lui faire abandonner certaines des habitudes caractéristiques du bon peuple phocéen. Telle était mon analyse, elle valait ce qu'elle valait et, bien sûr, je n'en aurais pas mis ma main au feu.

Pour le réconforter, je lui servis les quelques lieux communs qui me vinrent à l'esprit. Je lui dis que ça viendrait, qu'il devait faire preuve de patience, que Clémentine était encore jeune, que les femmes, un jour ou l'autre, aspirent à se construire un nid, que cela coïncide avec le désir d'enfant, un désir irrépressible chez elles. Et puis, ajoutai-je, le « chacun chez soi » ne présente pas que des désagréments, la vie en commun amène aussi son lot de difficultés. Les femmes, une fois installées, deviennent souvent exigeantes et intolérantes.

Je lui racontai, un peu pour le consoler, un peu pour le divertir, comment, ces derniers temps, Billie en prenait à son aise, comment, en rentrant, un soir de la semaine précédente, j'avais cru m'être trompé d'appartement. Non seulement les meubles avaient changé de place et quelquefois de pièce, mais certains avaient même disparu et de nouveaux siégeaient à leur place. Parmi les disparus, un vieux fauteuil en cuir que je tenais de mon grand-père, parmi les nouveaux, deux canapés en toile écrue plutôt jolis et confortables bien sûr, mais étrangers à l'idée que je me faisais de mon cadre de vie. Cela m'avait fait un choc.

À la réflexion, il n'y avait pas seulement cette brutale perte de mes repères, il y avait aussi le fait qu'on avait balancé sans concertation un attribut qui m'était cher et que le ménage avait procédé à une dépense importante en dehors de toute discussion un tant soit peu démocratique. Se posait ainsi une question de pouvoir. Le pouvoir, dans un couple comme ailleurs, c'est important, lui dis-je. Pour l'instant au moins, Juston, vous êtes maître chez vous…

Je ne saurais mesurer l'impact de ces bonnes paroles, mais mes petits soucis intimes le déridèrent un peu. Il aimait bien Billie, comme tout le monde autour de moi d'ailleurs, et, malgré le principe de solidarité masculine, je ne suis pas sûr que, dans cette affaire, il lui donnait vraiment tort…

Après le repas il préféra prendre le bus que rentrer à pied. En cheminant seul vers le palais de justice, je ne pensais plus du tout à notre conversation personnelle mais bien plutôt aux révélations de Juston. Dans ce mælstroëm de flics plus ou moins scrupuleux, plus ou moins arrivistes ou plus ou moins politiques, d'agents des services spéciaux ou occultes, d'exécuteurs des basses œuvres recrutés dans le monde de la pègre, mon ami Juston était bien seul. Je m'en voulus de n'avoir pas exigé de lui qu'il me donne le lieu de son rendez-vous du soir, voire même l'identité de son indic. Mais ça n'aurait servi à rien, il n'aurait pas marché. La préservation de ses sources est pour lui une vertu cardinale.

Chapitre XVII

— Vous, les Blancs, vous êtes comme des géants aux pieds d'argile. Vous êtes très forts : vous exploitez les autres, à peu de chose près comme du temps de l'esclavage. Vous parvenez à soutirer de l'or, des diamants, du pétrole, toutes sortes de matières premières et en plus du fric au monde entier et puis, une fois arrivé chez vous, ce fric, non seulement vous vous le faites piquer comme au coin d'un bois mais en plus vous êtes infoutus d'en retrouver les voleurs !

Habib Lusto piquait sa petite colère. Habib Lusto était un sale type, un dictateur, sanguinaire si nécessaire, et un escroc, mais, il fallait bien en convenir, il était plutôt malin, fin à l'occasion, intelligent, cultivé et il n'avait pas toujours tort, loin de là. D'ailleurs, comme de nombreux dirigeants africains, il avait eu des débuts prometteurs. Droits de l'homme, émancipation des peuples, lutte contre la tutelle néocoloniale, développement, tels avaient été ses credos avant de prendre le pouvoir et de très vite mettre en place un système clanique, policier et totalement verrouillé. C'est ce à quoi songeait Marcel Sangin à cet instant précis. Il se garda donc de le contredire, d'autant que la diatribe du président n'était pas, contrairement aux apparences, dirigée contre lui. Il intervint tout de même, par devoir :

— Ils ont voulu éviter de faire appel à n'importe qui pour transporter la mallette, et puis, la recherche des voleurs, d'après ce que j'en sais, elle vient juste de commencer.

Il n'était lui-même pas très convaincu, mais il fallait bien répondre quelque chose…

— J'en sais plus que vous sur la recherche des voleurs, rétorqua le président. Il y a quelqu'un à votre ambassade qui est bien informé et qui ne me cache rien. Bref, cette enquête elle n'a pas été confiée à la police judiciaire, bien entendu, parce qu'il paraît qu'il y a un juge plus intéressé par la question de l'argent sale que par le vol à l'arraché. Entre nous, celui-là, chez moi, son compte aurait été vite réglé ! Non, on a tâté du côté de la DCRI puis du côté de la DGSE, mais il y a eu des réticences, ces fonctionnaires ne sont pas aussi zélés que l'on croit, surtout à l'approche d'une élection… Finalement c'est la DGSE qui a hérité du bébé et qui a opté pour des agents extérieurs, forcément, deux agents qu'on connaît bien vous et moi. Et en ce moment ils sont sur place. C'est sûr que ce sont des types moins corrects et moins sympathiques que vous, leur compagnie n'a rien d'agréable, j'en conviens. Mais au moins, eux, ne reculent devant rien et ils sont sacrément efficaces…

— Ha, ceux-là… dit Marcel Sangin qui avait deviné.

C'était une pierre dans son jardin mais aussi une confidence – après tout, Habib Lusto aurait pu garder ça pour lui. Ces chefs d'États africains, enfin… parmi eux les dictateurs, demeuraient ambigus. Ils s'entouraient de gens aussi peu recommandables qu'eux-mêmes, en général des rustres cruels et sans scrupules, mais accordaient leur amitié à d'autres, plus cultivés et policés, peut-être pas plus loyaux envers eux, d'accord, mais plus délicats et plus lisibles, des gens plus agréables à fréquenter. Marcel Sangin, malgré son passé et cette infamie qui lui collait à la peau, devait être classé parmi ces hommes de bonne compagnie. Il se méfiait, bien sûr, mais plutôt de ceux qu'il servait, à Paris. C'était cela – le fait d'être si bien vu par Lusto – qui lui valait de rester à son poste : parce qu'à Paris certains l'estimaient grillé, carbonisé même, depuis cette affaire Soumaré. Cette sombre affaire qui lui avait valu non seulement de devenir un paria dans son pays, mais aussi de perdre son identité. Et puis, pour faire bonne mesure, ses chefs étaient désormais circonspects, ils ne le trouvaient plus aussi franc du collier, ils le voyaient changé, lui voyaient une personnalité nouvelle, plus aussi fiable…

Il reprit :

— Si vous ne voulez plus avoir affaire qu'à des types comme ça, qui ne reculent devant rien et qui sont sacrément efficaces, comme vous dites, il suffit de demander. Vous savez que mon poste ne tient qu'à un fil et, je dois le reconnaître, grâce à vous, ce qui, vu ma mission, est tout de même le monde à l'envers…

— Allons, allons, Marcel, voilà que vous prenez encore la mouche. Des types comme Gillet et Saoudine, on en a parfois besoin quand on est dans la merde parce que ce sont des créatures de merde. Ils évoluent là-dedans comme des poissons dans l'eau. Vous, vous n'avez rien à voir avec ça, vous, votre domaine, c'est la défense nationale, l'économie, la politique, la diplomatie, et vous savez y faire… Quoique, laissez-moi vous le dire – mais ne le prenez pas comme une critique – vous vous complaisez un peu trop, de mon point de vue, dans la vulgate républicaine. Vous êtes de bon conseil, de très bon conseil, Marcel. Et puis c'est vraiment plaisant de discuter avec vous, y compris quand vous vous emportez, mais vous avez parfois un côté un peu blanc-bleu qui vous dessert, croyez-moi.

Après un grossier éclat de rire qui n'avait rien à voir avec la grande politique et la diplomatie, il ajouta :

— Ce qu'il vous faudrait, ce serait décrocher un peu, faire un petit séjour en France. Cela vous ferait le plus grand bien. Ce bannissement, cette impossibilité de retourner chez soi, cela doit être dur, j'en ai bien conscience. En fait vous avez été condamné à l'exil, Marcel, à l'exil, tout bonnement. Tout ça parce que vous avez fait votre boulot pour votre pays. Quelle injustice !

Même s'il ne le laissait pas voir, Marcel Sangin était mal à l'aise. Ces allusions, ce témoignage d'amitié dégoulinante… Il fut tenté de reprendre une fois de plus Lusto qui ne voulait pas admettre, ou intégrer, qu'il n'était pour rien dans l'élimination de Soumaré, mais, par lassitude, il y renonça. D'ailleurs le colonel lui avait toujours dit de se taire sur ce sujet. « Il faut – avait-il expliqué – que, vis-à-vis des présidents africains, tu sois l'homme qui a éliminé Soumaré, même si c'est faux. Pour eux, ce genre de président progressiste, c'est l'ennemi mortel. D'ailleurs tout ce mystère qui est demeuré autour de cette affaire, ça t'a donné, à toi qui étais censé tirer les ficelles, une stature, une aura : tu es plus qu'un chef respecté, tu es un sorcier redoutable. La magie, la sorcellerie, les forces que l'on tient de l'ennemi qu'on a vaincu, ce sont des choses qui n'ont pas complètement quitté les esprits des Africains, quelles que soient leurs positions, leur intelligence et l'ampleur de leur savoir ou de leur culture. Nous-mêmes qui sommes là depuis si longtemps, ne nous sommes-nous pas un peu convertis à ça ? »

Lusto qui était encore tout sourire, se dirigea vers une porte ouvragée qu'il ouvrit, découvrant la lumière bleutée d'un énorme réfrigérateur américain. Il se saisit d'une bouteille au liquide ambré et de deux verres qui ne tardèrent pas à givrer. Il fit tomber des glaçons dedans ainsi qu'un filet de Lagavulin et en tendit un à Sangin.

— Un peu de tourbe et d'algues venues du nord, dit-il.

Marcel Sangin, ayant accepté le verre, reprit la parole :

— Ils sont complètement fous d'envoyer ces deux pieds nickelés opérer en France. C'est pas du tout leur terrain !

— Ce ne sont pas deux pieds nickelés, Marcel, vous êtes de mauvaise foi ! Ils ont fait, plusieurs fois ici, du sale mais du bon boulot. Là où vous avez raison, c'est sur leur capacité à œuvrer à l'intérieur de votre France métropolitaine, capacité qui est en effet très discutable. Mais, premièrement il n'y avait pas d'autre choix, comme je vous l'ai dit, et ensuite j'ai cru comprendre qu'il n'était pas question qu'ils aillent au contact. Ils vont recourir à des supplétifs, je pense.

Sangin trouva cette information assez effrayante. Le choix de Gillet et Saoudine, c'était déjà une erreur, mais leur donner carte blanche pour recruter dans le Milieu, ça devenait alarmant. Il dut laisser paraître sa réprobation car Lusto ajouta, comme pour lui répondre :

— Eh oui, ainsi sont les choses. Ce que vous pouvez faire en toute tranquillité et en toute impunité en Afrique, vous vous gardez bien de le faire en France. Simple routine ici, scandale et affaire d'État chez vous…

Sangin demeura sans voix, il était à court d'argument, sauf à devenir désagréable ce qui lui était interdit. Quelle duplicité et quelle hypocrisie ! Comme si ce qui se faisait en effet en Afrique n'était pas aussi dans son intérêt et celui des autres potentats du même acabit… Il jeta un œil à sa montre, vida son verre et, s'excusant, expliqua qu'il avait justement rendez-vous avec l'ambassadeur… Il se demandait d'ailleurs pourquoi, puisque de ce côté-là on ne lui délivrait aucune information. C'est ce qu'il dit au président en guise de remerciements pour ses confidences.

— Qu'importe qu'on ne vous donne aucune information, mon cher Marcel, puisque vous les avez par moi, conclut Lusto. Vous voyez, c'est bon d'avoir des amis, des vrais…

Marcel Sangin salua le dictateur et sortit en grinçant des dents.

Aix-en-Provence, octobre 1991 (9)

Il n'est pas venu au printemps. Il n'a pas pu. Il n'a averti personne. Il ne peut pas, ça lui est interdit. C'est aussi sa liberté. Il a débarqué à Marignane, a loué une voiture et s'est rendu directement à l'hôpital, pas envie d'avoir le moindre contact avec les parents de Margot. Il a rencontré la psychiatre qui lui a confirmé, ce qu'il pressentait, que Margot était là, depuis un bon moment. Elle ne lui a rien reproché ni posé aucune question.

Il est venu, il est là, c'est déjà pas mal, c'est ce qu'elle pense. Après tout, il n'est pas le père de l'enfant, c'est Margot elle-même qui le lui a dit et il n'a pris aucun engagement envers elle. La psychiatre, ce qu'elle apprécie, ce dont elle se contente, c'est de voir que le seul être en mesure de soulager sa patiente, c'est lui, et qu'il est là aujourd'hui, prêt à la voir et s'occuper un peu d'elle. Elle n'a personne d'autre à qui se raccrocher, sauf le bébé. Mais peut-on faire porter cette croix à un innocent? Certainement pas, ou du moins pas trop, c'est ce qu'elle professe, bien qu'elle ait vu des collègues user et abuser de cette méthode… Elle fait en sorte, depuis que Margot a replongé il y a huit mois, de maintenir le lien, c'est tout. Une assistante sociale vient avec l'enfant tous les dix jours à peu près. Margot s'anime, Margot va un peu mieux, mais après c'est comme si rien ne s'était passé, déprimant. Quant au bébé, il a l'air content qu'on s'occupe de lui, surtout sa mère, enfin… La reconnaît-il comme telle ? C'est toute la question, une question qui – Dieu merci – ne se pose pas à elle, la psychiatre, seulement chargée de soigner la mère. Un jour, peut-être, l'enfant aura-t-il aussi besoin d'elle ou d'un autre psy ? Pas d'actualité ça, bon sang ! À chaque jour suffit sa peine ! Et puis si on commence à se poser ce genre de question, on n'en finit plus ou alors on ne fait plus rien, nada : une tentation qu'elle a parfois, à son âge. De plus en plus souvent pour dire vrai.

— Il n'y a que vous qui pourriez la tirer d'affaire, lui dit-elle quand même.

Il comprend où elle veut en venir. Il faudrait qu'il abandonne tout, tout le reste. Une perspective inimaginable, une existence étriquée, racornie… Rien que d'y songer… Il ne répond pas mais elle voit bien ce qu'il en pense, à son regard, à sa mine. Finalement, il dit :

— Je veux bien la sortir, quelques jours, comme la dernière fois. Avec le petit, si vous voulez.

— Ce n'est pas envisageable dans l'état où elle est. Ce que vous pourriez faire, c'est prendre l'enfant et venir avec lui tous les jours, une petite heure. Ça la fatiguera mais ça lui fera du bien.

Ça, ça ne lui dit rien. S'occuper de l'enfant pendant plusieurs jours, tout seul ! Il veut bien l'amener, il l'a dit, mais pour le reste…

Elle insiste :

— Ce serait pourtant une bonne solution, la meilleure, une solution formidable. Ça la rassurerait le fait de savoir que vous êtes ensemble et que vous venez la voir. Pour elle, c'est un tout, vous comprenez ? Même si, pour vous, ça n'a peut-être aucun sens.

Nom de Dieu, se dit-il, *toutes ces journées et ces nuits avec un bébé ! C'est surréaliste, contre nature ! Et puis, merde… il n'y a aucune raison !*

Il s'entend dire :

— Bon, d'accord.

Chapitre XVIII

Ce lieu a quelque chose de magique. La terrasse du restaurant est quelconque, certains n'hésiteraient pas à la qualifier de minable et, d'un certain point de vue, celui des habitants de la Côte d'Azur par exemple, ils n'auraient pas tort. Tout y est simple, désespérément utilitaire, défraîchi. Ainsi des planches formant le sol, des rambardes écaillées, des tables en fer, rouillées, des sièges mal assortis, des tentures et parasols dépareillés. Les quelques toitures que l'on voit en contrebas sont, elles aussi, disparates et faites de tuiles de mauvaise qualité.

Pourtant c'est une calanque, la colline domine le paysage et va se perdre dans la mer, comme c'est le cas pour toutes les calanques ici. Il y a celles du sud de la ville, les plus célèbres. Et puis celles du nord, hors la ville, comme celle-ci. Et justement, cette calanque, contrairement aux autres, regarde la ville en face, à la fois lointaine et si proche. Et, à cette heure-ci, la ville, rétive à l'ombre qui lui vient de la mer, s'allume, fait feu de tout bois. C'est là qu'intervient la magie du moment.

Il ne fait pas de doute que le commandant Juston, malgré ses soucis, y est sensible. Son attitude et son silence en témoignent, bien que ce mutisme fasse, il faut en convenir, aussi partie de sa stratégie. Il suit du regard l'obscurité du ciel qui monte sur Marseille et contemple le miroitement des lumignons, des lampes et des fanaux qui s'allument, le long du grand port puis au cœur de la cité et enfin au loin, de plus en plus faiblement, vacillants comme, au cœur des nuits d'été, les petites étoiles des confins de l'univers. Il suit des yeux les traînées rouges et frémissantes qui signalent les grands axes de circulation. Il songe qu'il pourrait y être encore, mêlé à ce flot incessant et alors, se tournant vers la mer, il ne distinguerait même pas la calanque où il est, celle de Niolon.

Ange Simeoni étant, quant à lui, un jouisseur rudimentaire, devrait aussi profiter de l'instant, nécessairement, mais il n'en apprécie pas véritablement la saveur. À sa décharge, il faut bien convenir que non seulement sa situation est par nature inconfortable (rencontrer un policier – fût-il Juston – est bien le dernier de ses souhaits), mais en plus, cette fois, il doit faire un gros effort de concentration.

Car il a un objectif, et pas un objectif clair et simple comme il en a l'habitude, mais un objectif plutôt complexe, psychologique et même intellectuel, il ne faut pas avoir peur des mots. Tout cela n'est pas son fort. Il doit circonvenir ce type, en face de lui. Il est donc à la peine. Il connaît bien Juston avec lequel il a – de loin en loin, Dieu merci – de ces sortes de rencontres, mais jusqu'alors il pouvait se contenter de demeurer exclusivement sur la défensive, se taire le plus souvent, ce qui lui est naturel. Ce n'était déjà pas une partie de plaisir, mais là…

— J'espère qu'on n'a pas été suivis, dit-il sans réfléchir, juste en guise d'entrée en matière. Je veux dire, ni vous ni moi.

Juston le regarde, étonné. Cette question n'est pas incongrue, après tout Ange Simeoni est ici dans le rôle de l'informateur, voire de l'indic, voire de la balance, il faut voir les choses comme elles sont ! Il est donc légitime qu'il s'inquiète. Mais d'ordinaire, il ne la pose pas, cette question, il est confiant. Qu'y a-t-il de nouveau ou de spécial aujourd'hui ? Un peu de nervosité due à une affaire en cours ? Juston sourit, dubitatif. Ce qu'il pense, et il n'a pas tort, c'est que Simeoni est quasiment rangé des voitures, qu'il a fait sa pelote mais que parfois on le sollicite pour des coups qu'il ne peut refuser, affaire à suivre, ce n'est pourtant pas ce qui l'intéresse. Il a tort.

— Moi, je ne pense pas, Ange, il n'y a aucune raison ; mais tout de même, je fais gaffe. Et toi, en ce moment, tu as des craintes, je veux dire, tu crains d'être suivi ?

Ange se mord les doigts, il se dit que, bonne Mère, il a mal commencé, que même s'il est demandeur, il doit employer sa bonne vieille méthode : se taire, ne pas tchatcher ou ne le faire qu'en dernière extrémité, quand on ne peut plus faire autrement. Du coup, il ne répond pas à la question de Juston qui, nullement surpris, reprend :

— Il y a quelques jours, un jeune a piqué une mallette à un gros ponte. Il la lui a arrachée des mains à la gare, juste à sa descente du train, et puis il s'est escapé et a finalement disparu derrière un complice qui l'attendait dehors avec un scooter. Cette mallette contenait des choses importantes, très importantes…

Putain, putain… se dit Ange, pas la peine de se fouler pour mettre le sujet sur le tapis. C'est l'inspecteur lui-même qui le lui présente comme sur un plateau… Bien que l'évocation d'un coup qu'il a lui-même monté et qu'il a en partie réalisé ait de quoi le mettre sacrément mal à l'aise, il se sent soulagé et son moral remonte sensiblement. Il va pouvoir jouer sa carte.

— J'ai lu ça dans les journaux, dit-il prudemment.

— Que dans les journaux ?

— Non. Il y a un bruit qui court à propos de ce coup. On m'a dit qu'il n'y avait pas que la police qui s'occupait de l'enquête. Il y aurait de drôles de types venus de Paris qui traînent partout, qui grattent, qui interrogent, qui payent parfois et qui secouent un peu les jeunes pour retrouver la mallette avant vous, les flics. Ils seraient pour l'instant à la recherche du voleur. On dit aussi que ces mecs auraient des méthodes pas catholiques. Vous êtes au courant ?

C'est probablement la première fois qu'Ange Simeoni lui pose une question, mais Juston ne semble pas le remarquer ou semble ne pas y attacher d'importance. Il répond :

— Oui, je suis au courant, Ange, et c'est vrai. En fait c'est la course entre nous, policiers, et ces types qui, comme tu dis, ont des méthodes pas catholiques, plutôt expéditives si tu vois ce que je veux dire. C'est pour ça que je t'ai fait venir. Cette course, j'aimerais bien la gagner, pour éviter des dégâts, dans l'intérêt de tout le monde…

— Je vois, je vois, il vaut mieux rester entre nous, entre Marseillais… Mais enfin, vous, vous avez la plainte, les témoignages, des indices, peut-être même des preuves. Alors qu'eux…

Ange se sent soudain pousser des ailes, il se sent très habile. Il vient, sans en avoir l'air, de mettre une question sur le tapis, sa question. Il éprouve une vraie jouissance. Là, c'est lui qui va à la pêche, pas le flic, pas le commandant Juston. Le commandant ne paraît pas y voir malice, du moment qu'Ange semble disposé à coopérer… Il dit :

— En fait, Ange, il faut bien comprendre que ces types ne sont pas des flics mais il se trouve qu'ils ont leurs entrées partout. Ils connaissent toute la procédure, donc tous les éléments de l'affaire, aussi bien que moi, peut-être mieux et, comme je te disais, question méthode, rien ne les arrête, il n'y a pas de code qui compte, ils n'ont pas de règle. S'ils trouvent les coupables, il faut pas s'imaginer qu'ils vont leur notifier leurs droits, et s'ils veulent les faire parler, ils ne reculeront devant rien, tous les moyens seront bons. C'est pour ça que, si tu pouvais me donner un coup de main, ça me permettrait de compenser ce… handicap, dans l'intérêt de tous.

Ange Simeoni ne le montre pas, mais il est proprement terrifié. C'est bien pire que ce qu'il s'était imaginé. Il sait par expérience que se cacher de la police est une chose et que se planquer du Milieu en est une autre. Dans le Milieu, tout finit par se savoir. Où que vous soyez, on vous trouve et, pour ce qui est de la suite, il n'y a pas besoin de preuve pour être condamné, pas d'avocat non plus et personne ne s'embarrasse de certitudes. L'erreur judiciaire, ou plutôt son pendant dans ce monde-là, personne ne s'en soucie ni ne s'en est jamais soucié. Bien que préoccupé au premier chef par sa propre sécurité, il pense à Stanley. Il s'apitoie un instant sur le sort du jeune homme. C'est un bon gosse et il l'aime bien. *Bon*, se dit-il aussitôt – car, il ne faut pas l'oublier, il est lui-même dans le collimateur et le môme est le premier maillon, le maillon faible. *Mettons qu'il tombe entre les mains des flics, il y aurait alors de fortes chances qu'il ne parle pas, en tout cas qu'il ne leur donne pas mon nom. Il a bonne mentalité, il est solide et, dire qu'il ne me connaît pas, finalement, ça ne mange pas de pain. Admettons maintenant qu'il tombe entre les mains des sbires. Là, c'est une autre histoire. Comme dit l'inspecteur, ils ne reculeront devant rien, ils le tortureront et il finira par s'allonger, c'est couru d'avance, à son âge en plus. Bordel de merde, mauvaise limonade* !

Toute cette réflexion lui prend du temps. En plus, dans ce domaine, il n'est pas du genre rapide. Juston, qui le connaît bien, le laisse faire, il boit quelques gorgées de pastis et picore quelques spécimens de la friture du golfe. Il ne se doute pas que l'autre est partie prenante dans l'affaire mais il a maintenant la certitude qu'il sait quelque chose, peut-être même en sait-il long. Il voit bien que cette histoire de type sans foi ni loi l'a secoué. Il décide d'enfoncer le clou :

— Ce jeune, dit-il, s'ils sont les premiers à mettre la main dessus, je voudrais pas être à sa place !

L'observation du policier fait mouche bien sûr, mais Ange ne le montre pas. Il réfléchit encore, il voudrait bien que ce soit à toute vitesse mais il ne peut pas. Pas sa nature, plutôt laborieuse en général… Il hésite. Pas question de donner Stanley, ça, c'est une évidence. Tout s'y oppose, les vieux principes d'abord, le fait que l'autre, dès qu'il l'apprendra, ne se gênera pas pour lui rendre la pareille – il n'aura pas tort – et ça ne le sauvera pas pour autant. Pour le sauver, encore faudrait-il que les flics mettent la main dessus. Il dit :

— Si je comprends bien, comme qui dirait, vous voulez protéger le gamin ?

— Exact, mais pas seulement. Si je te disais que c'est notre seul objectif, tu ne me croirais pas. En fait, mon juge et moi, on s'occupe plutôt du porteur de la mallette et de ses patrons. On suppose qu'elle contenait de l'argent sale, cette mallette. Et on le suppose encore plus depuis que ces sbires sont descendus de Paris…

— Mais, pour faire la lumière sur tout ça, dit Ange, pris au jeu de l'enquêteur, il faut d'abord coincer le gamin…

— Voilà, tu as tout compris, Ange.

Ange Simeoni saisit son verre, le vide et commande une nouvelle mauresque, puis il sombre à nouveau dans la réflexion, tempête dans un crâne. Il semble regarder Marseille qui s'allume, mais ne la voit pas. Le commandant Juston continue de déguster les petits poissons frits dans le plat auquel le malfrat, pour sa part, n'a pas encore touché. Le commandant Juston, lui, regarde et contemple l'éveil des lumières de la ville, il profite de la magie de l'instant. Il a tout son temps, il attend, il est la patience même.

Chapitre XIX

Stanley, à force d'être la discrétion même, de se mêler aux foules, de raser les murs et de baisser la tête, à force surtout de n'intéresser personne ou presque, ombre parmi les ombres, avait l'impression de passer partout et en tout temps inaperçu. Il le devait d'abord au destin, celui qui lui avait été assigné, mais aussi à lui-même.

Il avait, pendant quinze jours, appliqué strictement les consignes d'Ange Simeoni. Il les avait appliquées à la lettre. Il avait pris le train pour Lyon, y avait passé deux jours, beaucoup dormi dans une chambre d'hôtel près de la gare, mangé sans appétit au McDo, puis dans des bistrots, toujours dans le même coin, c'est-à-dire au cœur de la ville. Cette ville lui avait déplu. Il y faisait froid et humide, le ciel y était bas, la lumière insuffisante et le fleuve n'avait pas pour lui le charme du bord de mer, loin de là. L'eau était sombre, lourde et boueuse. On voyait bien qu'elle n'était pas faite pour le bain et le plaisir. Bien qu'aucune tempête ne fût à redouter, elle semblait bien plus menaçante que celle de la Méditerranée par temps de mistral, il en émanait comme un désir d'engloutissement.

Il avait donc repris le train pour Paris. Le train lui plaisait. Il avait gardé un bon souvenir de la capitale où il était allé deux fois auparavant avec d'autres pensionnaires de la maison d'enfants, pour de brèves visites. Il avait gardé le souvenir de quelque chose de grandiose, un peu comme les montagnes ou comme la mer à Marseille vue des sommets du massif de l'Étoile ou du Garlaban. Pour lui, Paris était comme la nature : belle, écrasante et infinie. Il ne lui semblait pas qu'elle ait été construite par les hommes. Pourtant, après avoir, pendant près de deux semaines, arpenté les rues, la nuit surtout, recherché le jour les points hauts et même traîné un après-midi entier dans les salles du musée du Louvre parce que cela lui rappelait son dernier séjour, il finit par se lasser. Il y resta tout de même, il s'y sentait obligé.

Il avait choisi un hôtel près de la gare de Lyon, désir inconscient de se sentir moins loin de Marseille, et son hôtelier, étonné de voir un si jeune homme installé là pour un séjour qu'il prolongeait régulièrement, avait à tout hasard alerté un policier dont il était l'un des indicateurs et qui l'avait rassuré : les papiers du jeune homme, tout juste majeur, étaient en règle, il n'était pas recherché.

La vie de Stanley qui avait beaucoup d'argent, plus qu'il n'en avait jamais eu, se déroulait donc dans le confort mais aussi dans la tristesse et l'ennui. Il quittait sa chambre d'hôtel, jetait un œil indécis à la rue pour choisir une direction, se mêlait ensuite à la foule et se noyait dans la multitude, ce qui, au moins, le rassurait. Il allait certains matins boire le café dans une brasserie face à la gare, s'éloignait ensuite à pied, attendait que vienne la mi-journée, mangeait un sandwich et parfois pénétrait dans un restaurant dont la carte l'avait séduit. L'après-midi, il allait au cinéma. Il n'avait de contact avec personne, sauf pour commander et payer ses consommations. Personne ne l'abordait comme on le fait à Marseille pour engager une conversation mais il s'en trouvait bien ; qu'aurait-il pu raconter ? À aucun moment il ne songea à reprendre ses activités de voleur à l'arraché. La gare, cependant toute proche, ne l'inspirait pas : ce n'était pas son champ de manœuvre et il n'éprouvait nullement le besoin d'entretenir son art comme Ange Simeoni l'avait envisagé.

Le moment le plus pénible, c'était le soir. Il avait sa dose de salle obscure et le goût des lumières de la ville lui était passé. La nuit, il ne dormait plus guère. Il songeait à sa ville, à tous les coins où il traînait d'ordinaire, oisif, sans but, mais où il se sentait chez lui. Il se rendit compte que Marseille était sa maison. Il fit cependant un effort, il était loyal et les consignes étaient les consignes. De plus en plus souvent, au moment du coucher, il lui venait l'envie de parler, au moins au téléphone. Il ne pouvait toutefois appeler le malfrat qui avait exigé le silence sauf en cas d'extrême nécessité. Il aurait bien voulu pourtant. Ce type, il l'aimait bien, et sa femme... Il songea aussi à madame Travers. Il y pensait de plus en plus.

Souvent les solitaires ont ceci de particulier qu'ils s'attachent aux choses et, plus généralement, à leur cadre de vie. Être seul, ils s'y font, mais, dans un endroit étranger, séparé des repères devenus pour eux des compagnons, ça leur devient vite insupportable. Stanley était ce genre de solitaire. Il aurait supporté de ne parler à personne pendant un temps infini, mais alors chez lui, reclus dans la petite chambre que les services sociaux lui avaient concédée, le nez au vent dans la ruelle en bas, perdu au milieu du monde de la place de la Plaine grouillante les jours de marché, adossé à une palissade sur les quais du Vieux-Port à regarder manœuvrer les voiliers et écouter le bruit du vent dans les drisses ou encore, à la tombée d'un jour ensoleillé, déambulant sur la corniche, le regard perdu vers l'horizon et la tête ailleurs, bien au-delà.

Il ne savait pas ce que c'était, il ignorait tout de la madeleine de Proust, mais, nostalgique jusqu'aux frontières de la mélancolie, il souffrait du mal du pays.

Il lui fallait parler à quelqu'un ou rentrer chez lui, ou les deux, c'était impératif sinon la folie le guettait, c'est ce qu'il lui semblait. Et ne pas parler à n'importe qui. Partant de là, il n'avait pas d'alternative. Ange Simeoni, ce n'était pas envisageable. Restait madame Travers. Il se dit que tout compte fait c'était un bon choix car le malfrat était avare de paroles alors que la psychologue était, de ce point de vue, particulièrement généreuse… D'un autre côté, il ne savait lui-même trop quoi lui dire. Avec Simeoni, il aurait pu parler de la pluie et du beau temps, dire peu de mots, peu de choses, peut-être même rien, à part des silences partagés, ça aurait quand même fait une conversation. Avec madame Travers, c'était une tout autre histoire. Cette femme, il lui fallait du concret, du solide, et elle posait des questions. Bien sûr, il n'était pas obligé de répondre à toutes, mais de là à ne répondre à aucune…

Car, ce qui était sûr, c'est qu'elle allait l'interroger sur sa disparition. Où était-il ? Qu'est-ce qui lui avait pris, soudain ? Que fuyait-il ou qui fuyait-il ? Putain, elle n'était pas née de la dernière pluie, la vieille. Que répondre à ce flot de questions ? Il ne voulait pas lui mentir, il ne lui avait jamais menti ; simplement, il se contentait de ne pas lui répondre, d'éluder, de répondre à côté ou de changer de sujet. Le plus souvent d'ailleurs, il changeait de sujet, c'était sa botte secrète. Il se mettait à parler de lui, de ses souvenirs, de sa petite enfance et elle tombait dans le panneau. Les psys sont comme ça, tous ou à peu près… Mais cette fois, la grande affaire, ce serait sa disparition, il n'y couperait pas. C'était la première fois. Auparavant, il n'avait jamais fait de fugue, pas la moindre. Des absences, des retards, oui, mais pas la plus petite fugue à son palmarès.

À la suite de ces réflexions et confronté à ces difficultés, il remit son départ. Mais ça ne résolvait pas son problème de solitude qui ne ferait que s'aggraver avec en plus cette menace, réelle ou supposée, ce risque de péter un plomb. L'image de l'épée de Damoclès lui venait à l'esprit. Madame Travers aurait mieux fait de ne pas lui raconter ce truc, même si ça faisait partie des moments passionnants passés avec elle, avec les autres histoires du même genre, celle du tonneau des Danaïdes et celle de Sisyphe. Sur le coup, ce sont des histoires qui font du bien, ça vous montre qu'il y a des gens qui sont dans la merde, bien plus que vous, et sans espoir de s'en sortir. Mais après, quand on y pense et qu'on est soi-même dans la merde noire…

Il envisagea de rentrer dans la gare, de monter dans un train, et de partir pour n'importe où. Il aimait le train et après tout il n'était pas obligé de prendre un TGV, il pouvait utiliser au contraire un de ces tortillards qui vont de gare en gare, pas pressés, tranquilles comme Baptiste, et se traîner des journées entières dans un compartiment presque vide, le nez contre la vitre ou encore à demi allongé, somnolent, sur une banquette usée et disponible. Mais alors il faudrait qu'il s'éloigne de chez lui, de sa maison, de Marseille. Et pour lui, c'était encore pire. D'ailleurs, selon l'itinéraire, ce ne serait pas forcément un éloignement, tout au moins en comptant à vol d'oiseau, c'était plutôt le risque d'une perte de tout repère, l'impossibilité irrémédiable de retrouver le chemin du retour. Bonne Mère, il était bien atteint, il s'en rendait compte ! Mais pour autant il ne parvenait pas à se raisonner. Il était comme le claustrophobe ou celui qui a le vertige, définitivement inaccessible à tout raisonnement.

Un après-midi, n'y tenant plus, il rentre précipitamment à son hôtel, se jette sur son lit, décidé à faire quelque chose. Il demeure là encore quelques minutes, couché sur le dos, les mains derrière la tête. Il ne fait rien, il a les yeux grands ouverts et considère par la fenêtre le ciel lugubre qui dégoûte d'une pluie paresseuse. Il se redresse d'un coup, fouille dans sa poche, se saisit de son téléphone et recherche le numéro de madame Travers. Son nom est là, sous ses yeux, il hésite encore un instant puis le touche d'un doigt ferme. Ce contact fugace lui fait déjà du bien.

C'est elle, il reconnaît sa voix, si calme, elle lui a répondu tout de suite. Ah, madame Travers, on pouvait compter sur elle ! Lui, en tout cas, il pouvait. Il sent bien toutefois, à la manière dont elle lui parle, qu'elle n'est pas seule, dommage… Il doit y avoir quelqu'un avec elle, un patient comme elle dit. Putain, qu'il aille au diable, ce patient ! Mais elle ne lui demande pas de rappeler, elle ne lui dit pas qu'elle est occupée, elle ne lui demande même pas d'attendre un instant pour faire sortir l'autre, elle l'interroge tout de suite : « où es-tu Stanley ? » Elle se garde bien d'adopter un ton sévère ou réprobateur. Elle semble au contraire soulagée d'avoir enfin de ses nouvelles. Ça lui fait du bien, elle lui accorde de l'importance, elle tient à lui, peut-être même l'aime-t-elle, un peu comme elle aime ses propres enfants ? Pas autant qu'eux bien sûr, il ne faut pas exagérer, mais tout de même...

— Je suis loin, dit-il, et seul. J'ai besoin de vous voir, madame Travers.

Elle doit se rendre compte de son état, de son désespoir, elle réagit au quart de tour, elle ne parle pas comme d'habitude, ce calme olympien :

— Mais viens, mon garçon, viens vite, qu'est-ce que tu attends ?

— Je suis loin, je vous ai dit, il me faut une journée.

— Eh bien, viens, viens demain, en début d'après-midi, tu pourras ? Vers 14 heures, je vais annuler mon premier rendez-vous.

— D'accord, madame Travers, d'accord. Vous savez, je ne peux pas en parler comme ça, mais j'ai des ennuis, de gros ennuis...

— Ça ne m'étonne pas, Stanley... mais tout peut s'arranger, à ton âge tout peut s'arranger. Je vais m'en occuper, m'occuper de toi.

— Je raccroche, madame Travers.

— D'accord, Stanley. À demain, sûr ? Je t'embrasse...

— Moi aussi, dit Stanley dont la voix se brise et qui coupe la communication.

Chapitre XX

Les deux types sont dans une camionnette de déménageurs à l'enseigne « Les Déménageurs gascons », mais immatriculée à Marseille. Ça pourrait paraître une anomalie aux yeux d'un pinailleur, c'est vrai, mais enfin quel genre de pinailleur, ici, pourrait s'intéresser à eux ? Et puis merde, ils ne sont pas à ça près, ils sont déjà, eux-mêmes, une erreur de casting. L'un attend au volant, la tête à demi tournée vers une sorte de guichet donnant sur la partie arrière de l'habitacle, qui est dans l'ombre, et où l'autre est installé avec deux écouteurs sur les oreilles. Il est trois heures de l'après-midi et il y a peu de passage dans cette rue. De toute façon, à part le chauffeur qui attend, ce qui est somme toute assez banal, de l'extérieur on ne voit rien d'autre.

— Bordel à culs, qu'est-ce qu'il faut pas entendre comme connerie, ma Gillette ! dit l'homme aux écouteurs qui, transpirant l'ennui, mâche nonchalamment un chewing-gum.

— Putain, tu te plains toujours, Sardine, jamais content, répond l'autre qui profite de ce que son collègue a dégagé une de ses oreilles. Moi je trouve que, dans ce job, on s'emmerde pas si souvent que ça. Et puis on a des bon Dieu de surprises et on fait de sacrées expériences, la preuve ! Reconnais que c'est la première fois que t'es amené à espionner une psy.

— Ah ouais, parlons-en de ta psy ! Si au moins elle soignait des femmes ou même des mecs et qu'ils lui balancent leurs problèmes de cul, ça irait… Là, putain, c'est pas du tout ça, c'est des gosses, des adolescents – j'ai rien contre, remarque, surtout les filles – mais ils parlent de leurs pères, de leurs mères, de leurs tronches et des boutons qu'il y a dessus. Tu parles d'un pied !

— Bon… coupe le chauffeur qui semble en avoir sa claque des jérémiades de son collègue, mais avec ça aucune nouvelle de notre homme. Bordel, c'est là que ça coince ! Jusqu'à présent on a eu du cul, ça a marché comme sur des roulettes. Entre nous, en Métropole, s'adresser au Milieu pour retrouver un mec, c'est du gâteau. Nos types, putain, c'est des supplétifs comme on n'en a jamais connu, ni toi, ni moi, ni mes ancêtres, parce que, pour ce qui est des tiens, justement, c'était des supplétifs !

Le dénommé Sardine ne relève pas. Ce genre d'allusions aux harkis, à son père, il y est habitué depuis quinze ans que les deux hommes travaillent ensemble. Le chauffeur, un peu déçu, poursuit :

— De sacrés pros du terrain ! Ils ont eu vite faite d'interviewer tous les voleurs à la tire qui opèrent dans le coin, que ce soit à Saint-Charles ou ailleurs, et les gars, putain, on croirait pas, mais ils se connaissent tous ! Et ça leur fait pas peur de balancer ! Je me demande comment ils s'y sont pris, s'ils les ont payés pour les rendre bavards, ces braves petits gars, ou s'ils les ont secoués un peu pour faire des économies ou plutôt pour se faire de la gratte ? En tout cas ils leur ont fait un truc que les condés, avec leurs gros sabots, ils peuvent pas faire, macache, bezef, bonneau ! Bon, on s'en fout, nous, on n'en a pas fait d'économies, mais le résultat il est là. On sait qui c'est ! Maintenant, Sardine, écoute-moi, c'est pas étonnant que ça coince, là, maintenant, *prrrésenteeement* comme disent les Blakos. Tu vois, on n'est plus du tout dans le même genre de taf. Compter sur le besoin de retrouver sa psy, c'est quand même limite. Revoir sa mère, aller chercher son blé, reprendre contact avec un complice ou, quand il vous a chié dans les bottes, le rechercher pour lui faire la peau, ça, c'est du vrai, du lourd, mais revoir sa psy simplement pour lui causer, tu parles d'une envie ! Moi, tu veux que je te dise, mec, je suis pas optimiste.

— T'as tort, Gillette, t'as tort. Moi, au contraire de toi, je me bile pas. On a eu de la chance, c'est vrai, et on en aura encore, y a pas de raison. Et puis on n'a pas tous nos œufs dans le même panier. Nos petites mains marseillaises, ceux que tu appelles les supplétifs pour me faire chier, sont toujours sur le pont et, cette ville, tu vois, des fois elle me fait penser à l'Afrique, y a pas de secret qui dure, tout finit par se savoir… Le tout, c'est d'être patient, de pas s'occuper du temps qui passe, comme les Africains, justement…

— Putain, Sardine, n'importe quoi, voilà que tu te mets à penser, à faire le philosophe ! On aura tout vu…

— Ta gueule, ta gueule, ça cause là ! La vieille répond au téléphone ! Putain, Gillette, c'est bien Stanley qu'il s'appelle ?

— Oui, c'est ça, Stanley.

— Ta gueule, ta gueule bordel, j'entends pas tout ! Elle, elle… lui file un rencard.

— Un rencard ? Où ça, où ça ?

— Tu vas la fermer !

Le dénommé Gillette se le tient pour dit et se tait. Il halète doucement, comme son comparse d'ailleurs. On dirait deux chasseurs corses à l'affût au moment où le sanglier, tout proche, déboule, sauf qu'ils ne sont pas corses, n'ont pas de fusil et qu'il n'y a aucun sanglier dans les parages. Le dénommé Sardine dispose pour toute arme, d'un stylo, ce qui ne semble pas lui être habituel et, avec fébrilité, il prend des notes sur un calepin.

— Ça y est, dit-il, on le tient !

Puis il pose son stylo, arrache les écouteurs, prend une grande inspiration et ajoute :

— Le reste, c'est du gâteau. Tu sais quoi ? Je me régale d'avance…

— Toi, je te vois venir, tu t'excites, tu t'excites, comme d'hab ! Mais là, je t'arrête tout de suite, ça ne marche pas. On n'est ni dans le bled, ni dans la brousse et tu connais les ordres. Tu les connais, bordel ? Pas question qu'on mette nous-même la main à la pâte. On est en France ici, fous-toi ça dans ton crâne d'œuf ! C'est nos types qui doivent faire le boulot, alpaguer le petit con et lui tenir les pieds chauds pour qu'il s'allonge, pas nous ! Je vais pas jouer au con, Sardine, compte pas sur moi ! Tu vois, je suis pas comme toi, ce genre de truc, c'est pas pour dire, je le fais quand on me le demande, ça me fait pas peur, tu le sais, mais quand c'est un gamin, blanc en plus, et qu'on peut le faire faire par un autre, ça me dérange pas plus que ça…

Le dénommé Sardine n'a pas du tout l'air d'accord. Lui, apparemment, il aime son boulot, cet aspect de son boulot tout au moins. Il est déçu, ça se voit, mais il ne s'avoue pas vaincu. Il va faire le forcing. Il connaît bien son complice et, putain, il va le faire changer d'avis. Il est presque sûr de son coup.

Marseille, octobre 1992 (10)

Un an déjà, un an dans son ailleurs, loin, bien loin de cet hôpital où se sont jouées des choses qui le dépriment. Il a à nouveau pris rendez-vous avec la psychiatre. Elle lui explique que l'état de Margot s'est encore dégradé, que, dans le cours de l'année – alors qu'il n'était pas joignable, ce qu'elle regrette –, on a tenté plusieurs sorties, à chaque fois ça s'est mal terminé. Maintenant, on ne peut plus envisager aucune sortie, malheureusement, même pas dans quelques jours quand sa présence aura – sûrement – un peu amélioré sa condition.

Il comprend. Il voit bien que la situation est désespérée. Ses projets d'hier et d'avant-hier, un peu fous, s'effondrent. Pourtant, contre toute logique, il cherche à se raccrocher à quelque chose, une échappatoire. Une échappatoire qu'il n'a pas à proprement parler prévue, mais qui devait trotter quelque part, dans son inconscient. De lui-même il propose de récupérer l'enfant quelques jours et de l'amener régulièrement à sa mère, comme l'an dernier. C'est comme si cette proposition était formulée par un autre. Finalement, se dit-il pour la conforter, ça s'était plutôt bien passé la dernière fois et les trois derniers jours elle était sortie avec eux, alors qu'à son arrivée ce n'était même pas envisageable. Au fond, même s'il en est étonné, il a envie de revoir le bébé qui a dû grandir. Ils ont passé de bons moments ensemble. Il partait dans la colline, le portant dans un sac, sur son ventre. Il le voyait rire lorsqu'il courait, gazouiller, intarissable, dodeliner de la tête, s'endormir parfois. Il avait été ému par cette confiance presque animale qu'il était parvenu à lui inspirer et dont témoignaient certains de ses regards. Il ne lui parlait pas, pas envie de bêtifier… mais il parlait, seul, comme à lui-même, et le petit, attentif, l'écoutait.

— Monsieur Kervadec, dit la psychiatre, pas très chaude, c'est un peu compliqué. La DDASS, qui gère tout ce qui concerne le petit, risque de faire des difficultés. Après tout, vous n'êtes rien pour cet enfant.

Pas sûr, songe-t-il, et cette pensée le surprend lui-même. Il répond :

— L'an dernier non plus, je n'étais rien.

La psychiatre est embêtée. L'an dernier elle avait encore espoir. L'espoir que ce type dont Margot était folle resterait, qu'il ne partirait pas Dieu sait où, pour ne revenir – et encore peut-être – qu'un an plus tard. Et puis l'état de Margot n'avait fait qu'empirer. Dès qu'elle sortait, elle replongeait, c'était presque mécanique. De toute façon, sa santé, ne serait-ce que sa santé, s'opposait maintenant à toute sortie. L'histoire de la DDASS, c'était une digression, elle savait que si elle insistait un peu, il n'y aurait pas de problème : sortir un peu les pupilles, c'était souhaitable, surtout qu'avec celui-là une première expérience avait été plutôt satisfaisante. Il suffisait d'expliquer que c'était dans l'intérêt de la mère. Elle dit :

— Je vais voir avec la DDASS, tâcher de les convaincre…

— Ha, non, s'insurge-t-il. Je veux une réponse tout de suite, sinon je repars.

— Bon… Eh bien je vous emmène voir Margot et ensuite j'essaye de régler ça. Vous êtes bien pressé et exigeant pour un homme qui disparaît pendant un an sans donner de nouvelles…

Il comprend que, pour des motifs impossibles à décrypter, cette femme, ce médecin, est une alliée. Il est convaincu que sa proposition va être acceptée. Il n'en est pas heureux ni même rassuré. Il se demande quelle mouche l'a piqué. Il aurait dû partir tout de suite, s'enfuir. D'autant que, maintenant, il doit aller voir Margot. Le bébé, ce serait assez facile, mais Margot, nom de Dieu, le fantôme de Margot…

Elle n'est même pas assise dans l'unique fauteuil scellé dans le sol. Elle est allongée sur le lit. Dieu merci, elle n'est pas prostrée et ne présente aucun rictus ni ne montre aucun tic, comme il le craignait. Elle repose, diaphane, comme une princesse dans l'attente de son roi de cœur qui doit, selon la légende, la ramener à la vie. Cette métaphore puérile le ravage et ravive ses regrets. Que n'a-t-il fui tout à l'heure !

Il lui prend la main, une main venue à sa rencontre.

La psychiatre fait part à Margot de sa proposition. Tiens, ça paraît réglé comme du papier à musique, plus besoin de l'aval de la DDASS…

Margot dit :

— C'est bien !

Son regard n'est pas éteint. Pas du tout. Il est profond et brillant. L'ombre de Margot comporte encore une petite lumière, petite mais intense, comme un fanal timide et isolé dans la nuit noire.

Kervadec est fasciné par ce qu'il lit dans ses yeux. Toutes sortes de sensations lui dévastent le corps, à commencer par sa gorge qui se noue.

Chapitre XXI

Stanley débarque à midi et demie à Saint-Charles. Il est heureux de retrouver ses repères, cette atmosphère de la gare, ces bruits, ces odeurs, mais il est déçu par le temps. Il aurait bien voulu renouer autrement avec Marseille, unique, fabuleuse, radieuse. Mais non, le ciel est gris, le vent d'est commence à souffler, il ne pleut pas, pas encore. Il avait espéré un autre accueil de sa ville, plus éclatant. Il avait imaginé un grand ciel, une perspective infinie, de la tiédeur, de la lumière, enfin tous les ingrédients du retour au sud. Il en veut à sa ville, comme à une amoureuse qui, pour leurs retrouvailles, aurait négligé de se mettre sur son trente et un.

Sous la verrière, quantité de souvenirs ont ressurgi : certains des coups qu'il a faits, ses heures d'attente, souvent sans but, brassées par les mouvements incessants de la multitude, au gré des trains, de leurs arrivées ou de leurs départs. Et puis, la dame au collier qu'il a fait tomber et pour laquelle il éprouve une curieuse tendresse, la main d'Ange Simeoni sur son épaule, quelques instants plus tard, et enfin la mallette ; un coup de maître, avait dit Ange. Pour lui, seulement un coup de chance. Mais la chance semble avoir tourné, c'est un risque en tout cas et il se doit de ne pas faire de vieux os ici.

Il évite la sortie par l'escalier monumental et préfère s'insérer dans le flux du métro. Il sort donc tout en bas. Parvenu à l'air libre, il évite le boulevard d'Athènes et prend à droite, par les petites rues de l'ancien quartier chaud. Ça lui permet de vérifier qu'il n'est pas suivi. Peu après avoir tourné à l'angle de deux rues, il se cache dans une entrée cochère et attend. Il fait ça trois ou quatre fois, il le fait surtout pour Ange Simeoni, par respect pour ses craintes puisqu'il n'a pas été capable de se conformer à ses ordres. Lorsqu'il songe au malfrat, il se sent coupable. Il se rattrape par ce luxe de précautions. Il se dit que si l'autre le voyait, il ne serait pas content de lui, pas content du tout. *Qu'est-ce que tu fous là, Stan*, lui dirait-il, furieux, *Putain, qu'est-ce que tu fous à Marseille ?*

Il parvient à la Canebière qu'il traverse. Il a de l'avance et il est tenté par une terrasse de café. Pas discret. Mais au fond un bon moyen de repérer s'il est ou non suivi, une précaution de plus, une précaution vaine au fond mais bienvenue. Il s'installe et commande une mauresque, pour fêter son retour dans sa ville et aussi et surtout en hommage à Ange Simeoni. Il traîne, comme il l'a souvent fait à Paris, mais ici il trouve ça bon, il ne s'ennuie pas. Il regarde à nouveau le ciel : il va pleuvoir, c'est couru, avec ce vent d'est... Il décide de rester là jusqu'à la première goutte de pluie. Il ne va tout de même pas boire une seconde mauresque, madame Travers s'en rendrait compte car il ne serait plus dans son état normal, et c'est ce qui le décide à manger un morceau, même s'il n'a pas faim.

Il commande une bière pression, quitte la table en disant au garçon qu'il va se chercher un kebab à l'embouchure de la rue d'Aubagne. Comme il a laissé sur la table de quoi payer la mauresque, le garçon est d'accord. La vie d'ici, avec ses échanges et ses rites, lui semble soudain facile et légère, il a l'impression exaltante d'avoir enfin prise sur elle. Il commence à sourire des inquiétudes de Simeoni. Il mange lentement son kebab et boit sa bière sans se presser. Toujours pas la moindre goutte. Le ciel est tout noir, pourtant. Il regarde l'heure, il a largement le temps. Comme tout est simple finalement ! Et dans quelques instants, madame Travers ; que du bonheur ! Il est beaucoup plus optimiste qu'il y a quelques jours. Il ne va pas tout lui dire, non, mais il va lui en dire pas mal en lui expliquant que, pour le reste, il ne peut pas. Madame Travers est compréhensive, surtout avec lui, son préféré. Il consulte sa montre, il lui reste dix minutes, juste le temps qu'il faut. Il se lève, jette quelques pièces sur la table et s'en va. Nouveau coup d'œil à la montre ! L'idée d'arriver pile à l'heure lui plaît bien.

En remontant la rue de Rome, il songe à avertir madame Travers : j'arrive ! Et puis, non, ce serait trop. Il se contente de presser le pas.

*

C'est une ancienne usine. Abandonnée. Les usines abandonnées, à Marseille, elles le sont souvent depuis longtemps. Personne, depuis tout ce temps, pas même un promoteur, n'a songé à récupérer le terrain, pas encore : dans cette vieille cité en sommeil les spéculateurs sont patients. Pourtant, il est à deux pas de la mer, à la madrague de Montredon, juste de l'autre côté de la route côtière. Derrière il y a la colline, autant dire rien, un no man's land. De jour et l'été, c'est assez féerique, avec toute cette immensité bleue d'un côté, cette verdure et ces rochers blancs de l'autre. On trouve même du charme à la décrépitude de l'usine, celui des vieilles pierres.

Ailleurs on y verrait un facteur de pollution visuelle, industrielle qui plus est, mais ici et dans la sublime clarté du jour, pas du tout. Évidemment, dès que la nuit s'installe c'est tout autre chose. La côte s'est éloignée et disparaît, fuyant le regard avec l'ombre. On ne voit plus que les collines fantomatiques et cette verrue qui prend alors des allures de château hanté.

Vers deux heures du matin, alors que les réverbères se contentent d'éclairer l'asphalte et que la nuit sans lune s'est emparée de ce paysage devenu sinistre, un 4x4 Audi venant du centre de la ville prend le chemin qui longe la route, quelques centaines de mètres avant l'usine. Il roule, roule de plus en plus discrètement, puis vient se garer derrière l'édifice. On coupe le moteur, on éteint les phares et plus rien.

Les trois types et leur cargaison attendent, toutes vitres baissées pour mieux épier et scruter la nuit. Ce n'est pas qu'ils craignent d'hypothétiques adversaires, mais on ne sait jamais, il peut toujours y avoir des témoins, des gamins en goguette avec des bouteilles d'alcool fort, du shit ou même de la poudre, des amoureux en quête d'une couchette gratuite pour s'ébattre sous les étoiles ou des sans-papiers qui auraient trouvé là un abri provisoire. Or des témoins, ils n'en veulent pas, à aucun prix, car, ils le savent, d'un simple témoignage peut naître tout un engrenage… Certains l'ont déjà expérimenté avant un long séjour derrière les barreaux, aux Baumettes.

Rassurés probablement par la quiétude de la nuit, ils se décident. Leur cargaison, ombre fluette qu'ils extraient sans ménagement de la voiture comme un sac, c'est un homme. Il paraît tout mou, tassé sur lui-même, sans réaction. Du coup, alors qu'ils le tenaient à deux, un seul s'en occupe. Il le tire par le col et l'autre, l'homme à l'allure de pantin, volontairement peut-être, traîne des pieds. À un moment, celui qui le soutient le ramène violemment contre lui et lui file un uppercut au menton. L'ombre fluette ne bronche pas.

Ensuite, après être passés sous un porche monumental en poussant à plusieurs un portail récalcitrant, ils s'arrêtent tous les quatre dans la cour de l'usine à un endroit où il y a comme un parterre de planches presque aussi épaisses que des poutres. Ils se mettent à deux pour en soulever une et l'écarter, laissant apparaître un espace vide. Ils font de même avec la suivante, une troisième, et une autre encore. Ils soufflent, ce doit être très lourd. À la troisième planche on comprend que tout cela recouvrait une fosse et, à la quatrième, on distingue l'amorce d'un escalier de cave. Ils s'arrêtent. L'un d'eux muni d'une torche descend puis on pousse dans l'escalier l'homme fluet dont les mains sont attachées derrière le dos. Il ne se rebiffe plus, il ne tient probablement pas à plonger dans cet escalier de pierre, d'autant qu'il n'est plus soutenu et que tout est noir parce que l'escalier fait un coude et que la lumière de la torche ne produit plus pour lui qu'une lueur vague. L'éclaireur a en effet disparu vers le tréfonds de la cave. On imagine l'angoisse du prisonnier. À quoi pense-t-il ?

Stanley est stoïque, beaucoup plus qu'il ne l'aurait imaginé. Curieusement et depuis que des types, pas ceux-là, lui sont tombés sur le râble juste devant la porte de madame Travers, celui à qui il pense, c'est Ange Simeoni. Ange Simeoni, c'est désormais sa référence, sa statue du commandeur. Il la voit et elle le regarde avec sévérité. Il se dit qu'il a déconné. Il était averti, en bonne et due forme, et il a déconné. Il aurait dû « faire le canard », selon l'expression d'Ange. C'était tout de même pas difficile !

Il songe à son ennui à Paris, à son mal-être comme aurait dit madame Travers, des trucs de tafiole aurait rétorqué Ange et, finalement, il aurait eu raison. Depuis que les deux autres lui sont tombés dessus, qu'ils l'ont estourbi à coups de matraque, qu'ils l'ont emmené et livré à ceux-là, il n'a cessé de songer à s'enfuir, sauver sa peau ou même risquer de la perdre, mais il n'a eu aucune occasion, vraiment aucune. Au début il était dans les vapes, ensuite trop faible et enfin menotté, bâillonné et entouré de trois hommes qui le serraient de près. Maintenant, alors qu'on vient de lui retirer son bâillon, il sent que c'est encore pire. Comment échapper à trois types solides, armés, alors qu'ils vous ont emmené dans une cave, elle-même située dans un coin désert ? Seuls les héros de bandes dessinées y parviennent et Stanley n'a jamais beaucoup ni goûté ni encore moins cru ces histoires-là.

Il n'a plus aucun espoir de se tirer de ce guêpier. Une intervention extérieure ? (Il songe encore vaguement à Ange.) Ça non plus, ce n'est pas crédible. Non, il se concentre maintenant sur la suite. Que vont-ils lui faire ? Il s'en doute, il le sait, pas la peine de faire semblant de se poser la question. En vérité, ils vont s'efforcer de le faire parler et, s'il ne parle pas tout de suite, ils vont le torturer. Les caves, enfin… les caves de ce genre, inutilisées, isolées, où l'on emmène un type entravé, c'est fait pour ça, et pas seulement dans les bandes dessinées. Ce qu'ils voudront lui faire dire, c'est le nom de son patron, de son complice, mais aussi des commanditaires – pour remonter le fil – des noms qu'il ne connaît pas, des choses qu'il ne sait pas. Il n'y a donc pas d'alternative. Ils ne vont pas cesser de le torturer, même s'il leur livre le nom d'Ange. Du coup, autant ne rien dire. C'est comme ça qu'il pense à cet instant, Stanley le raisonneur, Stanley le partenaire fidèle, Stanley l'équipier loyal, Stanley, l'ami au fond.

Ange Simeoni, qui ne le mérite certainement pas, aurait-il de la chance, une chance de cocu, alors qu'il ne l'est même pas ? Stanley, à part lui, sourit. C'est un sourire amer mais aussi ému. Il pense à Ange, bien sûr, mais aussi à Marie-Lou, à cet appartement du Panier où, s'il avait eu la patience de laisser l'affaire se tasser, il aurait pu avoir ses entrées. Il pense au cappuccino de Marie-Lou et, là encore, cette pensée l'égaye. Il alterne, pense cette fois à madame Travers et une bouffée de tristesse lui vient. S'il lui avait téléphoné, comme il en avait eu l'intention en descendant la rue de Rome ? Elle l'aurait probablement fait rechercher dès son enlèvement, alors que là, elle avait dû se dire qu'il avait renoncé à rentrer à Marseille, renoncé finalement à la voir. Qu'elle ait dû imaginer ça lui fait mal. Et s'il avait parlé à Ange, s'il lui avait fait part de son projet de retour ?

Mais ces divagations ne résolvent pas son problème, il faut les oublier, les chasser, se concentrer sur l'essentiel, ce qui lui reste, tout ce qui lui reste, ce petit bout d'avenir, si court, si fatal. Une décision, une volonté même, c'est bien peu de chose face à des tourmenteurs, mais, encore une fois, c'est tout ce qui lui reste. Stanley n'a qu'une vague idée de ce que c'est que la torture. Il ne sait déjà pas bien ce que c'est que la souffrance physique, c'est dire ! Et, jusque-là, ces mecs ne lui ont même pas posé une question, ils ne l'ont même pas chatouillé un peu pour qu'il se mette à table.

Un des types a déverrouillé les pinces, lui a détaché une main et l'attire vers un anneau scellé dans le mur pour y attacher l'autre. Le local a déjà servi, il est équipé. Il se laisse faire, du reste son garde-chiourme n'est plus du tout brutal. Les autres, face à lui, ont allumé des clopes, ils sont eux aussi très calmes, ils sont même plutôt souriants, parfaitement confiants. Parvenus dans cet antre, ils ne se méfient plus de lui, une quantité négligeable. Ils discutent entre eux, Stanley ne sait pas de quoi, de lui, sûrement, avec ces sourires à la fois cruels et gourmands.

Il ne les écoute pas, il est concentré, il ne veut pas leur filer le nom d'Ange, il ne veut pas souffrir non plus, c'est tout ce qui compte. Il en a marre, marre de tout ça et marre de la vie qui, à part quelques entractes, ne lui a rien réservé de bon. Il est lucide, il ne se fait pas d'illusions, il sait que ce n'est pas maintenant que ça va s'améliorer. Il fixe le holster d'un des types qui bavardent, la crosse du flingue dépasse, juste en dessous de l'emplacement du cœur. Il la fixe intensément, par en dessous, du regard de bête traquée qu'il donne à voir, qu'il offre à leur férocité. Il se décide, donne du mou à son geôlier puis se contracte, s'arrache et se lance vers le type au holster, vers la crosse, objet de sa folle convoitise, putain, n'est-ce pas lui, le roi du vol à l'arraché ?

*

Raymond rentre chez lui : « retour à casa », se dit-il en songeant à son lit, son oreiller et sa couette. Il vient juste de quitter la calanque de Saména. Il est seul au volant de sa vieille Clio, vitres ouvertes car il vient de s'allumer une Lucky, la dernière de la nuit. Il aère la voiture parce que sa femme n'arrête pas de lui reprocher de fumer au volant, et de fumer tout court d'ailleurs. Il roule lentement, il n'est pas pressé. Il a tout son temps, il ne reprend son boulot que ce soir et pas pour longtemps, trois ou quatre heures au plus : il est éboueur à la Ville depuis vingt-cinq ans. Pour autant, il n'est pas de bonne humeur. Il est arrivé tard, après la tournée précédente torchée en deux heures trois quarts, un record ! Mais il a fallu ajouter le temps de se doucher et de se changer. Indispensable dans ce métier…

Au début, ça a super bien marché. Il a pris un gros sar puis trois plus petits, presque coup sur coup. Un peu plus tard il y a eu un marbré, pourtant pas très gros, qui lui a donné du fil à retordre, c'est le cas de le dire. Après, plus rien. Et enfin, juste avant de se faire la malle, il s'est fait casser par un fiéla ou une murène, il n'a pas bien vu. Une bestiasse en tout cas. Elle lui a cassé non seulement le fil mais aussi le scion de sa canne à pêche, putain de poiscaille ! C'est pour ça qu'il l'a bien méritée, sa dernière clope !

Il passe à la madrague de Montredon, devant l'usine désaffectée. Oui, désaffectée depuis toujours selon son souvenir, au point qu'il se demande ce qu'on y a fabriqué et si même on y a jamais fabriqué quelque chose, quand soudain il est tiré de ses réflexions par un fracas d'enfer qui couvre en partie un bruit furieux de moteur. Puis – con de Manon ! – un gros 4x4 déboule sur la route et la lui coupe, là, juste devant son pare-chocs. Il n'a pas le temps d'appuyer sur le frein mais – grâce soit rendue à la bonne Mère ! – le bolide roule bien plus vite que lui, si vite qu'il se dérobe juste avant que ne se produise le choc. Il freine pourtant, comme un malade, alors que ça ne sert plus à rien. Il se gare au bord de la route. Fatche de con, il est vidé ! Il souffle. Putain, ça sent le brûlé ! C'est la clope qui est tombée entre ses jambes, elle est en train de cramer son siège et son pantalon dans l'entrejambe. Il se soulève in extremis, tape alternativement sur ses couilles et sur la garniture, et parvient à tout éteindre. Il respire. Pas d'autre catastrophe ? Il se dit : *ce truc, c'est pas normal, pas normal du tout.* Il n'hésite pas, cherche son portable et fait le numéro de police secours.

Un type décroche et, encore sous le choc, il lui raconte son histoire. Elle est toute chaude, il s'efforce d'être bref, précis. Il donne sa position. C'est important car on peut encore espérer rattraper le 4x4 si une voiture de patrouille tourne dans le coin, c'est ce qu'il dit au type. L'autre a pas l'air très intéressé, pour lui c'est de la routine, il répond :

— Bon, y a pas mort d'homme, même pas de tôle froissée. Plus de peur que de mal, quoi ! C'est pas normal, d'accord, mais on va pas non plus en faire la cordillère des Andes !

Raymond l'éboueur est scandalisé, il se sent surtout outragé. Cette nonchalance réveille en lui tout le mal qu'il pense de la police à Marseille et il est tenté de le cracher aussitôt au téléphone. Il s'abstient cependant car ça risque de tout compromettre. Il n'est certainement pas ce qu'on nomme un citoyen modèle, mais ces salopards lui ont filé la trouille de sa vie. Ils ont failli le faire exploser en vol. C'est son affaire et il y tient. Rongeant son frein, il rétorque lentement, pesant ses mots :

— Trois types dans un 4x4 Cherokee, pas tranquilles du tout – c'est moi qui vous le dis parce que j'ai vu de mes yeux la tronche qu'ils faisaient – à deux heures du mat'. Trois types patibulaires qui déboulent d'une usine comme qui dirait en ruine, qui débouchent sur la route à fond la caisse comme s'ils étaient poursuivis par le diable et son train, vous trouvez qu'y a pas matière à se poser des putains de questions, vous qui êtes flic ? Moi, je vous dis qu'il y a un lézard, un gros lézard…

Il se tait, pour juger de l'effet. Rien ne se passe. Mais il ne s'avoue pas vaincu, il a encore un tour dans son sac. Il ajoute :

— Vous êtes toujours là ? Ouais ? Alors, écoutez-moi bien : si vous laissez tomber et qu'y a quelque chose qui se passe, un truc qui fait des vagues, eh bé, comptez pas sur moi pour la fermer, pour lâcher l'affaire et vous sauver la mise. C'est pas trop dans mes habitudes vous savez, mais là, j'irai jusqu'au bout, collègue, jusqu'au bout. Et je ferai le témoin, même devant le juge si y faut…

L'argument et la manière semblent porter. De mauvaise grâce, le policier répond :

— Je vais envoyer une patrouille à votre usine. Mais les BAC, monsieur, elles ont autre chose à faire !

Chapitre XXII

Je n'achète pas le journal tous les jours car je trouve un exemplaire de *La Provence* le matin, bien en vue sur mon bureau, à mon cabinet. C'est madame Del Castillo, arrivée de très bonne heure, qui l'a déposé là avec mon courrier. *La Provence,* c'est évidemment un peu court. Billie, qui est sans nuance, dit que c'est un journal de merde. Je n'irais pas jusque-là parce que je suis un type bienveillant – trop bienveillant dit-elle aussi. Du coup, en descendant de chez moi, je jette quand même un œil au kiosque du cours Pierre Puget pour voir les titres et, si ça me chante, j'achète *Libé*. Ce matin, *Libé* titrait « Casse-toi riche con » à propos d'un milliardaire français qui envisageait de se faire la malle en Belgique. Tout ça pour payer moins d'impôts au profit de la France et des Français qui avaient fait sa richesse. On avait déjà connu ça à propos d'un rocker qui n'était célèbre qu'en France ou à peu près. Ça ne m'intéressait guère. Les turpitudes des riches, j'en avais plein ma besace. Mais *La Provence* titrait, quant à elle, « Encore un règlement de comptes à Marseille ». J'achetai donc *Libé* pour avoir de vraies infos sur le soi-disant règlement de comptes…

L'article de *Libé* ne parlait pas de règlement de comptes ni même d'une exécution, il était plus prudent. Il faisait état du corps d'un jeune homme retrouvé dans une cave dans les quartiers Sud. Il avait été tué quelques instants plus tôt de trois balles de pistolet ou revolver, l'expertise balistique devant trancher cette question restée en suspens. Pour le journaliste, ce n'était pas la seule, car on avait retrouvé d'autres impacts dans la cave. L'enquête n'en était qu'à son début et on n'avait qu'un témoin, un pêcheur tardif qui avait vu un 4x4 Cherokee prendre la fuite vers deux heures du matin. C'était plutôt maigre, mais moi ça excitait mon imagination et ça m'ouvrait même des horizons, encore hasardeux, certes, mais tout de même.

J'appelai Juston. À cette heure-là il devait être à son bureau et organiser sa journée. À moins qu'il ne soit dans un bureau voisin au commissariat, dans un bar ou dans la rue. Avec les téléphones portables c'est une chose que l'on ne peut plus savoir sauf grâce à la géolocalisation et alors on passe de modeste fouille-merde à Big Brother… Je le saisis au vol :

— Alors, mon bon Juston, et ces renseignements que vous deviez soutirer à votre… contact ?

— Eh bien, monsieur le juge, je pense que ça va donner. Il ne m'a rien livré sur le coup. J'ai senti qu'il avait déjà un peu de grain à me faire moudre mais pas suffisamment. Je dois le revoir ce soir même.

En fait ce n'était pas l'objet principal de mon appel et j'ajoutai :

— Vous avez lu la presse ?

— Oui, vaguement.

— Le meurtre du jeune à Montredon ?

— Oui, tout à fait. J'étais d'ailleurs en train d'en parler avec le collègue chargé de l'enquête quand le téléphone a sonné.

— Ah, ça tombe bien. Connaissez-vous la couleur des yeux de la victime ?

Il y eut un blanc, puis :

— Euh… non.

— Juston, bon Dieu, demandez à votre collègue, puisqu'il est là !

Il y eut encore un blanc, il devait avoir hésité d'abord puis plaqué la paume de sa main sur son téléphone pour poser la question à son collègue avec le maximum de circonlocutions. Ça devait l'embêter de l'interroger directement là-dessus. Il devait se dire que moi, son juge, et lui avec – puisqu'il entrait dans ma combine – allions passer pour des originaux, au minimum… J'enfonçai le clou :

— Rien de particulier à propos de ses yeux ?

Il finit par répondre :

— Des yeux clairs à ce qu'il lui semble. Mais l'autopsie nous apprendra ça plus précisément.

— Il n'avait pas les yeux vairons ?

— Les yeux vairons ? Qu'est-ce que c'est que ça ?

— Des yeux de couleurs différentes, Juston.

— Ha… bon. (Il laissa à nouveau passer un temps.) Eh bien, voilà, on ne sait pas. Des yeux clairs, a priori, c'est tout pour l'instant.

— Bien ! Rappelez-moi dès que l'autopsie aura parlé, Juston.

— OK, monsieur le juge, OK.

Il était gêné pour moi, et sans doute à cause de moi. Son collègue devait avoir porté son doigt à sa tempe et le faisait tourner, à mon avis. Je conclus :

— Salut, Juston.

— À bientôt, monsieur le juge, me répondit-il, morose.

Chapitre XXIII

— Putain, vous aviez raison !

Juston était tout content, il ne surveillait même plus son vocabulaire. Il m'étonna, et pas seulement du fait de cette grossièreté qu'il m'épargnait d'ordinaire même si je n'en avais rien à faire... D'habitude, dans ces circonstances, il est plus circonspect et quelquefois carrément mauvais joueur. Mais là – je le compris ensuite – la partie ne s'était pas jouée entre lui et moi, pas du tout. En fait, il avait dû river son clou à son collègue qui me prenait et, dans la foulée, le prenait peut-être lui-même, pour un charlot.

— Les yeux vairons, comme vous dites. J'aurai appris quelque chose. Le légiste est formel, un œil bleu et l'autre plutôt vert. Mais bon, ça ne m'explique pas comment vous avez pu imaginer ça.

— Déduire ça, Juston, déduire ça ! En fait, il y a un élément qui vous manque.

Et je lui racontai l'épisode de la gare Saint-Charles, le jour où lui-même m'attendait à Nice. La petite dame brune qui s'était fait arracher son collier et qui n'avait pas voulu, lors de son dépôt de plainte, parler du signe particulier de son agresseur.

— Un sacré signe particulier ! dit Juston.

— C'est précisément ce que je lui ai dit à l'époque.

Je complétai mon histoire. Je lui dis que j'avais fait le lien entre ce vol à l'arraché et celui de la mallette. Un rapprochement plus que vague jusqu'à ce que j'apprenne le meurtre de ce jeune homme, la veille. C'était auparavant une hypothèse encore hasardeuse bien sûr, mais après tout, si elle ne s'était pas avérée, quelle importance ? Du coup, le meurtre n'était plus du tout une exécution mais un enlèvement pour faire parler le gars, un enlèvement qui avait dû mal tourner, à moins que la victime ait parlé. On ne pouvait pas l'exclure.

Juston dit :

— Si c'est une exécution, ce sont les commanditaires du jeune qui ont fait le coup pour qu'il ne parle pas. Si c'est un enlèvement pour le faire parler et remonter aux commanditaires, alors c'est un coup fourré de nos barbouzes, et là…

J'étais convaincu que la deuxième hypothèse était la bonne mais je devais reconnaître que Juston raisonnait juste, en tout cas de manière convenable selon les préceptes du manuel général du bon enquêteur. Il fallait en effet tout envisager. Moi, le manuel je m'en fous, ce n'est pas ma tasse de thé. Je dis :

— Juston, c'est un enlèvement qui a mal tourné, tout bonnement. Mais vous avez raison, il faut attendre les résultats de l'autopsie et l'analyse balistique pour se faire une idée précise.

*

La victime avait été abattue de quatre balles provenant de deux revolvers différents. Une avait pénétré au-dessus du rein gauche, par-derrière, et était aussitôt ressortie pour aller s'écraser contre le mur d'en face. Aucun organe vital n'avait été touché. Son calibre était de 9 mm. Les trois autres avaient pénétré le flanc droit, avaient elles aussi traversé le corps mais pour aller se ficher dans les contremarches de l'escalier. L'une au moins était mortelle, elle avait transpercé latéralement le cœur. C'était du 357 magnum. Mais il y avait encore un projectile fiché dans le mur du fond, de calibre 9 mm également, qui ne provenait pourtant pas de la première arme. Pour ma part j'imaginais parfaitement la scène mais Juston l'expliqua rationnellement.

La victime avait un type derrière lui, légèrement à droite, probablement contre l'anneau scellé dans le mur de la cave, un autre carrément à sa droite, presque devant lui et le troisième face à lui. Ce troisième n'avait pas tiré, tout simplement parce que la victime l'avait soulagé de son arme et avait elle-même fait feu. Restait à savoir si elle l'avait touché. Une analyse des nombreuses taches de sang relevées dans la cave permettrait de répondre à cette question. Quant aux deux autres, surpris par l'agression dont leur complice était l'objet, ils avaient tiré, le premier un seul coup, de peur d'allumer son collègue, et le second qui avait une ligne de mire dégagée, trois fois.

— Alors, ajouta Juston, particulièrement déprimé après cette démonstration, ce sont ces fumiers de barbouzes qui ont tué ce minot… ou plutôt qui sont responsables de sa mort, parce que ça m'étonnerait qu'ils soient allés eux-mêmes au charbon.

J'étais d'accord avec lui et tout aussi déprimé. Pour ma part je rêvais d'une police claire et transparente. Une police qui aurait, dans cette affaire, mené une bonne vieille enquête interne. Cette enquête aurait permis d'identifier les « agents » qui avaient pris contact avec le commissariat et avaient pris connaissance de la procédure du vol de la mallette. Ces agents qui avaient ainsi pu poursuivre, avec leurs moyens dégueulasses, leurs sinistres investigations. Cette enquête aurait non seulement porté un coup d'arrêt à cette saloperie d'opération mais aussi permis de voir d'où elle venait.

Mais nous touchions là toute l'ambiguïté de la police française. Elle dépend de l'exécutif et non du pouvoir judiciaire comme c'est le cas dans d'autres pays démocratiques. Elle est tout entière dévouée au gouvernement. Les policiers estiment et Dieu sait qu'ils y sont encouragés – je devrais dire contraints – que ce qui prime, ce n'est pas la justice, mais la raison d'État, ce que certains ont le culot de nommer l'ordre républicain. Comme si la république imposait que l'on dissimule à tout prix les turpitudes de ceux qui nous gouvernent !

— Bon, dis-je, plus pour éloigner mes fantasmes d'intellectuel et couper court à la morosité ambiante que pour faire avancer les choses. C'est donc la criminelle qui est chargée de l'enquête. Vos collègues vous tiendront informé, on peut du moins l'espérer. Cette enquête comporte deux axes : l'un côté victime et il y a fort à parier que le ministre de l'Intérieur va pousser à la roue, et l'autre côté meurtriers et je pense que c'est là qu'on va essayer d'allumer les rétrofusées, non ?

— Je ne crois pas, dit Juston. Ou plutôt, ce que je pense, c'est que vous êtes sûrement dans le vrai quand vous parlez de la piste victime parce que, même s'il y a eu mort d'homme, ces salauds vont vouloir maintenir le cap, c'est couru. Pour le reste, excusez-moi, mais il me semble que vous avez tort. Les gars de la crim', quand il s'agit d'élucider un meurtre, ils se laissent pas marcher sur les pieds, ils ont sûrement des défauts, mais ils ne vont pas jusque-là.

Il devait avoir raison, dans les grandes lignes tout du moins. Et je sentis que je l'avais contrarié en mettant en doute la moralité de certains de ses amis. Mais enfin, ce Juston, il a beau avoir des idées claires, il demeure toujours chez lui une tendance fâcheuse à l'indulgence à l'égard de gens qui, à mon avis, ne le méritent pas…

Il ajouta :

— Il y aurait une solution, c'est que l'information sur l'homicide soit ouverte à votre cabinet…

— Ne rêvons pas, Juston, ce n'est pas moi qui suis de permanence et je ne vois pas le procureur changer les règles en laissant entendre qu'il y a un rapport entre notre affaire et le meurtre du petit voleur à l'arraché. On verrait tout de suite où il veut en venir et, pour lui, ce serait carrément suicidaire…

Afrique, février 1993 (11)

C'est un petit pays, pauvre et peu homogène, comme la plupart de ces pays africains découpés à la va-vite par la puissance coloniale. Il était à peine capable de combler ses habitants, mais, selon certains, il était prometteur, recelant probablement des trésors, à condition de faire preuve de patience. Kervadec y est en poste depuis trois mois. Il y est, officiellement, chargé des affaires militaires ou plutôt conseiller aux affaires militaires, ce qui revient au même. Le docteur Cyrille Soumaré en est le président.

Il est arrivé au pouvoir par défaut. Son prédécesseur, Félicien Touré, en ayant été chassé manu militari. À l'époque de cette révolution à laquelle il était tout à fait étranger, c'était déjà Kervadec qu'avait envoyé la France et c'était encore Kervadec, ayant agi sous le manteau, qui avait convaincu ces messieurs de la Françafrique de parier sur le docteur Cyrille Soumaré, l'incontournable. C'est probablement pourquoi, moins de deux ans plus tard, la cellule Afrique de l'Élysée, inquiète de ce qu'elle nommait les velléités d'indépendance du nouveau président, avait dépêché, pour lui servir de mentor, le même commandant Kervadec. Un épisode somme toute banal, comme il y en avait eu bien d'autres entre la France et ses anciennes colonies.

La vraie vocation de Cyrille Soumaré, c'était la médecine, et son unique ambition était d'établir dans son pays un véritable système de santé. Il y avait travaillé longtemps et c'est ce qui expliquait son incroyable popularité. Cette popularité qui, avant de le conduire au pouvoir, lui avait valu, un temps, d'être nommé ministre par le président Félicien Touré puis, un autre temps, d'être jeté en prison par le même Félicien Touré. Il était marié à une Martiniquaise, Clémence, une métisse qu'il avait rencontrée à Paris pendant ses études. Elle était biologiste. Ils avaient trois enfants. Le « palais » de la présidence où ils étaient installés, n'était qu'une grosse villa coloniale au milieu d'un parc, entre l'ambassade de France et celle des États-Unis. Kervadec disposait lui-même d'un tout petit appartement dans la caserne de la garde présidentielle, un immeuble moderne construit dix ans auparavant dans le parc. Soumaré lui avait proposé une résidence plus spacieuse dans une aile du palais, mais il avait refusé.

La garde comprenait cinquante hommes, pas plus, qu'il commandait. Leur entraînement était assuré par deux mercenaires recrutés par le prédécesseur de Kervadec et en lesquels il n'avait d'ailleurs qu'une confiance limitée. Ce prédécesseur était comme lui un transfuge de la DGSE qu'il connaissait pourtant mal. Dans ce pays, il n'y avait pas d'autre armée que celle-là, mise à part la gendarmerie qui, éparpillée, assurait un semblant d'ordre, à l'africaine, sur le territoire.

Petite nation pauvre, pauvre petite armée. Et ce n'était pas le nouveau président qui allait changer les choses en engageant des dépenses militaires. Après tout, la France, sur ce continent, veillait sur ses anciennes colonies… La paix régnait donc dans cette miette d'empire dont le peu de ressources était employé à la survie de ses habitants et, pour une modeste fraction, consacré au développement. Politique agricole, politique d'éducation, politique sanitaire. Avec deux ou trois ONG amicales, le docteur Cyrille Soumaré creusait son sillon. Il était serein, il aimait son peuple, il le servait. Cependant, comme son épouse mais pour d'autres raisons, il aimait aussi la France.

Lorsque, pour la première fois dépêché sur les lieux lors de la révolution, il avait proposé à Paris de jouer la carte Cyrille Soumaré, Kervadec ne le connaissait que de réputation. Cela lui suffisait pour éprouver du respect pour cet homme, comme pour bien d'autres Africains dévolus aux rôles de figurants : économistes, philosophes, juristes, scientifiques, et même écrivains ou artistes, souvent connus du monde entier mais jamais sollicités pour diriger leurs pays ou ne serait-ce que participer au pouvoir. D'ailleurs le colonel l'avait soutenu et, loyal sur ce coup, le soutenait encore. Avant qu'il ne quitte définitivement le Togo pour rejoindre son nouveau poste, il lui avait pourtant dit :

— Démerde-toi, Kervadec. C'est ton poulain et il est en train de nous chier dans les bottes !

Un gisement d'uranium découvert quelques mois auparavant constituait la pomme de discorde entre la France et son ancienne colonie. Paris s'était rendu compte, trop tard, que Cyrille Soumaré n'était peut-être pas l'homme de la situation. Mieux aurait valu un dictateur cupide, ç'aurait été tellement plus simple…

Celui-là voulait un vrai partage des richesses entre l'exploitant et son pays, et surtout ne pas compromettre l'avenir. Il n'acceptait qu'un droit d'exploitation de cinq ans. Insuffisant, disait la grande société minière. Trop d'investissements pour une si courte période. Quinze ans, tel était son chiffre. Avec la morgue des grandes entreprises internationales, elle déclarait qu'elle n'en démordrait pas et le président Soumaré estimait cela inacceptable. Pire encore, dans la négociation, il avait pris le risque de faire état de la proposition d'une entreprise russe ! Ce n'était plus l'Union soviétique et le rideau de fer avait fondu, mais il demeurait, de ce côté-là, dans une frange de la classe politique française, comme de vieilles douleurs qu'il était bien utile de réveiller. C'est ce que ne manqua pas de faire la société minière en montant l'incident en épingle auprès de ses amis de la cellule Afrique.

Kervadec avait dû quitter le Togo qui était alors de tout repos mais où l'exercice de sa mission ne lui apportait aucune satisfaction. La routine. Avec Cyrille Soumaré, c'était tout autre chose. Malgré le manque de moyens, les résistances tribales, les préjugés, malgré la circonspection de Paris, il y avait toujours une décision à prendre, un chantier à mettre en place, un problème à régler, enfin, constamment du pain sur la planche. Kervadec aimait ça. Il trouvait exaltant ce travail de conseiller auprès d'un homme intelligent et ouvert et, peu à peu, il apprécia cette position auprès du président. On avait pris soin de mettre les négociations sous le boisseau et de balayer sous le tapis les choses qui fâchaient. On se disait qu'il n'y avait pas d'urgence. On comptait sur lui, Kervadec, pour, le moment venu, peser de tout le poids qu'il aurait acquis auprès de Cyrille Soumaré.

Chapitre XXIV

Juston, muni de ma commission rogatoire et de quelques recommandations, avait pris la route de Sospel. Je l'enviais un peu car il y était allé pour rencontrer la petite dame brune dont j'avais gardé un souvenir ému, et il devait finalement la trouver lui aussi à son goût, comme par hasard. De retour, après m'avoir vanté ses charmes, il m'expliqua que tout s'était bien passé, qu'elle avait confirmé les yeux vairons, que, bien sûr, elle n'aurait pas dû m'en vouloir puisqu'il ne s'agissait plus maintenant de dénoncer le petit – paix à son âme – mais au contraire de tâcher de retrouver et punir ses assassins, mais que pourtant elle avait eu des paroles amères à mon encontre.

En fait, me dit-il alors que je ne lui demandais rien, elle m'en voulait de ne pas lui avoir dit à l'époque que j'étais juge, alors qu'elle-même s'était présentée à moi en toute franchise et très ingénument. D'un autre côté, c'est ce que je fis observer à Juston, si j'avais décliné ma qualité, elle aurait tu le fameux signe particulier et nous n'aurions eu, aujourd'hui, que bien peu d'éléments pour identifier le jeune homme et rechercher ses assassins. Juston m'avoua qu'il avait bien pensé à faire valoir cet argument en ma faveur, mais qu'il s'était abstenu, allez savoir pourquoi.

J'avais eu la faiblesse, à propos de la dame qu'il devait aller entendre, de lui faire part de mes fantasmes innocents illustrés par la chanson de Brassens… Et, le traître en avait profité pour balancer cette pierre dans mon jardin ! Il ne me devait rien bien sûr, pourtant, sur ce coup, il aurait pu être plus loyal ! Il en convint mais ça ne sembla pas le gêner outre mesure, au contraire. Ce que je déduisis de tout ça et de cette désinvolture, c'est que, sur certains sujets, c'était un type plutôt conformiste et qui réprouvait, pour les autres, même le simple péché d'intention.

— J'ai filé une copie de son témoignage à la criminelle, dit-il. Comme ça, j'ai enfoncé le clou et les gars, ça leur en a bouché un coin. Mon collègue m'a même dit qu'il aurait aimé qu'on travaille ensemble sur cette affaire de meurtre, qu'on travaille avec vous, quoi. Je lui ai répondu que ça dépendait du proc. Enfin… ça lui plaisait cette idée de travailler pour vous…

Il se rattrapait, c'était un malin, mais aussi un affectif au fond, un affectif bien déguisé. Je le laissai poursuivre.

— J'ai fureté comme vous m'avez dit du côté de l'institution qui le prenait en charge et j'ai appris de sa psychologue, une dame Travers, que le jour où il a été enlevé, il était en cavale mais, pris de remords, avait pris rendez-vous avec elle, à son cabinet. Ils ont dû l'arracher juste avant, les fumiers.

— Et votre indic… je veux dire votre informateur.

— Eh bien je l'ai revu, malheureusement trop tard. Il avait identifié le gamin. C'était une course contre la montre et on a perdu. C'est ce qu'il m'a dit. Ça m'a étonné. Allez savoir pourquoi, il avait l'air sincèrement déçu.

— Mais comment avait-il identifié le gamin ?

— Par d'autres jeunes de Saint-Charles et puis le bruit courait que des gros bras étaient à sa recherche. Ces jeunes zonards qui parlaient un peu, à lui et à d'autres, ils avaient été secoués par les gros bras et ils s'étaient allongés. C'est la version qu'il m'a servie et il n'en savait pas plus. Enfin… s'il en savait plus, ce que je n'étais pas en mesure de déterminer, il ne voulait pas le dire. Vous savez, avec les informateurs, ça ne se passe pas comme avec les suspects ou les témoins, surtout quand on n'a aucune monnaie d'échange…

— Je sais, je sais. De mon côté, il ne me semble pas vous l'avoir dit, mais j'ai mis en examen le patron de la CPAO, Desramets.

— Il chique ?

— Oui, comme vous dites, il chique. Il a demandé à s'expliquer plus tard en présence de son avocat et après avoir pris connaissance du dossier. Il sait qu'il est coincé, au moins sur les abus de biens sociaux et les fraudes fiscales, voire le blanchiment, mais il est venu seul parce qu'il a fait le pari que je ne le mettrais pas au trou. Il a eu raison, à quoi bon ? Pour le garder six mois et le sortir après ? De toute façon, il ne va pas s'envoler, il présente toutes les garanties. Il a une femme, deux enfants, un magnifique appartement sur la corniche, une villa à Ramatuelle avec des vignes tout autour et un chalet à Megève. Je l'ai placé sous contrôle judiciaire et il a déposé une caution de six cent mille euros.

— Vous auriez dû lui faire casquer deux fois plus, monsieur le juge. C'est que de l'argent sale après tout, de l'argent sale qu'on fait sortir de la caverne d'Ali Baba. C'est pas tous les jours qu'on a cette possibilité de leur vider les poches !

— Vous avez sans doute raison, je suis mesquin…

— C'est pas ce que je voulais dire. Six cent mille, ça fait déjà une somme, je le reconnais, mais tout de même…

— Voyez-vous, Juston, si j'avais doublé la mise, j'aurais pris le risque de me faire raser par la chambre de l'instruction, alors que là il n'a même pas fait appel.

— Ouais, ouais, je comprends. Nous autres flics on croit toujours que les juges sont tout puissants, on pense jamais aux calculs qu'ils doivent faire pour éviter de se faire taper sur les doigts.

Je ne sais pourquoi, mais je trouvais l'expression déplaisante, elle froissait mon orgueil de juge indépendant.

— Taper sur les doigts n'est pas le mot, Juston. Désavouer aurait suffi, et encore…

— D'accord, je vois la différence. Tout ça est très subtil. Sûrement trop subtil pour moi.

— En première analyse, Juston, seulement en première analyse…

Afrique, février 1993 (12)

Kervadec n'imagine pas jouer, avec Cyrille Soumaré, le même jeu que celui qu'il a toujours pratiqué avec les dictateurs africains. Cyrille Soumaré n'est pas un dictateur, et peu à peu, il est même devenu son ami. Les trois mois qui viennent de s'écouler ont vu naître cette amitié. Ils se sont entendus sur presque tous les sujets pour lesquels le président l'a sollicité, autant dire sur tout ce qui concernait les politiques à mener dans l'intérêt du pays. Il n'a cependant jamais été question entre eux du contrat d'exploitation de l'uranium découvert récemment, et cela bien que les recherches sur le site se soient poursuivies pour en déterminer l'étendue. C'est un non-dit qui, sans en avoir l'air, empêche leur relation de totalement s'épanouir. Chacun, à sa manière, craint d'aborder le sujet, de le mettre sur la table.

Kervadec a bien conscience que sa présence ici n'a d'autre cause que cette histoire de contrat et, avec les autorités françaises, il doit temporiser. Cyrille Soumaré s'en doute aussi, mais lui préfère imaginer que les intentions de Kervadec sont pures, dénuées de toute hypocrisie, et au fond, il y croit, même s'il sait qu'un jour ou l'autre, le plus tard possible, il faudra bien vider l'abcès. Il n'a d'ailleurs pas tout à fait tort d'y croire, car le conseiller français ne se sent pas du tout à l'aise avec ça.

Pourquoi, bon Dieu, a-t-il fallu qu'on ait découvert des traces d'uranium dans ce pays, ce petit pays perdu au milieu de l'Afrique, peut-être le seul, avec ce président-là, capable de trouver une voie, certes lente, mais sûre, vers le développement ?

En ce mois de février, la capitale est en effervescence. On est venu de tous les coins du pays pour participer aux « Journées de la santé et de l'hygiène », une manifestation organisée par le gouvernement et les ONG, encore une idée du docteur Soumaré, une idée de Cyrille. Ont été invités tous les responsables de dispensaires, des infirmiers et infirmières, quelques médecins et des femmes, quantité de femmes qui se sentent concernées par le sujet.

La ville et ses environs sont constellés de campements provisoires. Les gens sont venus avec leurs vivres, des stocks de céréales, des poulets, des moutons de case même, qui sont attachés à des piquets avant d'être cuits sur des feux de fortune ou cuisinés en ragoûts. Les maisons sont pleines, résultat de cette invasion et de la traditionnelle hospitalité africaine. On s'est réuni, pour écouter les conférences, débattre et poser des questions, dans deux ou trois salles vite bondées, sur le stade, les quelques places de la ville et même dans certaines rues, à l'ombre de bâches qui, arrimées à la « va-comme-je-te-pousse » sur de maigres piquets, menaçaient à tout moment de s'envoler.

C'est la fin du troisième et dernier jour, on est contents, on a l'impression d'avoir avancé, l'exaltation est de mise et tout se termine par des fêtes improvisées avec musiciens et conteurs. La nuit est tombée. Certains, malgré la fatigue, ont commencé à partir, d'autres ont décidé de dormir là, profiter de cette fin de nuit étoilée et bienveillante. Ils ne s'en iront qu'aux aurores.

Kervadec a passé ces trois jours de travail et de liesse aux côtés de Cyrille Soumaré. Il a écouté les discours du président, les interventions des médecins, des logisticiens, des assistants sociaux employés par les ONG, les communications des intervenants en milieu urbain ou en brousse et les commentaires de tout un chacun. Il n'a pas toujours été très attentif et, en vérité, il est las de ces démarches officielles et de toutes ces palabres.

On est dans le parc, juste devant l'entrée de la villa présidentielle où se sont arrêtées les deux voitures qui rebroussent chemin en direction de leur garage. Il est tard, Cyrille Soumaré, qui est accompagné de sa femme Clémence, est quant à lui épuisé et décide d'aller se coucher. Mais lui, Kervadec, l'homme d'action, ce qui lui manque, ce dont il a besoin, ce n'est pas de repos, c'est au contraire d'un peu d'exercice. Il salue le président et Clémence qui l'enlace amicalement et l'embrasse. C'est la première fois. Il sert la main du président, une poignée de main on ne peut plus chaleureuse.

Il les regarde entrer chez eux, salués par les deux sentinelles, puis il se dirige vers la caserne pour se changer, se mettre en tenue de sport. Une dizaine de minutes plus tard, il sort sur la route et commence à courir, il fait encore chaud, il est torse nu, un léger vent balaye la poussière. Il sait que, bientôt, il va transpirer à grosses gouttes et que cette poussière tiède va lui coller à la peau, sur tout son corps, mais il en est content, c'est ce qu'il cherche. Après, il prendra une bonne douche et il sera un autre homme, un homme tout neuf.

Cet épuisement bienvenu lui évitera de gamberger, de laisser vagabonder son imagination du côté de la France, d'Aix-en-Provence et Marseille dont il n'a aucune nouvelle parce qu'il n'en veut pas. Le temps de penser à tout ça et il est déjà à trois kilomètres de la villa présidentielle. Il continue de s'éloigner. Il a pris son rythme, sa respiration est régulière, il s'enivre du choc régulier de ses pieds sur la terre battue. Il compte aller jusqu'à un croisement de pistes qui est encore à trois kilomètres, puis il reviendra sur ses pas. Douze kilomètres, c'est sa dose. Après, ça ira mieux, c'est ce qu'il pense.

Cyrille Soumaré est dans sa chambre, Clémence est encore dans la salle de bains. Elle en sort alors que sa toilette du soir n'est pas finie, elle a le visage blanchi par le lait démaquillant, on dirait un zombie. Elle dit :

— Tu n'entends pas ? Il y a du bruit dans le parc, devant la porte, des voix, ce sont des gens qui se disputent.

À peine a-t-elle achevé sa phrase que des coups de feu explosent dans la nuit et que les vitres volent en éclat. Clémence a, d'un bond, rejoint son mari qu'elle précipite au sol. Il réagit enfin, rampe jusqu'à la porte donnant sur le couloir et éteint la lumière. Il y a d'autres coups de feu dans le parc, quelques projectiles viennent se ficher dans le plafond et un morceau de plâtre se détache et éclate sur le parquet. On entend aussi une cavalcade. Il semble que tout le personnel et les sentinelles s'enfuient, mais on n'est sûr de rien.

— Reste là, dit-il à sa femme. Toi, tu ne risques rien.

Il sort de la chambre. Au lieu de descendre tout de suite, il prend le couloir qui conduit à l'arrière de la villa vers un escalier de service. Il le descend en trombe et quitte le bâtiment parderrière. Devant lui se dresse le mur de l'ambassade américaine. De l'autre côté de ce mur, ce n'est pas l'ambassade elle-même mais le parking où se garent les voitures des visiteurs et pensionnaires. Il escalade le mur, se reçoit sur le capot d'un pick-up et se précipite vers la lourde porte de l'ambassade sur laquelle il tambourine avec ses poings. Un temps qui lui semble infini s'écoule puis une voix se fait entendre de l'autre côté de la porte, celle de l'ambassadeur qui demande qui est là.

— C'est Cyrille Soumaré, mister Cabot, des putschistes ont pris d'assaut la présidence. Ouvrez-moi.

L'ambassadeur comprend. Malheureusement, il n'a pas pris les clefs. Il le dit et remonte à l'étage. Lorsqu'il redescend et ouvre la porte, Cyrille Soumaré n'est plus là. Dans la cour il a été remplacé par une douzaine de sbires dont certains portent l'uniforme de la garde présidentielle. Ils sont surexcités, vont et viennent, certainement à la recherche du président. Du président déjà déchu, selon toute vraisemblance. Cabot dit à la cantonade :

— Où est le commandant Kervadec ?

Personne ne se soucie de lui répondre. Il rentre donc chez lui et téléphone à l'ambassadeur de France. L'autre n'a pas l'air empressé, pas du tout. Il répond qu'il a en effet entendu les coups de feu, que c'est vraisemblablement un putsch.

— Que pouvons nous y faire ? conclut-il.

Mais le diplomate américain ne l'entend pas de cette oreille. Il insiste.

— Il y a de fortes chances que le président Soumaré soit caché quelque part dans ma cour, dans une des voitures sûrement. S'ils le trouvent... Il faudrait avertir Kervadec, lui seul est en mesure de ramener le calme et d'éviter une exécution sommaire.

— Le but des putschistes n'est sûrement pas d'exécuter Soumaré. Ils vont le faire prisonnier, le déposer et un autre prendra sa place, voilà tout. Mais, vous avez raison, je vais essayer de joindre Kervadec.

Winston Cabot redescend. Dans l'entrée il rencontre un attaché et un boy, le seul indigène qui loge dans son ambassade. La porte est entrouverte, ils regardent dans la cour. L'ambassadeur s'approche au moment où l'on tire des coups de feu. Il voit, près d'une voiture, un groupe de trois personnes, trois Noirs, deux sont des soldats de la garde présidentielle et il reconnaît le troisième, un ancien ministre de Félicien Touré, un jeune officier réduit au chômage et à l'exil par l'arrivée au pouvoir de l'infortuné docteur Soumaré. Ils sont en train d'extraire un corps de la voiture.

— Rentrons ! dit-il à l'attaché et au boy.

Chapitre XXV

Marie-Lou était débordante d'énergie et prête à toute éventualité, précisément parce que son Ange était en pleine déprime. Question dynamique, entre eux, c'était un peu le principe des vases communicants.

Cette fois il n'avait pas craqué au retour d'une équipée tragique et après avoir frôlé la mort. D'ailleurs, dans ces cas-là, quelques heures de soins attentifs et adaptés le remettaient sur pied. Au pire, le lendemain ou le surlendemain il était d'attaque, ce qui est une façon de dire car il n'était d'attaque que pour vivre sa vie de jouisseur et de paresseux, pas pour recommencer, pas tout de suite, le plus tard possible en fait. Pour Marie-Lou, c'était largement suffisant, satisfaisant même. C'était comme ça qu'elle l'aimait, qu'elle le préférait, oisif et sans souci.

Non, cette fois, c'était une vraie déprime et qui durait. Cela faisait au moins trois jours ! Il quittait le lit pour aller s'affaler dans son fauteuil et, à l'heure de l'apéro, il restait là, ne buvait le pastis que parce qu'elle le lui servait, et puis fumait mécaniquement ses cigarillos, sauf lorsque, pris d'une crise de mélancolie plus aiguë, il les laissait s'éteindre dans le cendrier, ou pire, entre ses lèvres. Quelquefois ils lui échappaient et c'était ainsi qu'il avait brûlé une de ses chemises. En plus, ça commençait à puer le tabac froid dans l'appartement.

Ange Simeoni n'a pas l'habitude de faire des confidences à sa femme. Ce n'est pas sa conception du couple. Il n'en a d'ailleurs jamais fait à personne, sauf, parfois, contraint et forcé, à un certain policier, mais alors avec réserve et parcimonie. D'ailleurs, de son côté, Marie-Lou s'est toujours bien gardée de tenter de lui tirer des informations. Elle n'est pas curieuse de nature, aime à se laisser vivre et a compris et aussi parfaitement assimilé son statut de femme de malfrat. Son rôle, celui qu'elle a plus ou moins accepté ou qu'elle s'est assigné, consiste pour l'essentiel à soulager son homme du fardeau de la vie matérielle et, puisque c'est un guerrier ou qu'elle le considère comme tel, à assurer son « repos ». Cependant, là, aucun de ses soins habituels n'ayant porté leurs fruits, elle commençait à se dire que les grands moyens étaient nécessaires.

Ce matin-là, perplexe après une nuit vainement agitée, elle avait tout de même décidé de rompre avec leurs habituels rapports affectueux mais sans parole, animaux presque, quoique d'une animalité tout de même délicate, et entreprit de lui tirer les vers du nez. Ce n'était pas simple pour elle qui n'était rien moins que prolixe. Elle opta, dans un premier temps, pour une approche prudente, une médecine douce en quelque sorte.

— Tu as mal quelque part ?

— Mais non… nulle part !

— Tu as des soucis ?

— Eh non, maintenant, putain… j'en ai plus !

Marie-Lou était carrément perdue, elle qui ne comprenait rien aux subtilités de la conversation ! Elle tenta, un peu comme un photographe, de faire le point : *Bonne Mère, il a mal nulle part, il a eu des soucis, il en a plus mais à sa manière de parler, on dirait qu'il le regrette…*

Ce qu'il y a avec elle, et les gens comme elle qui – ainsi que s'accordaient à le dire Ange Simeoni et son meilleur pote, le propre frère de Marie-Lou –, ne sont pas des prix Nobel, c'est qu'ils compensent mystérieusement. Ils doivent avoir un sixième sens, un truc inconscient, une sorte de radar intégré qui leur permet, au moment où l'on s'y attend le moins, de taper dans le mille. C'est ce qui arriva à cet instant à Marie-Lou. Elle eut en effet comme une fulgurance :

— Et ce jeune, si gentil, que tu as amené. Qu'est-ce qu'il devient ?

Elle avait gardé un très bon souvenir de Stanley. Un gamin mignon, discret, aimable et qui avait su apprécier son cappuccino.

Ce fut ce petit miracle en action qui fit craquer les défenses d'Ange Simeoni, rien d'autre. Malgré lui, contre tous ses principes, il se lâcha :

— Eh bé… justement… il est mort.

— Assassiné ? dit Marie-Lou qui savait à quoi s'en tenir dans ce milieu.

— Oui, c'est ça, tu l'as dit, assassiné, bordel ! C'est dans le journal d'avant-hier, dit Ange qui n'avait pas du tout, mais alors pas du tout envie de raconter l'histoire.

Marie-Lou conservait longtemps les journaux. Elle s'en servait pour allumer la cheminée… Elle ne les lisait qu'à l'occasion, lorsqu'elle s'ennuyait. Les nouvelles du monde ne l'intéressaient guère. Elle prétendait que cela la perturbait. Lorsqu'elle en prenait connaissance, elle pleurait parfois, pas souvent, car elle se disait que ça ne valait la peine de pleurer que pour les malheurs les plus proches, ceux de la famille, du quartier, de la ville à la rigueur, sinon, on n'en finissait pas.

Elle alla chercher le journal, vit le gros titre et, sans même l'ouvrir pour lire l'article, éclata logiquement en sanglots. Le jeune homme qu'elle avait vu deux fois, chez elle, qui lui avait fait des amabilités et accordé de timides sourires, qu'elle avait failli serrer dans ses bras, était un proche, indiscutablement, et méritait donc sa compassion. Ainsi était-elle non seulement sincère, mais aussi fidèle à ses idées.

Sur le coup, Ange Simeoni en fut agacé. Comme si sa propre déprime ne suffisait pas, il fallait encore qu'il se coltine une femme éplorée ! Et puis, très vite, à l'écoute des sanglots de sa femme, il se sentit curieusement ragaillardi, comme si elle l'avait soulagé d'une part du fardeau de sa tristesse. Stanley avait droit à une pleureuse et c'était bien, mieux tout compte fait que la couronne de fleurs qu'il n'avait pu faire porter sur son cercueil de peur d'être identifié par les flics, ou d'autres… Les flics étaient toujours à l'affût, il y en avait toujours un à mater la foule dans les enterrements et à prendre des notes, c'était leur habitude et ça pouvait donner des idées. Putain, même pas le respect des morts !

La tristesse et l'amertume étaient donc surmontées, tant bien que mal. Restait le désir de vengeance. Un désir on ne peut plus naturel : venger le petit. D'autant qu'il savait à peu près qui étaient les tueurs : il s'agissait juste d'affiner, pas difficile… Mais Ange Simeoni n'avait lui-même rien d'un tueur, ni encore moins d'un justicier. C'était un voyou raisonnable. À ce titre il n'agissait qu'en fonction du principe d'utilité. Était-il nécessaire de chercher des noises aux assassins de Stanley ? Évidemment non, ni pour lui, ni encore moins pour le pauvre Stanley qui n'en avait plus rien à foutre. Ç'aurait été souhaitable, certainement, mais pas utile. S'il arrivait malheur à ces gens-là, ce ne serait que justice, bien sûr, et Ange serait le premier à s'en réjouir, mais il n'entendait pas forcer le destin. Donner un petit coup de pouce, pourquoi pas si l'occasion s'en présentait ? Mais pas plus.

Il était dix heures et demie passées. Il se leva et annonça à Marie-Lou qu'il allait boire le café au Bar des 13 Coins.

Marie-Lou, la porte à peine refermée derrière son homme, sécha ses larmes. Elle décida d'aller se préparer un cappuccino. En mettant la capsule dans la machine, elle eut une réminiscence et, consécutivement, un dernier pincement au cœur, mais ce qui dominait désormais, c'était la satisfaction, la sensation du devoir accompli.

Afrique, février 1993 (13)

Kervadec débouche sur l'avenue de la Présidence. Il souffle, il a chaud, il transpire. Son visage, son torse et ses bras sont maculés d'une croûte de poussière craquelée par endroits, à l'emplacement des rides sur le visage et le long des lignes qui marquent ses muscles. Il vient de sortir de la poche de son short une sorte de mouchoir en tissu éponge avec lequel il s'est essuyé les yeux. Il aperçoit alors, au loin, un attroupement devant la Présidence. Bien qu'il soit allé aux limites de l'épuisement, il trouve les ressources nécessaires pour engager un véritable sprint.

Il arrive sur place, se mêle aux gens dont certains pleurent à chaudes larmes. Des femmes poussent des cris et des lamentations. Il sait ce qui est arrivé, il sait à quoi s'en tenir. À vrai dire il le savait déjà tout à l'heure en apercevant l'attroupement. Malgré sa tenue on le reconnaît ou alors on constate que c'est un Blanc ce qui, ici, est encore une sorte de sauf-conduit (il est loin le temps des toubabs, mais pas tant que ça…). On le laisse donc passer. Tous les soldats de la garde présidentielle sont là, sauf les deux mercenaires. Ils ont improvisé un cordon de sécurité qui s'écarte à son arrivée et lui fait une haie. Il parcourt ce couloir improvisé, qui le conduit sur le parking de l'ambassade des États-Unis.

Il parvient enfin devant le corps, le corps de son ami. Lui qui a vu bien d'autres cadavres, il est frappé par la matérialité de celui-là, rien de plus qu'une marionnette démantelée. Inconsciemment, il se refuse à regarder le visage, il est obnubilé par les membres. Poussière, tu retourneras à la poussière. Malgré le cynisme que lui a inculqué son expérience, il ne peut s'y faire, se convaincre de ce qui est. Ça, cette défroque : son ami ? Un homme sensible, profond, généreux ? Non, ce n'est pas possible, pas possible !

Il voit Clémence agenouillée près de la dépouille de son homme qui soulève la belle tête aux yeux clos pour y poser ses lèvres. Elle lève les yeux vers lui. Ce qui le frappe et le déconcerte, c'est que son visage est d'un blanc laiteux, comme un masque funèbre creusé par les sillons des larmes. Il esquisse cependant un mouvement vers elle, il se souvient de l'embrassade fraternelle de tout à l'heure. Elle le fusille du regard, il comprend et se ravise. Il comprend tout. Il comprend d'un seul coup ce qui l'attend. L'éternelle suspicion, la sienne et celle des autres, et aussi le remords, car s'il n'est pas à blâmer, il ne se sent pas pour autant innocent. Il se rend alors compte qu'au-delà de la douleur qu'il éprouve, en cette nuit funeste c'est toute sa vie qui bascule.

On le tire par le bras et une voix l'interpelle. Il se retourne, c'est Serge Vitel, l'ambassadeur de France.

— Kervadec ? Dieu du ciel, je ne vous reconnaissais pas. Qu'est-ce que vous foutez dans cette tenue ?

— Je revenais de mon footing quand…

Le diplomate ne l'écoute pas, il s'en fout. Il a l'air très concentré, pas bouleversé du tout. Il l'attire à lui pour l'éloigner de cette scène de crime irréelle où voisinent, côte à côte et dans un incroyable embrouillamini, la douleur et la satisfaction. Il dit :

— Il faut partir, Kervadec. Allez vous changer, bon Dieu, et filez tout de suite. Allez à Lomé, ce sont les ordres. Ici, le patron de la gendarmerie va faire semblant de prendre les choses en main. En réalité il va attendre que la situation se clarifie et ça ne va pas tarder, croyez-moi. Les insurgés sont déjà maîtres de la radio. Ça ne m'étonnerait pas que, dans un premier temps, on essaye de vous mettre les choses sur le dos, enfin… je veux dire de nous mettre les choses sur le dos.

— On ne sait pas qui l'a abattu ?

— Si, bien sûr qu'on le sait. Ils se sont à peine cachés. Mais, vous allez voir, on va faire croire que nous sommes derrière tout ça, spécialement vous qui avez la responsabilité de la garde présidentielle. Nous serons, vous serez, le grand méchant loup…

Le ton du diplomate accentue encore l'ambiguïté de ses propos. Reviennent à Kervadec, mots pour mots, ceux du colonel, quelques années auparavant, à propos de l'assassinat de Sankara : « Je sais bien comment ça se passe, jusqu'où vont nos services et ce qu'ils s'interdisent de faire. Malheureusement, mon vieux Kervadec, on n'est jamais à l'abri des débordements de nos alliés du moment, tu le sais bien, ceux-là, on ne les choisit pas ».

Il sait que, pour lui, rien ne sera plus pareil. Toutefois, il ne se doute pas encore à quel point.

Chapitre XXVI

— Non, Galtier, ne comptez pas sur moi pour ça, me dit le proc.

J'étais monté le voir pour le convaincre de persuader le président du tribunal de me désigner dans l'affaire du meurtre du petit Fabre. Une démarche qui peut paraître un peu compliquée mais cela tient aux arcanes de la justice. J'aurais pu y aller moi-même, voir le président, ça paraît relever du bon sens. J'aurais pu quémander cette désignation, comme une faveur, mais d'abord ce n'est pas mon genre et surtout ça ne se fait pas, pire, ça paraît suspect. Et pour couronner le tout, le président ne me tenait pas en odeur de sainteté de sorte que l'échec aurait été garanti.

J'insistai donc auprès du proc.

Il demeura inflexible:

— Ce n'est pas parce que vous avez des illuminations, enfin... à supposer qu'on soit crédule, qu'on pourrait qualifier de prémonitions (il faudra d'ailleurs que vous m'expliquiez ça un jour...) qu'on doit pour autant accepter tout ce que vous demandez. La logique, comme vous dites, veut que ce meurtre soit confié au même juge que l'affaire du vol de la mallette à Saint-Charles, puisque, grâce à vous je le reconnais, on sait maintenant que Stanley Fabre était le voleur.

— Mais justement ! Souvenez-vous, l'affaire du vol de la mallette, je vous avais aussi demandé de la faire ouvrir chez moi et vous avez refusé !

J'avais marqué un point. Il était emmerdé. Pas pour longtemps. Après avoir retiré ses lunettes et en avoir soigneusement lustré les verres, il objecta :

— Là, c'est autre chose, si j'avais fait ouvrir chez vous alors que vous étiez saisi de l'affaire Lornac-CPAO, on aurait pensé que je voyais un lien entre les deux affaires. Et là, c'était laisser entendre que je voulais me payer le chef de cabinet du ministre. On aurait trouvé ça d'autant plus scandaleux que ce type était la victime du vol, je vous le rappelle.

— La victime ? Allons donc !

— Oui, oui, Galtier ! s'énerva-t-il. Ne vous en déplaise, c'était la victime du vol et c'est toujours la victime, matériellement.

Plus calmement, conscient sans doute du côté tordu de son raisonnement, il poursuivit :

— Bien sûr, ce n'est pas seulement une victime, loin de là, je comprends ce que vous voulez dire... Mais aujourd'hui, c'est facile de le voir comme ça, alors qu'à l'époque c'était pas du tout pareil. Il fallait avoir un esprit sacrément mal tourné pour imaginer qu'il y avait un lien entre les deux affaires.

— Et vous, vous n'avez pas l'esprit mal tourné. Je comprends.

— En tant que procureur, je ne peux pas me le permettre...

Moi non plus, en tant que juge, je ne pouvais pas me le permettre. Mais, de là à passer pour un naïf, ou pour le ravi de la crèche, comme dit Juston... Voilà ce que je pensais, ce que j'aurais pu lui rétorquer. Mais je m'abstins : à quoi bon ? Et puis cette discussion technique avait assez duré. Je dis :

— Bon, vous allez faire ouvrir l'info chez qui ?

— Medhi, c'est lui qui est de permanence dans deux heures. J'applique le tour de bête, enfin... presque.

Medhi était un jeune. Je l'avais en partie formé quelques années auparavant. C'était un type sur lequel on pouvait compter et avec lequel je m'entendais bien, ce qui n'avait sans doute pas échappé au proc. Je repris :

— Parfait. Vous n'êtes pas un mauvais cheval tout compte fait. Vous n'êtes pas tout à fait comme votre prédécesseur : prudent, certes, mais pas complètement opportuniste. Vous n'avez certainement rien d'un rebelle, mais, je le reconnais, vous biaisez, vous naviguez à vue, évitant savamment les écueils. Vous trompez votre monde, mon cher procureur, vous me trompez moi, un peu, et eux, beaucoup. Tout de même, ce qui est drôle, c'est qu'on a fait la même école tous les deux mais qu'au fond on n'exerce pas le même métier…

Il fut sans doute touché par ce satisfecit ambigu et c'était bien ce que je recherchais. Son rôle n'était pas simple et, de temps à autre, ça devait le contrarier d'appliquer des consignes contraires à sa conscience. Du coup il voulut aller plus loin. Dans un premier temps il sembla hésiter, puis il se lança :

— J'ai entendu dire qu'à la chancellerie ils essayaient de vous couper l'herbe sous le pied dans votre affaire CPAO.

— Comment ça ?

— Eh bien… le garde des Sceaux a demandé au procureur de Paris d'ouvrir une information contre X pour blanchiment en se fondant sur votre procès-verbal d'audition d'Édouard Duverdon.

— Nom de Dieu !

— Eh oui, eh oui, comme vous dites… Je les vois venir. Ils vont faire désigner un juge suffisamment souple. À Paris, on en trouve assez facilement. Et ensuite ils vont essayer de vous dessaisir de la partie blanchiment de votre information. Il ne vous restera plus que l'incendie volontaire et, à la rigueur, les abus de biens sociaux…

J'avais bien compris la manœuvre, une manœuvre scélérate, tellement compliquée qu'elle échapperait à tout le monde ou presque. Elle avait d'ailleurs de bonnes chances de réussir. Pour la contrer, il aurait fallu qu'on avance à grands pas dans notre enquête et, malheureusement, ça n'en prenait pas le chemin.

— Merci, vieux, lui dis-je.

Et je quittai son bureau, le moral dans les chaussettes.

Dakar, février 1993 (14)

Le colonel vient d'expliquer à Kervadec que, désormais, et pour une période indéterminée, il est *persona non grata* en France. Clémence Soumaré, qui est de nationalité française, a en effet porté plainte avec constitution de partie civile devant une juge d'instruction parisienne pour le meurtre de son mari. La juge a presque aussitôt décerné un mandat d'arrêt contre lui puisque, selon la plaignante, il était le patron effectif de la garde présidentielle au moment du meurtre.

Le colonel, comme à son habitude, a été bref et direct. Il a employé les termes adaptés, sans commentaire ni fioriture. Il n'a pourtant rien laissé dans l'ombre. Kervadec a du mal à encaisser. Il se dit qu'en ce moment rien ne lui est épargné. Il vient de perdre deux êtres chers, selon la formule qu'aurait sans doute employée le colonel à titre de condoléances s'il avait été plus amplement informé. Les deux seuls en vérité. Soumaré et puis cet autre, cher entre tous, qu'il avait pendant des années écarté assidûment de sa vie.

La première mort lui a sauté au visage, il l'a presque vécue. La seconde, il l'a apprise bien après, trois longs mois, alors que tout était depuis longtemps consommé, alors que le fantôme était resté bien vivant dans ses rêves, ses espoirs et ses fantasmes. Il ne lui reste plus grand-chose, le paysage est pour lui presque vide. S'il était croyant, il se demanderait ce qu'il a bien pu faire au bon Dieu et il songerait à une malédiction.

— Elle m'accuse ? demande-t-il, désabusé.

— Non, pas vraiment. Elle a déposé plainte contre X. On sait qui a fait le coup, il est maintenant au pouvoir. Mais on te suspecte, je devrais dire, on nous suspecte de l'avoir fomenté. Ce que veut Clémence Soumaré, c'est qu'on recherche la vérité, qu'on découvre les complices, les complices au plus haut niveau, si tu vois ce que je veux dire.

— Moi, je n'ai rien fomenté du tout, il m'arrive même de penser que je me suis fait baiser. Mais passons, c'est bien fait pour moi… Quant aux autres, De Granville et son contrat d'exploitation, la cellule Afrique, nos services, vous-même peut-être et le diable et son train, je ne suis pas du tout sûr qu'ils sont tout à fait innocents…

— Kervadec, bon Dieu, laisse-moi te dire que tu te fais des idées pour ce qui est de nos services et de la cellule Afrique. Pour le reste, évidemment…

— Bon, revenons un peu à moi. Ça veut dire quoi « *persona non grata* en France » ? À ma connaissance, la juge peut tout aussi bien balancer un mandat d'arrêt international et venir me chercher ici ou ailleurs…

— Pour le premier point, je te réponds que ta trombine va figurer dans tous les commissariats et toutes les brigades de gendarmerie de France et de Navarre, que la police de l'air et des frontières va être sur les dents… C'est tout en fait. Voilà. Conclusion : je te déconseille vivement de rentrer au pays, pour l'instant en tout cas. Sur le second point, tu ne te nommes plus Marc Kervadec mais Marcel Sangin. Je vais te donner tes nouveaux papiers. Ce ne sont pas des papiers tout à fait bidons, il y a un état civil crédible derrière. Autrement dit tu as désormais de vrais faux papiers selon la formule inventée par les journaux à scandale. C'est une faculté qu'on a encore à la DGSE, Dieu merci. Tu ne peux plus aller en France, mais tu peux, sans problème, te trimbaler partout dans le monde ou à peu près, et notamment en Afrique, bien sûr.

Kervadec voit bien que le colonel est foncièrement emmerdé. Il ne l'a jamais vu comme ça, gêné, hésitant, perdant même le fil. Est-il impliqué dans l'affaire Soumaré? C'est une énigme qu'il ne pourra jamais débrouiller. Avec ce genre de types, le flou reste flou, à jamais. Ce qui est sûr, c'est qu'en cet instant il ne joue pas la comédie, il compatit sincèrement. Il est vrai que, pour lui, ne plus revoir le vieux pays… Kervadec, pour sa part, ne veut pas y penser; parce que s'il commence, il va trouver pire, il n'y a pas que le vieux pays… Il préfère se concentrer sur son avenir proche. Être occupé, dans le tourbillon du taf, c'est ce qui lui est nécessaire.

— Je vois, dit-il d'un ton neutre – le plus neutre possible. Ça justifie une nouvelle mission, non ?

— Oui. Bien sûr, s'empresse de répondre le colonel. Mais pas dans le même genre, moins plan-plan, davantage comme tu aimes, comme nous aimons, nous autres. Il n'est plus question, pour l'instant, que tu sois conseiller d'un prince quelconque, tu comprends pourquoi. Alors voilà: comme tu sais, on commence à avoir un problème avec des irréductibles, au Tchad, aux confins du Mali, enfin dans toutes ces zones plus où moins désertiques et néanmoins disputées.

Depuis l'affaire Claustre, il y a une nouvelle mode qui commence à nous faire chier, celles des enlèvements de ressortissants français. On a conscience en haut lieu que s'ils se multipliaient, ça serait une sacrée épine dans le pied de la politique africaine de la France. C'est de ça dont tu vas t'occuper, essayer de les éviter, établir des contacts avec les rebelles potentiels et, au cas où, négocier pour récupérer les otages, négocier si c'est possible ou, si c'est pas possible, les libérer par la force ou la ruse.

Un vrai baroud, quoi ! Renseignements, infiltrations, négociations, coups de Jarnac… le tout avec une équipe rapprochée, de confiance, toute petite, et une équipe éloignée plus ou moins fiable, essentiellement composée d'Africains, Arabes, Touaregs, enfin… pour être honnête, un panier de crabes. Marc, bordel de Dieu, si je n'avais pas conscience de tous tes emmerdements, je t'envierais.

Marc Kervadec reste de glace, ça déçoit le colonel, mais il peut comprendre. Le tout, c'est qu'il accepte la mission et il semble que c'est acquis. Le silence s'installe entre les deux hommes. Le colonel n'a plus rien à dire. Il pourrait – et il en est tenté –, orienter la conversation vers ce qui les unit: c'est ce qu'il fait avec les autres et ce qu'il faisait jadis, aux débuts, avec celui-là. Parler avec chaleur de la grandeur de la vieille France, du sentiment d'appartenir à un monde à part, une élite d'hommes désintéressés, décidés et intraitables, se battant contre vents et marées pour une cause désormais incomprise, ouverts au sacrifice et épris d'aventures, méprisant tout autant ceux qui leur donnent des ordres que les autres, tous les autres avachis dans un confort qu'eux trouvent malsain… Il n'ose pas.

Il n'est pas aussi sûr de lui qu'il en a l'air. Il a toujours eu l'impression que Kervadec, contrairement à ses collègues, cachait quelque chose. Il a confiance en lui, ce n'est pas la question. Mais cet homme est moins clair, moins manipulable, c'est d'ailleurs ce qui fait sa force dans l'action. Il lui reste, dirait-on, un semblant d'esprit critique qui rend caduques les envolées que le colonel assène d'ordinaire avec, à la clef, un succès garanti. Des envolées tellement réussies qu'elles vont, le plus souvent, jusqu'à le convaincre lui-même.

Il a devant lui des feuillets couverts de sa grosse écriture où sont couchées les notes relatives à la nouvelle mission de Kervadec. Il les consulte, faisant mine de s'y intéresser alors qu'il en connaît le contenu par cœur. Il faudra que Kervadec fasse de même puis qu'elles disparaissent, qu'il les détruise. C'est évidemment, chez eux, le principe.

Kervadec, songeur – *mais bon Dieu à quoi peut-il bien penser ?* se demande le colonel – regarde par la fenêtre se balancer au gré du vent les branches d'un énorme palmier. Un bruit confus leur parvient de la rue. Un mesclun de cris et d'apostrophes, le grognement rageur des voitures et des motos démarrant au feu vert, les sons déchirants des avertisseurs, sans arrêt en action, du plus lointain au plus proche. Un barouf indescriptible, pire qu'une ville du sud, une ville d'Afrique.

En fait, ce qui occupe ses pensées, ce ne sont pas à proprement parler les annonces que vient de lui faire le colonel, bonnes et mauvaises, plutôt mauvaises. Ce sont plutôt leurs conséquences, plutôt bonnes au bout du compte. Lui, l'homme de décision qui, sur un aspect de sa vie, n'est jamais parvenu à se décider se dit, volontairement cynique, qu'à quelque chose malheur est bon. Margot n'est plus, elle a succombé à une overdose, mais il restait ce petit bonhomme, le dernier lien, mais tellement ténu, avec la métropole. Finalement, la question se règle d'elle-même. Il ne peut plus rentrer, il ne peut plus chercher à le revoir, si tant est que cela soit possible, si tant est que cela soit souhaitable. Il se lève, désigne les feuillets distraitement compulsés par le colonel et dit :

— Donnez-moi tout ça. Je m'accorde deux ou trois jours pour les digérer puis ils partiront en fumée, vous pouvez compter sur moi.

Le colonel le croit. Entre eux il reste au moins ça, la fidélité, la foi en la parole donnée.

Chapitre XXVII

Juste après ma déconvenue avec le procureur, je m'empressai de convoquer Antoine Desramets, le président-directeur général de la Compagnie Phocéenne de l'Afrique Occidentale, la fameuse CPAO. Pour m'accrocher au moins à une partie de mon affaire, il me fallait l'interroger au plus vite après sa mise en examen. J'avais désigné un expert-comptable que je connaissais de longue date, depuis mes débuts en fait, pour faire le tri de toutes les factures payées et impayées, de tous les encaissements effectués ou passés à l'as, enfin de tous les comptes qui devaient être regardés à la loupe. Il nous fallait un professionnel car Juston et moi aurions mis des semaines pour en tirer quelque chose.

Ce type, Émile Bajazet, un homme de l'art, comme on dit en matière de justice pour parler des techniciens et spécialistes, était un vieux de la vieille, passionné de romans et de séries policières, bien plus que par les comptes d'exploitation, les balances, les bilans, les résultats bruts et nets, les marges du même tonneau, les provisions, les réserves techniques, enfin toutes ces figures et allégories délicieuses qui font le charme discret de la science comptable. N'ayant à mon avis plus aucun client autre que la justice, il s'était aussitôt mis au travail, enfermé dans ce qui lui restait de son ancien cabinet, un bureau minable au rez-de-chaussée d'un immeuble de la rue de la République, ne disposant que de deux petites fenêtres dont une était obstruée par des piles de documents.

J'imaginais qu'enfermé là pendant une quinzaine de jours, noyé dans la poussière des paperasses et la fumée acre de ses gitanes papier maïs, il avait déployé son zèle et vécu sa passion. Le résultat, une analyse complète et minutieuse, nous avait épatés. Nous n'avions que l'embarras du choix et il ne nous restait plus qu'à faire notre marché parmi ces multiples irrégularités qu'il avait relevées, pour confondre notre PDG malchanceux, trahi par son comptable. Un comptable, pour son malheur, aussi malhonnête que lui.

Ce travail déjà mâché, nous l'avions fait, Juston et moi, pendant trois longues journées au cours desquelles notre vieil expert, tout excité, était venu nous rendre régulièrement visite pour procéder à quelques explications et mises au point ainsi qu'à de nombreux commentaires. De temps à autre, mettant en exergue une découverte qu'il avait faite en étudiant un compte, il explosait d'un rire pervers qui se terminait par une violente quinte de toux. Ce type nous déconcertait, Juston et moi. Dès qu'il était sorti du bureau, nous en parlions tous les deux. Il était honnête, il avait choisi le camp du bien, mais il avait vraiment le vice en lui. Ça nous arrangeait, bien sûr, mais on frissonnait à l'idée qu'il eût pu faire le choix inverse…

Après quoi je rentrai chez moi avec un résumé et quelques morceaux choisis et je passai la soirée, ainsi que la journée du lendemain jusqu'à une heure très avancée, à préparer l'interrogatoire de Desramets. Antoine Desramets, le PDG d'une très vieille entreprise d'import-export, le chef d'une famille honorable, le soi-disant vieux pote d'Édouard Duverdon, jeune pousse prometteuse de la droite républicaine. Durant cette retraite d'une trentaine d'heures, je dus fumer deux boîtes de cigarillos, boire trois litres de café, sans compter quelques bières pour me donner du courage ainsi que, le deuxième soir, deux ou trois verres d'armagnac pour arroser la fin de mon ouvrage. Il devait être deux heures et demie du matin lorsque je me jetai dans les plumes.

Billie n'était pas à prendre avec des pincettes. D'ailleurs, il n'en était pas question bien que cette idée, je dois le concéder, m'ait traversé l'esprit. Déjà, dans la soirée, alors que nous n'étions qu'au début du mois de mars et que l'hiver entendait se maintenir encore un peu, elle avait ouvert toutes les fenêtres de l'appartement pour procéder à un puissant courant d'air et je pense qu'elle aurait souhaité qu'il m'emportât. À vrai dire, j'étais en pleine régression. Revenu aux mœurs en vigueur quarante ans en arrière, je faisais l'homme qui bosse, qui s'occupe de choses essentielles, notamment pour faire bouillir la marmite, à qui il faut donc tout pardonner et qu'il ne faut surtout pas emmerder avec les petits soucis de la vie courante. Un parfait macho des Trente Glorieuses ou un vrai héros de polar quoi : le flic pur et dur qu'au demeurant sa femme, de guerre lasse, va finir par larguer. Émile Bajazet, mon expert, aurait aimé ça.

Mais moi, cette attitude, je ne l'adopte que très rarement, une ou peut-être deux fois dans l'année, histoire de remettre un peu les pendules à l'heure, lorsque Billie, dans sa soif inconsciente de pouvoir, commence à dépasser les bornes. Et je dois dire que ça marche. Non seulement je m'éclate dans ce rôle de composition, mais, lorsque je reviens à moi, lorsque je retrouve ma nature de bonhomme débonnaire, prévenant et civilisé, Billie, qui a bien des défauts mais n'est pas rancunière, redevient elle-même douce, tolérante et attentionnée. Ainsi, selon moi, doit aller la vie de couple lorsqu'on y est attentif.

Antoine Desramets était un type sympathique. Ce n'est pas parce qu'on est malhonnête qu'on est pour autant abject, la fréquentation des escrocs vous l'apprend. J'avais concocté pour lui une impressionnante batterie de questions, certaines prévisibles, certaines pour la forme et certaines pour le piéger. L'interrogatoire dura toute la journée et son avocat qui partait du principe qu'il ne fallait pas intervenir de peur d'ouvrir, dans l'accusation, une porte que le juge n'aurait pas vue, fit de la figuration. Il se réservait pour l'audience en espérant qu'il y aurait le maximum de brèches dans mon information et qu'il pourrait s'y engouffrer. C'était un malin, peu soucieux d'en remontrer à son client en faisant mine de mener le combat contre le juge d'instruction. Il avait dû l'expliquer à Desramets qui, pas sot non plus, avait parfaitement compris la manœuvre. En attendant, celui-ci était sur le gril et commit quelques erreurs, mais, s'en rendant compte en fin de journée préféra, avant d'être complètement épuisé, jouer franc jeu. Après tout, il n'y avait pas vingt mille stratégies. À partir du moment où j'avais à peu près tout compris, il ne lui restait plus qu'à nier les éléments qui n'étaient pas confirmés par une preuve.

Pendant la dernière heure il passa aux aveux sur l'ensemble des abus de biens sociaux et fraudes fiscales. Comment faire autrement ? Tout cela figurait noir sur blanc dans les comptes. Il admit que, pour faire passer ces abus de biens sociaux, il s'adressait à l'immobilière Garibaldi à Nice. Il était donc complice de blanchiment en tant que donneur d'ordre mais, selon lui, à son unique bénéfice ou à celui de sa société. Jamais au grand jamais il n'avait travaillé pour d'autres ni servi d'intermédiaire, surtout pour un parti politique. Par conséquent, me dit-il, Duverdon ne devait nullement lui remettre une quelconque somme d'argent. Duverdon était un ami, simplement, qui, passant par Marseille, lui avait, ce jour-là, ce jour fatidique, fait signe pour déjeuner ensemble.

Je lui objectai que ni lui, ni Duverdon, n'avaient, malgré ma demande, fourni le moindre élément de nature à démontrer qu'ils se connaissaient avant ce fameux rendez-vous, ni, à plus forte raison, qu'ils entretenaient des liens d'amitié.

L'avocat intervint, ce fut la seule fois, c'était la fin, et l'envie de parler était sans doute devenue trop pressante :

— Monsieur le juge, c'est à l'accusation de fournir des éléments de preuve. Mon client vous dit que Duverdon est un ami, c'est à vous ou au procureur de démontrer le contraire.

Il avait tout à fait raison. Je lui dis :

— Maître, vous avez raison.

Il n'en demeurait pas moins que son client était ficelé. Mais, pour le reste, le contenu de la mallette, le voyage du chef de cabinet, le but de l'opération, il n'y avait en effet aucune preuve formelle, que des déductions, logiques certes, mais pas vraiment probantes au sens où l'entend le droit. Et, ce qu'il y avait de plus grave, le lien entre les détournements commis au sein de la CPAO et les suspicions de blanchiment de fonds occultes au profit du parti au pouvoir n'étaient pas établies. Pour couronner le tout, j'étais toujours menacé de voir arriver mon concurrent parisien avec ses gros sabots pour me piquer tout le côté intéressant de l'affaire et ne me laisser que les miettes...

À vrai dire, à ce sujet, j'étais de moins en moins optimiste. Une demande de dessaisissement du procureur de Paris allait arriver incessamment, le procureur de Marseille qui aurait des ordres la soutiendrait et je serais seul à m'y opposer. La Cour de cassation serait saisie selon la procédure dénommée « règlement de juge » et je commençais à imaginer sa décision qui ne serait pas dénuée de pertinence, bien sûr... La juridiction suprême est toujours pertinente et ses membres, mes éminents collègues, sont, à ce qu'on dit, touchés par la grâce. Mais ce serait surtout une décision très parisienne, comme souvent. Tout le volet blanchiment me serait retiré pour aller dans l'escarcelle de mon collègue de la capitale qui n'était pas le bon. Je dis ça parce que, à Paris, il y en a un ou deux qui auraient eu mon aval, des juges très décidés et excellents. Malheureusement, mon concurrent n'était pas de ceux-là.

Chapitre XXVIII

Marcel Sangin ou feu Marc Kervadec, comme on voudra, malgré son long bannissement, malgré ses anciennes désillusions, malgré ces années, au demeurant passionnantes, passées dans un milieu hostile par nature et dangereux du fait des hommes qui le sillonnaient à défaut de le peupler, n'était pas insensible au souvenir de la mère patrie et à ce qui s'y passait aujourd'hui. Frustré, il en était même d'autant plus curieux. Avec le président Lusto qui se complaisait dans la critique de l'ancien pays colonisateur et, surtout des hommes qui le dirigeaient aujourd'hui, il n'avait aucun mal à être informé. Lusto prévenait ses désirs. Rien de tel qu'une mauvaise langue…

Lorsqu'ils étaient sur place, dans l'enceinte du palais présidentiel, les deux hommes se voyaient tous les matins. Ils n'avaient pas grand-chose à se dire, tout au moins officiellement, car le pays était calme et la situation maîtrisée. Mais le président était disert, il avait toujours quelque chose à raconter. Il aimait taquiner Sangin en critiquant la France et les Français, c'était même son exercice favori. Ça devait le mettre en jambe avant d'attaquer, juste après, le conseil des ministres. Ne manquant pas à sa tradition, c'est ce qu'il fit ce matin-là, à peine

Sangin avait-il franchi la porte.

— Vos deux pieds nickelés ont fait chou blanc, attaqua-t-il avec délectation.

Et il se mit à rire, sans doute le même rire condescendant que celui d'un administrateur colonial, jadis, à propos des bévues d'un chef de tribu ou d'un fonctionnaire africain en mal de reconnaissance. Ce que ce rire signifiait, c'était la supériorité de ses méthodes. Car ici on n'aurait pas tardé à faire la lumière sur cette ridicule affaire de mallette volée et même à récupérer le magot. Bon Dieu, en trois quarts de siècle, les incapables avaient changé de camp !

Et de raconter par le menu tous les arcanes de l'affaire Stanley Fabre, la délégation de l'exécution à des voyous – comme si, dans son pays, pour ce genre de chose, on faisait la différence entre flics et voyous, des scrupules de vierge effarouchée –, le lamentable raté des hommes de main, la mort malencontreuse du type et la disparition du seul lien qui aurait pu permettre de remonter au magot. Il livrait là des informations puisées dans la presse française que Sangin ne lisait pas régulièrement, ainsi que celles qu'il obtenait par les services de renseignement. De ce dernier point de vue, Sangin qui se concentrait sur les affaires africaines et qu'on tenait à l'écart du reste, était en retard d'un wagon, au moins.

À l'énoncé du nom de Stanley Fabre, que le dictateur avait prononcé comme ça – parce qu'il lui était resté en mémoire mais sans qu'il n'ait le moindre sens pour lui –, Marcel Sangin, comme s'il avait encaissé un direct à l'estomac, chancela. Lusto le vit bien, n'en fit pourtant pas grand cas, il était tout à sa diatribe.

Stanley Fabre, le petit Stan? Lui? Mon Dieu, était-ce possible? Par quel sortilège avait-il surgi soudain du marais des temps révolus pour être aussitôt renvoyé dans le néant? Comment et par quelle funeste coïncidence avait-il pu être mêlé aux sombres affaires de la Françafrique? Kervadec, profondément matérialiste, ce qui l'avait bien aidé jusque-là, ressentit, pour la première fois depuis sa lointaine enfance bretonne, le souffle léger et inquiétant de l'irrationnel. Pire encore, il ne put s'empêcher de songer, pour lui, au châtiment. Car il n'avait aucun doute sur la possibilité du retour de Stan dans sa vie. À aucun moment, malgré cette terrible et douloureuse coïncidence, il ne se raccrocha – ce qui somme toute aurait été bien naturel —, à une possible homonymie. Au contraire, il lui apparut que tout était clair. Voilà, la vie le rattrapait, il était décidément frappé par une malédiction.

— Asseyez-vous, entendit-il dire par Lusto qui, lui-même confortablement installé dans son fauteuil, avait constaté que son hôte chancelait.

Il s'assit. Le dictateur, tout à son discours, poursuivait :

— Franchement, ils n'auraient pas pu faire ça, eux-mêmes, vos deux collègues ? À propos, c'est quoi leurs noms, déjà, à ces deux zigues ? Marcel, vous m'écoutez ? Quelque chose ne va pas ?

— Non, non, tout va bien. Oui, le nom des deux types ? Eh bien, c'est Franck Gillet et Rachid Saoudine.

Il prononça ces deux noms avec une rage contenue. Lusto n'y prêta pas attention ou, s'il s'en aperçut, n'y attacha pas la moindre importance.

— C'est ça, oui, Gillet et Saoudine ! Enfin, Marcel, des hommes de main qui recrutent des hommes de main, où a-t-on vu jouer ça ? C'est le syndrome de l'esclavage ! Moi, j'appelle ça comme ça. Bien entendu, ça a foiré, il fallait s'y attendre… Ils l'ont trimballé dans un sous-sol et le type s'est rebiffé. On pense même qu'il est parvenu à se saisir d'une arme et qu'il s'en est servi : c'est Mediapart, ce putain de journal numérique, qui dit ça. Des bras cassés, je vous dis, de vrais bras cassés ! Et leurs chefs, Sangin, leurs chefs !

Et le dictateur de s'esclaffer à nouveau.

Kervadec s'efforçait de paraître attentif, il parvint même à sourire, histoire de faire mine de participer à l'allégresse générale. Il avait recouvré son emprise sur lui-même. Pourtant ses pensées voguaient ailleurs, en tous sens, loin dans le passé sur des chemins traversant les collines et dominant la mer, dans une chambre d'hôpital où babillait un bébé innocent et plein de vie, bien calé entre les bras de sa mère, elle pâle et diaphane, et enfin de nos jours à Marseille dans une sinistre cave où le petit Stanley avait été exécuté non sans avoir chèrement vendu sa peau. Il se projetait aussi dans l'avenir parce qu'il n'était pas question d'en rester là. Tout devait commencer par une explication avec les fameux Gillet et Saoudine. Il savait à peu près où les trouver. Ils étaient au Burkina. Ils y faisaient du renseignement et peut-être d'autres choses dont il n'était pas informé... Mais peu lui importait.

Il profita d'un instant de répit pour avertir le dictateur :

— Je vais être obligé de m'absenter une petite semaine, monsieur le président. Ça ne vous dérange pas ?

Cette question, c'était pour la forme. Ça ne lui importait pas vraiment, au président Lusto. Sangin lui manquerait un peu le matin, pour la conversation ; mais il ne pouvait décemment le retenir, ce n'était pas un fonctionnaire du régime ni un courtisan...

Lusto aurait en revanche pu lui demander : *Vous absenter pour quoi faire* ? Il ne le fit même pas. Il était dans son monde et ce monde, depuis longtemps, ne tournait plus qu'autour de lui. Tout le reste, il s'en foutait.

Chapitre XXIX

À la DGSE, on pouvait tout faire, tout se permettre ou presque. En tout cas on ne s'embarrassait pas des données administratives et du statut du personnel ! On pouvait être militaire en exercice, mais aussi agent temporaire ou honorable correspondant et s'insérer n'importe où, à n'importe quel niveau de la hiérarchie opérationnelle.

Nul ne connaissait le statut exact du « colonel » Vilquin – « le vieux » depuis quelque temps déjà. On savait seulement qu'il avait été admis, il y avait plusieurs années déjà, à faire valoir ses droits à la retraite, mais qu'il était, en fait, resté à la tête des opérations africaines, point barre ! C'était un poste officieux qui avait exactement les mêmes caractéristiques qu'un poste officiel. Il était toujours à Dakar, dans les mêmes bureaux. Ses cheveux avaient blanchi, sa stature, autrefois puissante et athlétique, avait laissé place à un corps aminci et légèrement voûté, son visage était devenu émacié rendant son regard singulièrement perçant. Son élocution était plus lente et il prenait son temps pour réfléchir, il lui fallait puiser dans l'immense réservoir de sa mémoire et de son expérience. Alors qu'en sa jeunesse il était plutôt direct et même expéditif, aujourd'hui il faisait mine de peser le pour et le contre, comme un sage africain, un mimétisme dû à son long séjour ici sans doute. Lorsqu'on connaissait son influence et les moyens dont il disposait, il paraissait impressionnant, encore plus que jadis tout compte fait.

Ni Kervadec, alias Marcel Sangin, ni le président Lusto qui n'entretenait pas de bons rapports avec lui, ne l'avaient avisé du départ du commandant. Mais c'était un vieux singe et il avait un informateur supplémentaire dans l'entourage du dictateur. Il le savait donc, comme tant d'autres choses… Il en avait pris bonne note et attendait la suite : où était allé Kervadec ? L'informateur avait été incapable de répondre à cette question, pas plus que de le renseigner sur la durée de cette absence. Seul Lusto aurait pu apporter ces précisions, or ni l'informateur ni le colonel n'étaient en situation de lui poser de telles questions. Il fallait donc attendre et voir.

Peut-être Kervadec avait-il été touché par le mal du pays et y avait-il fait un saut de quelques jours ? Après tout, si le mandat d'arrêt émis jadis contre lui tenait toujours, il était tellement ancien que nul sans doute ne s'en souciait plus. Et puis, avec les années, Kervadec avait changé ; moins que lui, Vilquin, qui était passé dans le clan des vieillards, mais tout de même… Avec ses vrais faux papiers, il pouvait arpenter le vieux pays sans grands risques. Ce qui était étonnant, c'est qu'il ne l'ait pas averti, lui, son chef, qu'il se soit contenté, selon toute vraisemblance, d'en parler à Lusto. Pourquoi ces cachotteries ? Marc Kervadec, malgré son bon Dieu de petit côté électron libre, ne l'avait pas habitué à ça…

Parmi les hommes qu'il commandait et qu'il avait commandés, Kervadec était probablement le plus compliqué à manœuvrer. Il décryptait à la seconde les fausses intentions du service, celles que le colonel était chargé de faire avaler. Avec Kervadec, ces pilules ne passaient pas, il aimait saisir les tenants et les aboutissants et était rarement dupe. Il est vrai qu'il avait payé pour ça, et cher. Paradoxalement, c'était pour cette raison que le colonel avait une telle confiance lui. Il obéissait, de bon ou de mauvais gré, en sachant de quoi il retournait et à quoi il s'exposait. Seulement, il y avait des missions qu'on ne pouvait pas lui demander. Il aurait refusé tout net. Mais c'était si rare… et puis il y avait d'autres bras disponibles pour ça, plein d'autres…

Tous les hommes du colonel, avant d'être recrutés, faisaient l'objet d'une enquête approfondie, une enquête effectuée par le service lui-même : on n'était jamais assez prudent. L'enquête sur Kervadec, Vilquin s'en souvenait, avait révélé un profil idéal : enfant de troupe, Saint-Cyrien, parachutiste au 11e choc, très vite seul au monde. Tout pour plaire. Toutefois, les premières années, Kervadec avait semblé lui cacher quelque chose. Cet homme qui ne se livrait pas, laissait planer sur sa personne comme un mystère. Il n'y avait rien d'inquiétant a priori. Cette sorte de brouillage qu'il semblait imposer était comme un rideau de fumée, une pudeur, agaçant mais impalpable quoi ! Au point que le colonel s'était demandé s'il ne se faisait pas des idées.

Ensuite, sa manière de servir et ses succès l'avaient rassuré. Depuis de nombreuses années, en fait depuis l'affaire Soumaré, cette impression avait disparu. Le vieux n'avait plus aucun doute, plus aucune réserve. Il lui arrivait même de se dire, avec une pointe d'envie : « Bordel de merde, quel soldat ! » Il était probablement le seul à savoir tout ce que l'autre avait accompli aux confins du Tchad, au nord dans les montagnes désertiques du Tibesti, cette province disputée, frontalière avec la Libye, et aussi à l'est, à la frontière du Soudan. Un travail digne des grands anciens mais qui demeurerait à jamais inconnu. Kervadec était un homme de l'ombre, un grand homme de l'ombre selon le colonel. Mais, bon Dieu de bon Dieu, qu'est-ce qu'il foutait en ce moment, qu'est-ce qu'il était en train de fabriquer ?

Il n'allait pas tarder à le savoir, mais pas par l'intéressé.

*

Gillet devait être, à son avis, le plus tendre de la paire, bien que ce qualificatif puisse paraître, s'agissant de ces deux types, sacrément inadéquat. Ils étaient très différents l'un de l'autre mais, depuis des années, ils faisaient leurs coups ensemble, rendaient compte ensemble de leurs différentes missions. Au service « action » de la DGSE, ils étaient regardés comme des duettistes. Inséparables donc, au point qu'on allait jusqu'à les imaginer habitant sous le même toit et faisant leurs courses de concert. De là à partager le même lit, il n'y avait qu'un pas. Mais non, ce n'était pas le cas, pas du tout. Peut-être était-ce leur crainte du qu'en-dira-t-on ou le racisme latent de Gillet qui s'y opposait, ou les deux, allez savoir…

Toujours est-il que Gillet habitait à Ouagadougou, dans cette petite villa, seul, tout au moins sans son alter ego qui, contrarié sans doute par on ne savait quoi, avait décidé de s'établir ailleurs, et loin. Cette villa de Gillet, on aurait dit un pavillon de banlieue planté là comme un cheveu sur la soupe parmi les cases africaines, ici de modestes constructions aux murs érigés en quérons, couvertes le plus souvent de tôles ou de plaques d'Everite, dont les clôtures hétéroclites, dissimulées la plupart du temps par des haies végétales, délimitaient d'un côté leurs jardins et de l'autre la large rue poussiéreuse et encombrée de saletés.

La maison de Franck Gillet, entourée, contrairement aux autres, d'un muret d'un mètre cinquante, paraissait vide à cette heure. Elle était séparée des clôtures voisines par une sorte de ruelle très étroite, comme si on avait voulu ménager un espace hygiénique. Il était très tard, la nuit était tombée depuis longtemps. On entendait des voix étouffées en provenance du jardin de la case située à droite, mais l'autre jardin était lui, parfaitement silencieux et donc probablement désert. Kervadec pénétra jusqu'au fond de la ruelle et attendit. Aucun bruit alentour si ce n'étaient des bêlements lointains et intermittents. Aucun mouvement non plus. Il escalada le mur et se retrouva dans un jardin plus grand que les autres mais à l'abandon, envahi d'un fouillis de plantes et d'arbustes desséchés. La nuit était plutôt sombre, pas de lune, juste les étoiles. Il s'accota au mur, à l'angle de la façade. De la sorte il avait une vue approximative sur la grille d'entrée. Il attendit, à nouveau.

De même qu'il était entraîné à l'urgence du combat et donc à la vitesse d'exécution, gage de survie, il savait être immobile, impassible et d'une patience à toute épreuve. Il n'était pas pour autant en état de léthargie, il maintenait au contraire tous ses sens en éveil et ne laissait pas ses membres s'engourdir, il les testait sans discontinuer par le jeu d'infimes contractions. Il ressentait aussi le poids rassurant du petit Colt Cobra placé sous son aisselle. Il n'avait pas l'intention de s'en servir contre Gillet, du moins pas à proprement parler. Il attendait, heureux que cette concentration non seulement le maintienne éveillé, mais encore occupe, dans son esprit, tout le terrain. Rien d'autre ne pouvait le distraire, pas même les fantômes habituels qui peuplaient désormais ses nuits.

Vers quatre heures du matin, un véhicule vint se garer devant la grille, une sorte de petit camion à quatre roues motrices, à l'américaine. Il entendit claquer deux portières puis un rire de femme et enfin une voix d'homme qui prononça des mots inintelligibles. Ce n'était pas son ouïe qui était en cause, c'était l'élocution du type. Si c'était bien Gillet, et tout le laissait à penser, ça allait faciliter les choses. Kervadec se coula le long du mur de façade jusqu'à la véranda, y monta plié en deux et demeura accroupi, un peu en retrait de la porte. Il vit une paire de jambes noires perchées sur des talons trop hauts, des jambes superbes qui gravissaient élégamment les trois marches. Les jambes de l'homme suivirent, beaucoup plus hésitantes. D'un mouvement vif, il se leva, bouscula la femme noire et, de sa main gauche, se saisit du bras de l'homme. La droite pointait le canon du Colt Cobra sur la gorge de Gillet, c'était bien lui. Il dit :

— T'énerve pas, c'est moi, Kervadec.

— Vvvvous, mmmon commandant ? Mais quoi, qu'est-ce que… qu'est-ce qui… qu'est-ce qui vous prend ?

Kervadec remit le revolver à sa place, dans son holster. Il poursuivit :

— Dis à ta poule de rentrer chez elle ou, si chez elle c'est ici, de rentrer dans sa famille, pour ce soir.

Elle n'habitait pas là et ne rentrerait pas dans sa famille car

Gillet lui ordonna simplement de se casser en lui fourrant un billet dans la main. Kervadec avait d'ailleurs reconnu une de ces Camerounaises, nombreuses ici à faire le tapin. Elle objecta tout de même, d'une petite voix pas convaincue :

— Personne me ramène ?

— Non, casse-toi, répéta Gillet.

Elle dévala les trois marches, franchit la grille et, pressée, disparut dans la nuit.

— On rentre ? dit Kervadec.

C'était plutôt un ordre qu'une question. Franck Gillet ne s'y trompa pas. Il sortit un trousseau de clefs de sa poche et se prépara, selon toute vraisemblance, à déverrouiller la porte. Il fallait trouver la clef qui convenait et l'introduire avec succès, c'était laborieux, et Kervadec, excédé, finit par lui prendre les clefs des mains. Dans la maison, Gillet proposa un whisky, Kervadec déclina l'offre et Gillet s'apprêtait à s'en servir un lorsque Kervadec lui saisit à nouveau le bras, brutalement, et le fit asseoir de force sur un canapé. Il s'assit à côté de lui.

— Écoute, lui dit-il, tu me donnes les noms des trois types qui ont exécuté le petit Stanley Fabre à Marseille. C'est tout ce que je te demande. Après, on n'en parle plus et je te fous la paix. Ça vaut aussi pour ton pote Saoudine.

Dans le cerveau de Gillet, les brumes de l'alcool commençaient à se faire la malle, les événements agissaient sur elles comme un grand coup de vent, elles étaient balayées. Il avait peur car il se rendait compte que Kervadec n'était pas là en service commandé, qu'il travaillait pour son compte et ça, avec un barbouze de cet acabit, c'était très inquiétant. Le commandant Kervadec, alias Marcel Sangin, n'était pas n'importe qui. Il était aussi bon et apprécié pour son intelligence politique dans les cercles du pouvoir que pour son sens de la stratégie et ses qualités de combattant dans le désert. Pour certains, c'était presque une légende depuis ces dix années passées aux confins du Mali et au Tchad. Régulièrement son écho radar se perdait et on le pensait foutu, passé par les armes ou croupissant dans les geôles de Kadhafi. Et puis il réapparaissait dans un pick-up armé d'une mitrailleuse avec quelques nomades qu'il avait retournés et qui travailleraient désormais pour la France. Putain ! Les noms des connards de Marseille, qu'est-ce qu'il en avait à foutre ? Après tout ils n'avaient été que des agents temporaires, ce qui, à la DGSE, n'avait guère de poids. Ils avaient été payés, et ils avaient merdé, ces pédés. Et ça leur était retombé dessus à lui et Saoudine… Pas de raisons de les couvrir, vraiment aucune !

Kervadec ne le pressa pas. Il aurait pu mais il ne doutait pas du résultat de cette réflexion pénible mise en œuvre par une mécanique intellectuelle poussive. Et puis… il ne voulait pas se griller avec les gens du service. De fait, Gillet finit par se décider :

— D'accord, dit-il, laissez-moi me souvenir… Le chef, c'était Francis Rico, un type qui tient une boîte de nuit un peu isolée à Marseille, sur la route du bord de mer avant d'arriver au village des Goudes. C'est là qu'on les a rencontrés pour discuter. Les deux autres, je ne connais pas leurs noms mais on peut les retrouver facilement, ce sont deux braqueurs qui travaillent aussi pour Rico comme porte-flingues. Leurs prénoms, ou leurs noms de guerre, je sais pas, c'est Tonio et Dany. Je crois que ce sont deux frères ou deux cousins, en tout cas de la même famille. On a traité qu'avec Francis Rico même si on a rencontré les autres aussi, un soir à la boîte. Eux, ils étaient là, ils pouvaient boire le coup, mais ils avaient pas droit à la parole.

Pendant qu'il s'expliquait, deux idées lui vinrent à l'esprit. La première, comme une révélation, c'était que Kervadec avait un lien mystérieux avec le petit Fabre. Ça faisait un gros souci. La seconde, plus gros souci encore, c'était que le commandant allait lui demander de qui étaient venus les ordres. Un regain de transpiration inonda son corps. Il aurait bien aimé avoir sous la main le verre de whisky refusé tout à l'heure. Que faire alors ? Putain, il ne savait vraiment pas. Il ajouta d'une voix devenue geignarde :

— On voulait qu'ils soient trois, pour bien assurer le coup, et ces cons, ils ont foiré. On voulait pas la mort du gamin, vous pensez bien, on voulait seulement qu'il se mette à table. Ça devait pas être bien difficile tout de même…

— OK Franck, dit Kervadec en se levant. Tu peux te servir ton whisky maintenant.

Et, sans autre question, surtout pas celle tant redoutée, il quitta la maison.

Gillet, bien que sacrément soulagé, demeura un moment prostré puis, obéissant à l'invitation ou l'ordre du commandant, alla se servir un verre. Bordel, qu'est-ce que ça voulait dire tout ça ? Il ne lui avait même pas demandé de fermer sa gueule ! Il pouvait avertir le vieux. De toute façon, avertir le vieux, promesse ou pas, il l'aurait fait, ça, c'était une certitude. Pour le faire taire, il aurait fallu le liquider, Kervadec le savait bien. À cette évocation, il eut une bon Dieu de frousse rétrospective, s'avachit dans le canapé et, du coup, renversa la moitié de son verre sur son pantalon. Il se mit à rire nerveusement en considérant son pantalon mouillé ; comme s'il s'était oublié, comme s'il s'était pissé dessus...

Demain, il irait à Bobo-Dioulasso voir Saoudine. Il lui raconterait son aventure. L'autre n'allait pas manquer de lui faire observer que – voilà ! – il aurait dû accepter sa proposition et habiter ensemble, que, là, commandant Kervadec ou pas, ça ne se serait pas passé comme ça... Mais lui, à l'époque, il n'avait pas voulu, ça aurait fait jaser, même en rentrant avec une femme, un ou deux soirs par semaine, pété comme un coing. Et puis, tout seul ou à deux, avec un type comme Kervadec... Au contraire, selon le cas ça aurait pu tourner mal, se terminer carrément en boucherie !

*

Il était dix heures et demie du matin, la petite maison prétentieuse, dans son isolement aux discrets relents racistes, était chauffée à blanc par un soleil impérieux. Elle était bien équipée d'un climatiseur, tout au moins dans la pièce où dormait Gillet, mais les émotions de la nuit le lui avaient fait oublier. Il cuisait donc à petit feu et aurait bien fini par rôtir s'il n'avait été réveillé par une furieuse envie de pisser. En se déplaçant vers les toilettes puis en se soulageant avec volupté, lui vinrent à l'esprit deux choses. Le vieux qu'il fallait avertir, d'abord, et le climatiseur, ensuite.

Il commença, après s'être passé la tête sous le robinet, par le climatiseur parce qu'il craignait de n'être pas assez opérationnel pour parler au vieux. Il alla ensuite s'asseoir dans le canapé qui lui rappela les mauvais souvenirs de la nuit, se leva, se versa un whisky du matin, curatif, rien à voir avec ceux de la nuit. Il se sentit mieux, il commençait à ne plus cuire dans son jus et décida de passer son coup de téléphone. Il l'eut directement et commença à narrer son aventure. Il la raconta clairement et en détail parce qu'en Afrique on ne se méfiait pas du téléphone. L'autre écoutait sans broncher. À croire que plus rien ne l'étonnait ou qu'il avait anticipé le truc, il en était bien capable, la vieille charogne ! Gillet conclut en disant :

— Mon colonel, je ne sais pas ce que va faire le commandant maintenant, mais je pense que ça craint pour nos trois... employés temporaires.

Le colonel Vilquin ne semblait pas ému par cette annonce. Il fit un « mmmh... » pour indiquer qu'il s'accordait un instant de réflexion, pour exprimer des doutes ou bien parce qu'il appréciait les craintes de Franck Gillet, on ne pouvait pas dire. Il finit par répondre, comme s'il finissait une phrase qu'il valait mieux ne pas prononcer :

— Ce ne serait pas une mauvaise chose finalement, Gillet. Non ?

La tête de Franck Gillet lui tourna et ce n'était ni du fait de la cuite de la veille, ni du fait du whisky du matin. Putain, ce vieux maintenant tout décati, il en avait encore dans la tronche, il était toujours en avance d'un coup sur les autres et il était retors à un point qu'on pouvait pas imaginer. *Bordel de merde, Franck, mon garçon, même s'il te joue des tours, ne jamais se le mettre à dos ni tenter de le doubler, pas même lui mentir par omission. C'est bien ce que tu penses depuis plus de quinze ans et t'as intérêt à continuer de penser comme ça !*

— Qu'est-ce qu'il en dit, Saoudine ? reprit le colonel. Il n'était pas avec toi hier soir ?

— Mais non, mon colonel, il est chez lui, à Bobo-Dioulasso. Je vais y aller aujourd'hui.

— Vous auriez mieux fait de prendre une case à deux, Franck. Un à Ouagadougou et l'autre à Bobo-Dioulasso, quelle mouche vous a piqués, brusquement ? Qu'est-ce qui s'est passé, Gillet ? Il ne voulait pas, Saoudine ?

Qu'est-ce qu'il cherchait, le vieux en balançant ça ? Comme s'il n'était pas au courant... C'est ce que pensa Franck Gillet. Toutefois il ne voulait pas le contrarier. Il répondit :

— Non, non, mon colonel, il aurait été d'accord, c'est moi.

— Pourtant, Franck, on est plus en sécurité à deux, la preuve. Tu vois, sur ce coup tu as eu tort. Parfois, il vaut mieux laisser parler la nature...

Mais qu'est-ce que... qu'est-ce qu'il insinuait, qu'est-ce qui lui prenait à ce vieux fumier ? En raccrochant, Franck Gillet grinçait des dents.

*

Bon, se dit le colonel après avoir lui-même raccroché, Kervadec, à cette heure, doit être loin, il a dû décoller vers la France, même pas la peine de vérifier. Voilà, il va aller là-bas et poursuivre ou plutôt accomplir son œuvre de mystérieux justicier. Il va en même temps finir le travail, ce qui n'est pas plus mal. Après tout on ne pouvait faire aucune confiance à ces trois types qu'on a malencontreusement laissés derrière nous après leur lamentable échec. Ce sont trois parasites, trois ordures, il n'y en a pas un pour racheter l'autre et surtout ils sont les seuls à faire le lien avec le service : autant les faire disparaître, couper ce cordon embarrassant.

Il n'aurait pu, lui-même, mettre ça sur pied, comme il l'aurait probablement fait ici, sur ses terres, tout simplement parce que c'était là-bas, en France. Mais enfin, puisque ça voulait bien se faire tout seul, et sans lui, il n'allait pas faire la fine bouche...

N'empêche, Kervadec n'avait pas du tout les mêmes raisons que lui. Il avait un autre motif et ce motif demeurait énigmatique. Le colonel Vilquin n'aimait pas les mystères, surtout lorsqu'ils concernaient l'un de ses hommes, le meilleur en plus. Un souci allait disparaître mais un autre subsistait, quelle poisse ! *Nunquam quies*, telle était autrefois sa devise, mais il commençait à être un peu vieux. Le risque et l'aventure, il y avait des jours où il en avait sa claque. Ces jours-là se multipliaient depuis quelque temps, au point qu'il ne parvenait plus à se souvenir d'une journée sereine.

Il était tellement possédé de son rôle – un métier, une mission ? Il n'aurait su le dire... –, tellement identifié à son service – une famille, une fraternité, une religion ? Non, rien de tout ça, alors quoi ? – qu'un instant il imagina avec intérêt que Kervadec et les trois malfrats s'entre-tuent. Il ne resterait alors plus personne, la place serait nette : ses deux soucis, l'un parfaitement connu et l'autre à décrypter, seraient effacés.

Il envisagea cette hypothèse avec gourmandise puis, fugacement, il eut conscience d'une pensée dégueulasse, de celles que la religion de ses parents considérait comme des péchés, et il se demanda pourquoi, après tout. Parce qu'au fond, la morale, il y a longtemps qu'il ne savait plus ce que c'était et les sentiments encore bien moins. Tout ce qui comptait, c'était le but à atteindre, dans l'intérêt du vieux pays. D'ailleurs, qu'est-ce qui l'attachait à Kervadec à part cette ancienne complicité, cette sorte d'admiration bienveillante, d'impression, avec lui, de jouer encore et toujours, de jouer désormais par procuration ?

Il se rendit soudain compte de sa solitude. Il s'avisa de son désintérêt progressif pour ce jeu qu'il pratiquait depuis quarante ans. Il comprit qu'il ne s'amusait plus, qu'il devrait, sous peu, rendre son tablier en même temps que les armes et qu'à l'heure de la mort il ne lui resterait rien, que des regrets. Une fois de plus il envia Kervadec, plus du tout pour le jeu, mais pour ce mystère dont il imaginait sans peine qu'il remplissait – en bien ou en mal, peu importait – la vie de l'autre. Il l'enviait aussi de prendre des risques, des risques vitaux, avec toutes les conséquences encourues. Lui, à son âge, il était condamné à mourir parce qu'un organe, le plus faible, aura lâché. Mourir dans son lit, dans son bureau ou, pire encore, dans une chambre d'hôpital.

Chapitre XXX

— Belle machine, commandant !

Le commandant Juston sursauta. Il n'avait pas vu arriver l'importun. Il faut dire qu'il était un genou à terre, penché sur la roue avant de sa vieille Triumph. En fait, il était occupé à déverrouiller l'énorme cadenas plutôt inutile qu'il installait consciencieusement, tous les jours, en arrivant au commissariat. Il faut ajouter qu'il était tard, deux heures du matin, et qu'en parvenant au parking des « deux roues » de l'Évêché, il avait vu que cet endroit, un vaste espace provisoire de terre pierreuse où tous les flics garaient leurs motos, était aussi envahi par d'autres motos, scooters et même pétrolettes des gens du quartier qui, pas tout à fait à tort, y voyait un havre sécurisé. Bref, Juston, une fois n'est pas coutume, s'était laissé surprendre.

Il se redressa, de méchante humeur. Qu'est-ce que c'était que ce type ? À l'évidence, celui-ci le connaissait et l'avait même reconnu malgré son casque. Où alors il le surveillait, peut-être depuis plusieurs jours… C'était possible, en ce moment il ne se méfiait pas, il n'y avait aucune raison à ça.

— On se connaît ? dit-il.

Il avait relevé sa visière et dévisageait l'homme à la lueur parcimonieuse de réverbères trop lointains. C'était un « beau mec », comme on dit chez les flics pour parler des voyous classieux. Il était plus âgé que lui mais semblait physiquement plus affûté. Un mètre quatre-vingt-cinq, à peu près, quatre-vingt-dix kilos à la louche, c'est-à-dire cinq de moins que lui, mais ceux-là, chez lui, étaient de trop. Une stature impressionnante et... un adversaire potentiel redoutable ! C'est ce que médita Juston en envisageant que les choses puissent mal tourner. Mais il n'y avait pas de raison : l'autre, à moins d'être un allumé, ce qui ne semblait pas être le cas, n'aurait pas choisi cet endroit. Trop exposé, pas tout à fait dans le noir et à deux pas du commissariat.

— Non, on ne se connaît pas, reprenait l'autre, mais j'ai envie ou plutôt besoin de faire votre connaissance et, de mon côté, je peux vous donner des renseignements qui vous intéresseront sûrement, à défaut, peut-être, de vous être utiles.

Juston hésitait. Il savait de longue date à quel point il fallait se méfier de l'imprévu, surtout lorsqu'il avait trop belle allure. Les méthodes de ce type ne militaient pas en sa faveur. En plus, il était gonflé, il était demandeur et, en contrepartie, n'hésitait pas à proposer des renseignements « peut-être » inutiles. D'un autre côté, il était alléché, le commandant Juston. Les conditions et l'heure de cette rencontre sentaient le mystère, et puis, son péché mignon, sa force et sa gloire aussi, c'était la collecte du renseignement. Autant dire qu'entre ce parfum d'aventure et son appétit naturel pour l'envers du décor, il commençait à pencher du côté de l'acquiescement. Il voulut tout de même faire la fine bouche. S'il devait y avoir des négociations ou des échanges, il ne fallait pas se rendre sans condition. Il dit :

— Ce soir, je suis claqué et, même à cette heure, on peut encore m'appeler. Il y a longtemps que minuit n'est plus l'heure du crime à Marseille. Je suis de permanence, pas en première ligne, d'accord, mais tout de même, en second rideau – et il désigna du menton les fenêtres allumées du commissariat. Si vous voulez, on prend un rencard demain, je serai plus disponible et on pourra causer.

Il dit ça parce que c'était raisonnable mais, tout en le disant, il se rendit compte qu'en fait il n'en pensait pas un mot, que ça ne correspondait ni à la réalité, ni encore moins à ses désirs. Pour lui, cette nuit était au contraire le moment idéal. Fatigué, il l'était sans doute, mais sa perspective, pas très réjouissante, c'était d'aller se coucher seul chez lui, le plus tard possible sachant qu'il n'aurait pas à se lever aux aurores. Tout comme Clémentine Sibert, son amie, il serait en récupération dans quelques heures et il avait prévu de se lever vers 10 heures, d'aller lui porter les croissants, de passer la journée avec elle et, peut-être, de rester chez elle le soir. Ça ne l'arrangeait donc pas le moins du monde de reporter ça. Sans compter que sa curiosité était vraiment piquée par ce type sorti de nulle part et que du coup, comme une pipelette en quête de ragots, il était de moins en moins disposé à attendre.

Dieu merci, l'autre insista :

— Je n'ai pas l'intention de prendre un rendez-vous avec vous. Je ne peux pas me le permettre, peu importe les raisons… C'est tout de suite, ou, à la rigueur, une autre fois mais à l'improviste, comme cette nuit, ou alors jamais. Ce que je vous propose, là, maintenant, c'est d'aller ensemble dans une boîte de nuit, un bar ou n'importe quel établissement qui dispose d'un coin discret où l'on peut causer, je vous laisse le choix.

Le commandant Juston ne répondit pas tout de suite, il prit le temps de ramasser le cadenas, d'ouvrir son coffre, de poser l'objet dedans et d'enfourcher sa machine. Puis il dit :

— Montez, je vous emmène.

Le type ne se fit pas prier et s'installa derrière le policier.

En démarrant, Juston, indécrottable gardien de la loi et de l'ordre, songea que son étrange passager n'avait pas de casque. Mais il se dit que sauf en cas d'accident, ça ne risquait pas grand-chose, autant dire rien.

*

Il avait choisi un pub irlandais. Pas vraiment couleur locale… Un groupe de trois musiciens avait dû sévir jusqu'à minuit et ses membres, assoiffés par les vibrations lancinantes des complaintes celtiques, étaient restés boire de la Guinness. Ils étaient en compagnie du patron et de quelques habitués dont l'accent comme l'état trahissaient si ce n'était la celtitude, du moins l'origine britannique. Ils avaient eu le bon goût de se cantonner à l'espace devant le bar, laissant libres les boxes à l'écart. Les deux hommes s'installèrent loin des pochards. L'inconnu commanda, d'un signe, une Guinness, et Juston approuva pour lui-même. Le patron sembla apprécier ce qu'il prit, à tort ou à raison, pour un geste de connivence. Il les servit et les laissa tranquilles.

L'homme qui s'était assis, non pas en face de lui, mais sur un côté de la table carrée – probablement pour pouvoir surveiller la salle, pensa Juston – but une gorgée du liquide lourd et pâteux. L'eau en vint à la bouche du policier qui était un amateur. Il s'en envoya lui-même une longue gorgée, elle était goûteuse et surtout fraîche. Ces Irlandais, à défaut d'être très raffinés, n'étaient tout de même pas des barbares…

Il eut l'impression que l'autre ne savait trop comment entrer en matière… juste une impression. Ou alors il jouait la comédie, oui, plutôt ça, un rôle, car ce type sentait le professionnel. Pas le voyou pourtant : c'est ça qui était curieux ! En fait, par la pondération et la sérénité qu'il affichait, beaucoup plus fort qu'un voyou. La duplicité comme une seconde nature, c'est ce qu'il lui sembla deviner. Ce n'est pas que les voyous en soient incapables ou qu'ils y répugnent, loin de là, songea-t-il, mais leur prétention et leur désir de paraître tuent leur savoir-faire. Pas un malfrat, donc, mais alors quoi ? Il voulait sans attendre éclaircir ce point et dit :

— Vous n'êtes pas un voyou. Vous êtes un professionnel. Pour qui travaillez-vous ?

Kervadec, fut surpris par la sagacité de ce modeste commandant de police, il en fut aussi épaté. Tous les éléments qu'il avait pu glaner çà et là sur son compte lui avaient révélé un type très renseigné, discret, à l'ancienne donc, efficace aussi, moralisant et du coup parfois frondeur, mais avant tout très rigoureux, trop selon ses supérieurs qui, dans ses notations, l'exprimaient en filigrane. Il en avait hâtivement déduit que ce flic était borné.

— Je préfère jouer cartes sur table. Je travaille pour moi en ce moment, uniquement pour moi, et j'aimerais mieux que personne ne le sache, ou alors le plus tard possible, dit-il. Je ne travaille pas par intérêt non plus mais pour des raisons plus… personnelles.

Voulant éviter toute autre discussion sur ce sujet, il poursuivit. Il tenait à monopoliser la parole et, autant que faire se pouvait, orienter la curiosité du flic vers le sujet imposé.

— J'ai un lien avec le petit Stanley Fabre, vous savez le gamin qui a été assassiné dernièrement à Marseille. Enfin… un lien, si l'on peut dire. En fait, c'est pour moi une question… d'honneur, une promesse que j'ai faite… disons ça comme ça. Tout cela doit vous paraître dépassé, vieux jeu, mais pour moi ce sont des choses qui comptent, des choses essentielles. J'espère que vous voyez ce que je veux dire.

Juston verrait plus tard, ce qu'il déduisit avant tout de cette entrée en matière, c'est que ce type-là, devait être un militaire. La référence à l'honneur, à une promesse – sacrée pendant qu'on y était – même s'il y avait sûrement un peu de cinéma là-dedans, ça signait son homme. Partir là-dessus mais se méfier… Sur cette question, il brûlait, Juston. Il brûlait et il le sentait, affaire d'intuition, comme disait Galtier. Il décida de laisser venir l'autre :

— Et alors ?

Il se comportait comme si l'homme avait été un plaignant ou un témoin pas très convaincant. Kervadec n'aimait pas cette circonspection, elle ne lui disait rien qui vaille. Sa démarche et sa méthode n'étaient peut-être pas les bonnes, peut-être aurait-il dû procéder autrement…

— Alors voilà, répondit-il cependant, je sais que ce genre de meurtre, comme les règlements de comptes, est très difficile à élucider. Il y a deux étapes, la première c'est d'identifier les meurtriers, on y arrive assez souvent, et la seconde c'est de les confondre. Et alors là, c'est une autre paire de manches. Enfin…

ce n'est pas à vous que je l'apprendrais. Ce que je suis en mesure de vous apporter, c'est le nom des coupables, mais je sais que ça ne vous servira pas à grand-chose parce que la police judiciaire est, dans ces cas-là, démunie pour obtenir des preuves. Moi, j'ai des moyens et des méthodes que vous n'avez pas ou qui vous sont interdits pour y parvenir, et en plus je suis prêt à prendre des risques…

— Services secrets ? intervint Juston qui poursuivait son idée.

— On peut dire ça.

— DGSE ? insista Juston.

— Je travaille pour mon compte, je vous l'ai dit.

Juston était maintenant convaincu. Ce type ne répondait évidemment à aucune de ses questions mais c'était tout comme. C'était bel et bien un agent de la DGSE, ce service qui, entre parenthèses, était à l'origine de la mort de Stanley Fabre même s'il n'en avait pas décidé. Ce devait être de là qu'il tenait ses informations. Il était peu probable que la DGSE veuille faire ressurgir cette malheureuse affaire et du coup l'homme disait probablement vrai, il travaillait nécessairement pour son propre compte et devait avoir des motifs personnels pour ça. Pour Juston ça ne faisait pas l'ombre d'un doute.

Et au fond il trouvait ça plutôt sympathique. Stanley Fabre avait beau avoir été un petit délinquant, son exécution, brutale, sordide et injuste méritait bien que l'on mette tout en œuvre pour retrouver et confondre les coupables. Peut-être certains de ses collègues se félicitaient-ils de cette élimination, des flics qui en avaient marre des jeunes-voyous-qui-nous-pourrissent-la-vie-et-en-plus-ont-droit-à-l'impunité. Bon débarras ! devaient-ils se dire. Mais pas lui. Il se souvenait qu'ils en avaient parlé avec le juge Galtier, et il avait été content de constater qu'ils étaient sur la même longueur d'ondes là-dessus, comme sur beaucoup d'autres sujets d'ailleurs…

Kervadec reprit :

— Je connais le nom des assassins.

Juston n'en douta pas un instant. Il cogitait à toute vitesse en même temps qu'il faisait confiance à son instinct, exercice périlleux auquel il se laissait aller de temps à autre. Puisque ce type était un agent de la DGSE, il n'avait certainement pas eu beaucoup de mal à obtenir ce renseignement. Comment il s'y était pris, il n'en savait rien, parce que tout laissait supposer qu'il n'avait pas participé à l'opération scélérate: ce n'était pas le genre et tout était cloisonné dans ces services secrets extérieurs.

À propos de genre, Juston se faisait maintenant une idée précise du bonhomme. Pas un agent temporaire ou un aventurier recruté sur le tas, mais un militaire, un officier même. Il lui plaisait ce type, à Juston, il était même sous le charme, subjugué presque. Et puis les perspectives que tout cela laissait espérer, qu'il se gardait d'approfondir, n'étaient au fond pas pour lui déplaire.

— Francis Rico, vous connaissez?

— Oui, dit Juston.

Et cela ne l'étonna pas outre mesure.

— Ils étaient trois. Les deux autres, on les surnomme Tonio et Dany. Je n'en sais pas plus sur eux.

— Je vois, dit Juston. C'est logique, ce sont les porte-flingues de Rico. Mais… collègue, camarade, monsieur X, je ne sais comment vous appeler, le problème, c'est que ce n'est pas moi qui suis chargé de l'affaire du meurtre de Stanley Fabre, c'est une autre section de la brigade criminelle et je ne peux donc vous donner aucun élément là-dessus.

— Je suis au courant, mais, vous savez, il ne doit pas y avoir grand-chose dans la procédure, du moins pas grand-chose qui m'intéresse. Ce que je recherche, ce sont plutôt des renseignements sur ces trois types, pour pouvoir les approcher, les espionner, peut-être même leur tirer les vers du nez.

Il y eut comme un froid. Juston touchait du doigt les méthodes que comptait employer l'autre et c'était plutôt contraire à ses principes. Le but était louable, il le pensait encore, mais enfin les moyens… Une petite voix malsaine l'encourageait toutefois à soutenir la démarche. Lorsque la légalité s'avère impuissante, quel policier, voire même quel juge n'a pas souhaité un jour sauter la barrière et revêtir la terrible défroque du justicier ? La plupart du temps, ce ne sont que velléités troubles, identification presque inconsciente, fantasmes sans suite, mais il comprit que là il était au pied du mur et qu'il était très tentant de le sauter, même s'il prenait le risque d'aller trop loin, de se retrouver piégé.

Il s'avisa qu'il ne pourrait interrompre le cours des choses parce que ce ne serait pas lui, le doigt de Dieu, mais un autre... avec sa complicité. Un frisson glacé le parcourut. Il but d'un trait le reste de sa chope et l'amertume de la Guinness lui parut plus fielleuse encore.

— Vous pourriez me rendre ce service ? disait l'homme plein d'espoir.

Et Juston, étonné, y vit le comportement d'un enfant inquiet.

Ce fut cette inquiétude, la naïveté paradoxale de cette figure de bronze qui emporta ses dernières barrières.

— Personnellement, je ne connais ni les habitudes de ces types, ni leur mode de vie. C'est tout juste si je peux savoir où ils habitent, et encore... parce qu'il faut vous dire qu'ils changent souvent. Pas tant parce qu'ils nous craignent, nous autres policiers, mais plutôt parce qu'il y a de temps à autre, des tensions internes au Milieu, vous savez bien. Et là, ça chauffe pour leur matricule, ils sont prêts à s'entre-tuer. Alors ils s'enfouraillent, ils se cachent, ils varient leurs habitudes, une nuit ici, une nuit là, des changements d'itinéraires, des gardes du corps pour les plus importants... Ce n'est pas forcément très efficace si d'autres sont décidés à leur faire la peau, mais ça aide, ça met le maximum de chances de leur côté.

— D'accord, d'accord. Mais... il y a des tensions, en ce moment ?

— Non, pas à ma connaissance – c'est juste pour dire – pas pour Rico en tout cas. Il a sa boîte de nuit qui tourne, sûrement des machines à sous aussi. Il ne semble plus être dans les stups même s'il laisse dealer de la coke autour de sa boîte pour avoir la paix avec les trafiquants. Et puis il y a belle lurette qu'il ne monte plus au braco, plus en personne ; trop vieux et trop installé. Il doit les financer parfois pour les deux broques, les deux cousins, hommes à tout faire et porte-flingues. Il les entretient, d'accord, mais ça ne leur suffit pas. Ce genre de mec, même le plus minable, la thune lui brûle les mains, ça fait le beau avec les filles, ça aime les belles bagnoles, ça flambe… Enfin, comme je vous disais, pour les renseignements, il faudrait que j'aille à la pêche. Surtout si vous voulez du poisson frais. C'est comme ça que je procède quand je suis sur un coup, à chaque fois. Parce que, contrairement à ce qui se dit, je ne suis pas une encyclopédie, je n'ai pas encore monté un moteur de recherche et je ne tiens pas non plus un journal…

— Écoutez, dit l'homme, moi, ce qu'il me faut, c'est savoir où on peut les trouver, sauf la boîte de nuit parce que ça ne me paraît pas le lieu adéquat.

— Je connais un type qui pourrait nous renseigner. C'est un de mes indics, un bon. Il a l'air de pas avoir inventé la poudre, mais en réalité il est loin d'être con. Le problème, c'est que j'en ai besoin, je ne peux pas me griller, vous comprenez ? Si je lui demande des tuyaux et qu'ensuite, sur ces tuyaux, vous passez à l'acte, moi, je suis foutu avec lui.

— C'est un malfrat ?

— Oui, bien sûr, répond Juston qui, prenant un air désabusé, soupire comme un professeur avant de se livrer à des explications savantes. Mais il est, comme qui dirait rangé des voitures. Il participe encore à une magouille de temps en temps, quoique ça fait longtemps qu'il n'a plus fait parler de lui sur le grand marché de la crapulerie. À mon avis, il y a quelques années, après avoir failli se faire buter, il a réalisé un gros coup qui lui a permis de mettre pas mal de galettes de côté. C'est ce que je pense, mais je n'en sais pas plus. Ce qui est sûr, c'est qu'avec l'âge il est devenu non seulement très prudent, mais aussi raisonnable, hyper raisonnable, ce qui n'est pas la caractéristique première des voyous, en général. Ce n'est pas un tueur, ça ne l'a jamais été, il évite la violence, peut-être par intérêt parce qu'il est calculateur ou peut-être, après tout, parce que c'est sa nature. J'opte plutôt pour la deuxième hypothèse parce que je suis un sentimental et un incorrigible optimiste. Il me renseigne avec des pincettes, mais il le fait et ce qu'il dit, ça vaut souvent de l'or. Grâce à lui j'ai pu sortir pas mal d'affaires, sans compter les services que j'ai rendus aux collègues...

— Eh bien c'est parfait, voilà notre homme ! Il pourra sûrement nous donner tous les détails dont j'ai besoin, dit Kervadec pour qui les jeux semblaient faits.

Juston ressentit comme une alarme. Selon ce qu'allait faire ce type des renseignements donnés par Simeoni, il risquait d'être à jamais grillé avec lui. Or c'était son meilleur informateur. Il se sentit piégé. Il fit signe au patron pour commander une nouvelle Guinness, l'autre le suivit. Ça gagnait du temps, mais pour quoi faire ? Il attendit le service sans rien dire. L'autre ne broncha pas, il tenait le bon bout, le salopard !

Les deux verres pleins étaient maintenant posés sur la table. Il fallait qu'il se décide pour l'une des deux solutions qui se présentaient à lui. Il choisissait la première et finie la source Simeoni, il choisissait la seconde qui consistait à donner l'identité de son indic et alors... Alors quoi ? Après tout il fallait simplement que ce type ne révèle pas par qui il avait été rancardé ! Il suffisait qu'il ne dise pas comment il en était arrivé là. Tout ce qui retenait Juston, c'est qu'il n'avait jamais donné l'identité de Simeoni à quiconque, sauf peut-être une fois à Galtier, et encore, c'était plutôt le juge qui avait deviné. Mais là, ça n'avait rien à voir. Ce type qui avait tout d'un chien de guerre, rien d'un flic ou d'un voyou, était une sorte d'apparition : Simeoni ne pourrait se douter d'où il venait et par quels circuits il était passé. Et puis il disparaîtrait tout aussi vite qu'il était venu après avoir – enfin il fallait le souhaiter – réussi à débusquer les tueurs du petit Fabre.

— Bon, dit-il. Le gars, son nom c'est Ange Simeoni...

Chapitre XXXI

Je n'avais pas vu Juston depuis presque trois semaines. Il est vrai qu'entre-temps j'étais parti cinq jours à Rome avec Billie. Au moment de mon départ, nous étions, mon flic préféré et moi, en pleine désillusion. Nous pressentions, l'un et l'autre, que l'affaire de la CPAO, qui nous tenait tellement à cœur, allait nous échapper. La cour de cassation avait été saisie du règlement de juge et mon collègue parisien, parce qu'il était parisien et pour bien d'autres raisons mauvaises ou inavouables, avait les meilleures chances. Cette méchante perspective aurait dû nous rapprocher, mais non, Juston semblait m'éviter et c'est moi qui, de temps à autre, lui passais un coup de fil. Il était alors froid et évasif, comme s'il avait été très occupé, ce qui était peut-être le cas après tout. Je ne pouvais me prononcer là-dessus n'ayant pas de comptes à lui demander sur les affaires qu'il traitait en dehors de moi.

Je m'envolai donc pour Rome, ça me changea les idées. L'Italie s'était enfin débarrassée de Berlusconi quoiqu'au profit d'un soi-disant technicien, en réalité représentant des banques qui dirigeaient le monde depuis la crise de 2008 avec le résultat que l'on sait. Pour les Italiens, la pilule menaçait d'être amère… J'ai un faible pour les Italiens, surtout pour les artistes et les rebelles. Billie aussi. Lorsque vous êtes mêlés à eux, ils ont le don – vous entraînant dans leurs extravagances poétiques et leur capacité à transformer le ridicule en œuvre d'art –, de vous faire tout oublier. Il semble alors que plus rien n'a vraiment d'importance.

C'est ce qui m'arriva au point que mes dernières défenses contre les lubies de Billie cédèrent un soir et que je me retrouvai dans un cinéma dénommé « *Il Nuovo Sacher* » devant un film de Ken Loach ici nommé *La parte degli angeli*, sous prétexte que cette salle du Trastevere constituait un lieu culte de l'intelligentsia romaine de gauche et que l'on aurait pu – allez savoir – y rencontrer ce soir-là Nanni Moretti. Ce fut une expérience singulière. Je ne parlais pas italien comme Billie et n'avais donc pas le temps de lire et de comprendre le sous-titrage. Quant à l'anglais parlé par les personnages, c'était une sorte de cockney particulièrement inintelligible pour quelqu'un comme moi qui ne comprend que l'accent d'Oxford, et encore. Le film qui passait en avant-première (quelle chance !) devait par la suite obtenir un prix à Cannes, le prix spécial du jury, je crois.

Cet épisode surréaliste acheva de m'arracher à mes soucis marseillais. Je voguais désormais dans les méandres de la ville éternelle, enivré de ce subtil mélange de paganisme et de religiosité extrême, bercé par la musique de la langue et charmé par l'élégance des Romains et des Romaines. Billie me fit entrer dans une église déviationniste sans curé visible, où s'exprimait tout un chacun, où les chants liturgiques étaient remplacés par des airs de rock'n'roll, où les gens dansaient en sautant sur place et finissaient par s'embrasser les uns les autres, m'entraîna sur des piazzas magnifiques et délabrées où des artistes de rues moquaient, devant quelques carabiniers bon enfant, le pouvoir qui supprimait les subventions, et me fit assister à une séance de cinéma en plein air au Campo dei Fiori où passait, sous le regard sombre du malheureux moine Giordano Bruno, un documentaire sur l'assassinat par les policiers d'un jeune manifestant lors de la tenue d'un ancien G8.

Bref, je me laissais aller au charme de Rome et Billie, toute à son affaire, se félicitait de me voir ainsi quitter le monde de la stricte rationalité.

Le retour aux affaires fut d'autant plus pénible.

La cour de cassation n'avait toujours pas statué, c'est ce que je vérifiai dès mon arrivée à mon cabinet. Ensuite, je rappelai Juston, par pure amitié, comme il l'aurait fait lui-même s'il avait été à ma place. Je le rappelai uniquement pour lui signaler que j'étais rentré. Je m'attendais, non pas à des effusions, ce n'était pas son genre, mais au moins à un accueil chaleureux avec quelques questions de bon aloi sur mon voyage. En d'autres temps, il m'aurait même, j'en suis sûr, demandé des détails sur mon séjour à Rome après avoir balancé quelques sarcasmes sur les gens qui se la coulaient douce pendant que les autres se levaient le maffre, selon son expression.

Mais là, non, rien de tel. Il accueillit mon appel froidement, avec une politesse exagérée, non pas comme quelqu'un qui aurait été fâché, plutôt comme s'il avait été mal à l'aise, préoccupé par je ne sais quoi. Dans un premier temps je me sentis piqué, et ce n'est qu'après avoir analysé son attitude que je penchai pour des soucis personnels. Après que je lui ai demandé, faisant évidemment allusion à nos affaires, s'il y avait du neuf et qu'il ait répondu par la négative, avec, me sembla-t-il un brin d'hésitation, je raccrochai.

J'aurais pu, j'aurais dû sans doute, le rappeler le lendemain ou quelques jours plus tard. Mais non, je décidai de laisser courir. L'avenir devait m'amener à me poser la question de savoir si j'avais bien fait, si une autre attitude aurait pu changer le cours des choses, si d'ailleurs changer le cours des choses aurait été souhaitable. Toutes ces interrogations resteraient à jamais sans réponse…

Chapitre XXXII

Ange Simeoni avait beau être un paresseux indécrottable, s'il y avait une chose avec laquelle il n'avait jamais transigé, c'était bien la forme physique. Dans son métier c'était essentiel, il fallait pouvoir s'enfuir, ou se battre, ou encore les deux, alternativement. Même lors de ses deux brefs séjours à la prison des Baumettes, là où la tentation de se laisser aller est la plus forte, il s'en était soucié. Il faisait des pompes et des abdominaux tous les matins dans sa cellule et, en promenade, courait en rond selon un circuit réduit à sa plus simple expression. Les autres le regardaient, amusés, mais personne n'aurait songé à se moquer de lui, c'était ça l'un des effets de la forme physique.

En temps ordinaire, il fréquentait régulièrement une salle de musculation avenue du Prado, une salle très chic, toute de miroirs et transparences, ce qui favorisait l'émulation selon son concepteur. Elle était essentiellement fréquentée par des bourgeoises un peu sur le retour mais à la plastique irréprochable. Il s'y intéressait bien sûr, mais il les trouvait trop maigres, presque squelettiques. La vue des os et des tablettes de chocolat des femmes anéantissait chez lui tout désir. Pour lui Marie-Lou présentait l'ensemble des canons de la beauté et il se disait que ces femmes, dont certaines le mangeaient des yeux, n'étaient que des anorexiques mal dans leur peau. Marie-Lou n'avait donc rien à craindre.

Il passait deux heures là-dedans, alternant les différentes machines, ce qui lui donnait un corps d'athlète, seulement abîmé par quatre vilaines cicatrices, deux sur la poitrine et deux dans le dos, souvenirs d'un attentat qui avait bien failli lui coûter la vie. Ces anciennes blessures étaient heureusement cachées par le T-shirt qu'il portait pendant ses exercices. Si, torse nu, il les avait arborées, les bourgeoises seraient sans doute tombées en pâmoison. C'était tout du moins ainsi qu'il imaginait les choses…

Il faisait aussi un footing par semaine. Il tournait au parc Borély où il se rendait à moto. Il y allait souvent le soir, assez tard car il reculait le moment de se lancer, n'ayant au fond aucun goût pour l'effort, et la course à pieds ne lui accordant pas les divertissements qu'il rencontrait en salle.

Il y avait eu, dans ce parc, aux heures tardives, deux ou trois agressions dont un viol dans le sous-bois qui bordait la piste cavalière. Les victimes étaient toutes des femmes et lui-même avait un soir déjoué une tentative. Il avait entendu un appel, s'était précipité pour voir l'agresseur faire un croche-pied à une jeune femme qui avait à la suite effectué un impeccable roulé-boulé. Il avait pu se saisir du type dont il avait explosé le nez d'un puissant direct du gauche. L'autre avait pris la fuite et – Con de Manon ! – la femme, remise sur pieds, lui avait proposé de le poursuivre. C'était une vraie sportive, elle lui dit qu'elle n'avait pas cherché la confrontation uniquement parce qu'elle craignait que l'autre n'eût un couteau mais que sinon… Comme il ne s'était pas décidé, elle lui avait reproché sa passivité. Il avait rétorqué que ce n'était qu'un voleur et pas un pervers. Qu'en savait-il ? Et puis, un voleur ça méritait aussi qu'on l'arrête… Ange n'était pas d'accord. Bon, merci quand même, avait dit la fille qui devait pratiquer les arts martiaux ; et elle avait repris sa course. Tout cela n'était pas bien inquiétant pour un type comme Ange Simeoni et, en trottinant dans l'ombre des arbres, il n'y pensait ce jour-là que pour faire passer le temps.

Il aperçut, venant en face, la silhouette d'un homme grand et costaud qui courait, contrairement à lui, dans le sens inverse des aiguilles d'une montre. Il songea qu'il valait mieux ça qu'un poursuivant. Il y pensait toujours... tout au moins depuis son attentat. Et puis, bien qu'il n'eût rien de précis à craindre, il faisait partie du monde des voyous et, dans ce monde-là, la vie ne tient souvent qu'à un fil.

Contrairement aux apparences, Ange Simeoni n'était pourtant pas paranoïaque, il avait même raison, mille fois raison, d'être sur ses gardes. Mais ce jour-là, il ne se méfiait pas assez. L'avenir proche allait le lui démontrer. Dans cette situation, la bonne technique – en fait la seule vraiment efficace – aurait été de faire demi-tour et de prendre ses jambes à son cou: c'est ce qu'il devait être amené à se dire par la suite en examinant les faits à tête reposée. Mais vous ne pouvez tout de même pas, sous prétexte que, dans un jardin public, vous venez à croiser un mec à la stature un peu athlétique, faire volte-face sans autre forme de procès et détaler comme un lapin !

Il était malheureusement trop tard lorsqu'il ressentit la douleur caractéristique du canon du calibre pressé fermement contre ses côtes et, de l'autre côté de son corps, la broyeuse qui lui avait empoigné l'épaule. Ça s'était passé en un trait de temps, putain, le type était fort ! Raison de plus pour ne pas broncher. Après tout, rien n'était perdu, l'autre aurait pu, s'il avait voulu, le fumer proprement, au passage, et se faire la malle ensuite.

— Laisse-toi faire, Simeoni. Si j'avais voulu je t'aurais flingué sans bavure !

C'était la voix du bon sens: vif comme l'éclair, au moins sur le plan intellectuel, c'était une chose qu'Ange avait déjà captée. Laisse venir, se dit-il alors qu'il se sentait entraîné vers le sous-bois, bien que cette circonstance n'eût en revanche rien de rassurant.

— Il faut qu'on parle tous les deux et ici on n'est pas tranquilles. Des gens peuvent passer, lui glissait à l'oreille son agresseur.

Encore le bon sens, toujours le bon sens, d'accord… Mais le sous-bois, putain, ça le faisait flipper, Ange…

Il s'exécuta.

Parvenu sous le couvert, Kervadec décida de ne pas y aller par quatre chemins :

— Ce que je veux, c'est retrouver les salopards qui ont exécuté le petit Stanley Fabre, dit-il.

Ange n'en croyait pas ses oreilles et n'y voyait rien à redire, bien au contraire. Il se détendit, d'abord soulagé, à moins que ? Bordel !

— Je n'y suis pour rien, dit-il précipitamment.

— Bien sûr, bien sûr, lui répondit l'homme, on est d'accord là-dessus. Mais je sais que tu es bien renseigné et je voudrais les piéger, tu comprends ? J'ai besoin de ton aide, quoi !

Ange se détendit complètement. Non seulement il se détendit mais, mieux encore, il entrevit comme une petite lumière dans l'ombre. Il ne savait pourquoi, mais il n'arrivait pas à digérer la mort de Stanley. Pourtant elle lui avait servi en coupant le fil qui le reliait au vol de la mallette. Il se dit qu'après tout, s'il pouvait donner un coup de main à ce type qui était finalement plein de bonnes intentions… Une petite réserve, tout de même, et si c'était un piège ? Comment était-il arrivé à lui ? Se pourrait-il qu'il sache pour la mallette ?

— Pourquoi moi ? dit-il, de nouveau sur la défensive. Je ne sais rien là-dessus, rien de plus qu'un autre.

— Là-dessus, non, bien sûr. Mais, je sais, moi, qui sont les assassins : Francis Rico et ses deux porte-flingues Tonio et Dany. Ce qu'il me faut, c'est les repérer, connaître leurs habitudes, par cœur. Tu comprends ?

Ange comprenait, il comprenait d'ailleurs très précisément, contrairement à un certain Juston la veille, où cela devait mener. Surtout, il n'y voyait aucun inconvénient. Pour ces choses-là, il avait aussi l'esprit vif et ne s'embarrassait pas de scrupules. Restait à savoir qui était ce type et pourquoi il faisait ça. Mais Ange n'était pas en position de poser des questions, le contact du flingue sur ses côtes demeurait tout aussi énergique et douloureux. Le mec n'avait pas relâché la pression.

— Je vois, se contenta-t-il de dire en espérant seulement que l'autre se ferait un peu moins pressant, côté flingue.

— Décide-toi, insista le mec.

— Moi, ça ne me dérange pas de vous filer un coup de main, au contraire. Ces types, c'est des salauds, les pires salauds : bon Dieu, s'attaquer à un gamin !

Il était sincère, parfaitement sincère. Bonne Mère, ça lui convenait tout à fait qu'on règle leurs comptes à ces fumiers qui avaient liquidé Stanley après l'avoir sans doute torturé. Kervadec dut s'en rendre compte car il relâcha enfin sa pression et remit le pistolet dans son holster.

— On pourrait peut-être aller discuter ailleurs, dit Ange qui voyait décidément l'horizon s'éclaircir.

Chapitre XXXIII

Ce n'est pas par le journal que, cette fois, j'appris la nouvelle. Ce fut par un bruit de couloir, ou plutôt d'ascenseur, lieu de ma rencontre avec le procureur. J'étais au rez-de-chaussée et m'apprêtais à rejoindre mon troisième étage. Je le vis arriver de loin, traversant à toute allure la salle des pas perdus et retins l'engin. Il y entra en trombe et je vis à sa tête que ça n'allait pas fort. L'ascenseur gravit les trois étages et, probablement pour m'expliquer sa triste mine ou pour évacuer son trop-plein de stress, il n'eut que le temps de me dire :

— Bon Dieu, ça va pas arranger les statistiques !

Et, après cette phrase sibylline, il sortit avec moi alors que son bureau était au cinquième ! Était-il à ce point distrait par ces histoires de statistiques ? Voulait-il m'emboîter le pas, discuter le coup et vider son sac ? Cherchait-il un peu de compassion chez un des rares types ici qu'on ne pouvait taxer d'hypocrisie ? Je ne comprenais pas bien ses intentions et le laissai venir. Bien que je ne l'y aie pas invité, il me suivit jusqu'à mon bureau et s'affala dans un fauteuil.

— Franchement, qu'est-ce que j'y peux, vous pouvez me le dire, vous ?

— Je ne vois pas de quoi vous voulez parler, lui répondis-je m'inquiétant in petto pour sa santé mentale.

Mais c'est plutôt rare qu'un procureur déraille. Il revint donc à la réalité et dit :

— Ah oui, vous n'êtes pas au courant. Forcément, c'est tout frais. Trois types ont été exécutés ce matin place Jean Jaurès. À la Plaine, quoi. Autrement dit, en plein centre ! Ils buvaient le café en terrasse, il y avait des tas d'autres consommateurs, des bobos, des artistes, des intermittents, comme il y en a là-haut, vous voyez ? Trois d'un coup, au milieu du monde, de gens normaux ou quasiment, qui prenaient le café du matin au soleil ! Peut-être y avait-il des enfants, je ne sais pas. Je ne crois pas en fait, ils devaient être à l'école, mais peu importe, nous ne sommes tout de même pas à Caracas, bon Dieu, nous sommes en France, Galtier, non ?

— Oui, oui, en effet, lui confirmai-je pour le rassurer au moins sur ce point, mais nous sommes à Marseille, mon cher procureur, et ce n'est pas la première fois qu'il y a un règlement de comptes dans nos murs.

— Justement, justement, et ça n'arrange pas la statistique ! Ça va me retomber dessus, Galtier, c'est couru. Le cirque a dû commencer : j'ai éteint mon portable mais le téléphone doit pas arrêter de sonner là-haut. On va me demander ce que je fous, ce que fout la police judiciaire. Comme si j'y pouvais quelque chose, moi… Heureusement qu'il y a la Corse qui fait crever les plafonds !

Je ne voyais plus trop quoi lui dire, ses relations avec ses chefs, ça ne m'intéressait guère. Je m'en foutais en fait. Je lui demandai :

— On a identifié les victimes ?

— Oui, trois voyous : une sorte de parrain qui tient une boîte de nuit et ses deux hommes de main.

J'allais, pour le réconforter, lui faire observer qu'on avait évité le pire puisque, Dieu merci, il n'y avait pas eu de victime collatérale ; mais, bien sûr, il m'aurait répondu que la précision et la virtuosité de l'exécuteur ne seraient pas portées à son crédit.

Madame Del Castillo, ma greffière, nous évita ces arguties. Elle pénétra dans le bureau en disant que tout le monde était là pour l'interrogatoire du début d'après-midi.

Il se leva et prit la porte, les épaules basses et la mine sombre.

- Salut, me dit-il.

Et je lui renvoyai la pareille.

Je me dis avec une certaine délectation que je ne tarderais pas à en savoir plus, à obtenir de plus amples informations, y compris certaines dont ne disposerait pas le procureur et qu'au bout du compte je saurais avant lui la cause probable de cette exécution. J'étais l'un des magistrats les mieux renseignés sur le Milieu marseillais, ses hommes, ses avanies, ses crises, ses montées de fièvre et même ses soubresauts. Et tout ça grâce à Juston, le précieux Juston.

Mais au fait, que foutait-il Juston, qu'attendait-il pour reprendre contact, pourquoi me battait-il froid depuis quelque temps ? Il devait y avoir une raison. J'avais beau me torturer les méninges, je ne voyais vraiment pas. Peut-être avais-je dit quelque chose qui l'avait fâché ? C'était possible après tout, il arrive qu'on se laisse aller à prononcer des mots qu'on ferait mieux de retenir, et puis l'animal avait la tête près du bonnet… Mais même si je m'exprimais plutôt librement avec lui, il ne me semblait pas avoir commis le moindre impair avant mon départ pour Rome. Décidément, sur certaines questions, il devait être très susceptible. Enfin… je me dis aussi que ça lui passerait et je souhaitais vivement que ça lui passe le plus tôt possible, ne serait-ce que pour pouvoir satisfaire ma curiosité.

Chapitre XXXIV

Juge et flic, c'est un peu le même métier. J'ai entendu des tas de gens dire ça, trop souvent à mon goût. J'en ai vu d'autres en pratiquer un à défaut d'avoir pu pratiquer l'autre… J'en ai aussi connu, des juges, ceux qu'on nomme communément « les shérifs », se comporter exactement comme des flics. Pourtant, ça n'a vraiment rien à voir, et cette confusion des genres est aux antipodes de la réalité, je veux dire de la réalité légale. Bien sûr, les juges et particulièrement les juges d'instruction sont proches, matériellement en tout cas, des policiers. Ils semblent appartenir à la même chaîne, qu'on nomme couramment la chaîne pénale, mais alors il faudrait y inclure les avocats et du coup certains crieraient au scandale, pourtant…

Mais tout cela n'empêche pas de s'apprécier et d'être souvent sur la même longueur d'onde, voire, ce qui est plus rare, de tisser des liens. C'est ce qui s'était produit entre Juston et moi. Entre nous les frictions, naturelles pourtant, étaient évacuées depuis longtemps. C'était tout du moins ce qu'il me semblait. Et c'était ce long silence de mon bonhomme qui m'amenait aujourd'hui à en douter. J'étais rentré de Rome depuis trois semaines déjà et toujours aucune initiative de sa part pour me joindre. En vérité il me manquait. J'aurais bien aimé l'interviewer sur le triple meurtre de la Plaine. Je dis ça mais au fond ce n'était pas là l'essentiel…

Bon Dieu, je m'entendais vraiment bien avec Juston. Bien sûr, c'était moi le juge, lui le flic et, dans l'absolu, je détenais l'autorité, même lorsque j'étais susceptible d'avoir tort. Ce qui, je pense, faisait passer la pilule, c'est que j'étais plus âgé que lui. Du coup l'autorité paraissait naturelle. Et puis, comme il sied au plus jeune, Juston, quand il en avait gros sur la patate, pouvait se dire quelque chose comme: « Cause toujours, vieux schnock ! ». À mon avis il ne s'en privait pas. Les exutoires de ce genre, mine de rien, ça soulage… Ce que nous avions à nous dire, nous nous le disions, moi assez directement, lui avec les circonlocutions d'usage. Nom d'un petit bonhomme, qu'est-ce qui pouvait bien justifier son attitude actuelle ?

Je m'en voulais de n'avoir pas insisté, de ne l'avoir pas rappelé depuis la dernière fois où il m'avait joué l'air de l'indifférent et où, je m'en souvenais, il avait eu comme une hésitation lorsque je lui avais demandé des nouvelles de nos affaires. Je me demandais comment renouer avec lui sans avoir l'air de le relancer ou de lui traîner aux basques.

Et puis voilà, un matin, au moment où je m'y attendais le moins, il m'avait passé un coup de fil. Il voulait me voir, c'était plutôt urgent. Son ton était austère, ce n'était pas celui que je lui avais si longtemps connu, et je le trouvais, ce qui ne lui était pas non plus coutumier, singulièrement laconique et mystérieux. Il faut dire que nous n'avions pas l'habitude, tous les deux, de nous méfier du téléphone ni de nous comporter comme des conspirateurs. Je lui avais proposé un restaurant pour le midi même, mais il m'avait, lui, invité chez lui: nous serions plus tranquilles. C'était la première fois qu'il faisait ça. Il avait dîné chez nous une ou deux fois, mais le contraire ne s'était jamais produit. C'était un célibataire, un ours peut-être, et je me demandais accessoirement à quoi pouvait bien ressembler sa tanière. Qu'est-ce que cette invitation singulière pouvait bien cacher ?

Il avait préparé un chili con carne. Très réussi. Ce devait être sa spécialité ou sa seule et unique recette. Il y a beaucoup d'hommes qui sont dans ce cas, qui n'ont, en matière culinaire, qu'une seule corde à leur arc. C'est un bon argument pour séduire… Ce n'était pourtant pas son genre, ou alors c'était du passé. Quoi qu'il en fût, moi qui n'étais pas dans ce contexte, je le savais seulement gourmet et je ne le voyais pas cuisiner ; tout le monde peut se tromper.

D'ailleurs, alors que je lui connaissais un gros appétit, il ne mangea pratiquement rien et laissa refroidir son assiette, trop occupé à parler, à raconter, à s'expliquer, à tenter, à un moment, timidement, de se justifier puis de revenir en arrière, prétendant que tout cela n'était pas justifiable… Quant à moi, je n'eus pas lieu d'être bien fier car, après une brève période d'attentisme poli, je finis par me jeter sur le chili. Il y avait à cela deux raisons. D'abord, j'avais faim bien sûr et j'avais ingurgité, avant de comprendre à quel point il était préoccupé par ce qu'il avait à me déballer, une première bouchée qui bien qu'elle m'eût brûlé la langue, avait irrémédiablement pris mes papilles en otage. La seconde raison, c'est que manger avec appétit me donnait une contenance car, pendant toute la première partie de son discours il n'y avait rien à dire, qu'à écouter pour comprendre. Je ne voulais pas paraître ébahi bien qu'il y eût de quoi, j'avais à défendre un statut de vieux juge que rien n'étonne et qui, blasé, en a entendu d'autres.

— Je sais donc qui a assassiné ces trois types ou plutôt je dispose de tous les éléments pour permettre de le rechercher et de l'identifier… Et putain, moi, un flic, je crois bien que j'ai l'intention de tenir ma langue, conclut-il d'un air de chien battu.

— Je vous comprends, répondis-je en me resservant, mon assiette était vide. Vous n'y avez pas intérêt, vous seriez aussitôt mis en examen pour complicité.

Je regrettai aussitôt la deuxième partie de mon intervention. J'avais dit ça sans réfléchir, un réflexe de juriste à qui l'on pose une colle. Une colle purement théorique.

Il dit :

— Je sais, je sais, complicité d'assassinat par aide et assistance. Le pire, c'est que, lorsque je lui ai donné ce coup de main, j'essayais de me convaincre qu'il allait coincer les types pour ramener des preuves contre eux, ce qu'il m'avait laissé entendre quoi ! Alors que je savais parfaitement, dans mon for intérieur, que son intention, sa véritable intention, c'était bel et bien de leur faire la peau !

Je restai bêtement dans le même registre :

— Vous pourriez toujours faire plaider ça, cet espoir, si d'aventure on venait vous chercher des noises, ce qui me paraît peu probable, ajoutai-je la bouche pleine.

J'usais de cette ironie qui nous était coutumière sans bien me rendre compte encore qu'il prenait cette affaire très, très au sérieux. Non seulement je m'empiffrais mais en plus j'étais lourd.

Il y eut un long silence au cours duquel, enfin rassasié, j'eus le temps de reprendre un peu mes esprits, il dit :

— J'ai longtemps hésité et je me suis décidé. Il fallait que je vous en parle. Je voulais avoir votre… point de vue, votre point de vue de juge, notamment.

Ce fut à ce moment-là que je m'éveillai à la réalité, que je compris pleinement où il voulait en venir. J'avais eu du retard à l'allumage. Cela me rappela cette expression de Billie : « Il y a des fois où on a l'impression que ton cerveau a fermé les écoutilles. » Ce doit être, du point de vue des intellectuels, de l'ordre de l'opposition entre la nature (ici la bouffe) et la culture…

— Mais enfin, Juston, pourquoi me demandez-vous ça ? Qu'est-ce que vous cherchez au juste ? Pas que je vous approuve tout de même ? En tant que juge, je ne peux pas vous approuver, ça tombe sous le sens !

En fait, j'étais étonné qu'il se soit décidé à parler à quelqu'un de cette affaire. Pour moi, ce sont des choses, lorsqu'on est flic, qu'on doit garder pour soi. Ce sont des problèmes de conscience, uniquement, ça ne regarde personne. Et je dois dire que dans cette affaire le poids sur sa conscience n'aurait pas dû être bien lourd. D'accord, il n'y a pas pire danger qu'un flic qui se transforme en justicier et, ici, cela avait abouti à un triple meurtre. Mais enfin ce n'était pas lui le justicier ; il s'était contenté de faciliter l'obtention de quelques renseignements, voilà tout.

En plus, le contexte était particulier, les types qui avaient été liquidés n'étaient rien moins que des assassins eux-mêmes et de dangereux parasites qui menaçaient la société. C'est un peu hypocrite de la part d'un juge de raisonner comme ça, mais s'il faut soi-même quand on est juge, respecter strictement les principes, il faut aussi avoir l'esprit ouvert, savoir être tolérant, bienveillant et compréhensif avec ceux qui franchissent la ligne pour des raisons somme toute acceptables... Et puis, nom d'un petit bonhomme, le juge ne doit pas gérer toutes les transgressions du monde. La transgression, c'est aussi nécessaire au bon fonctionnement d'une société, ça lui permet de respirer. Le problème, évidemment, c'est la limite, cette limite si difficile à entrevoir...

Je le savais rigoureux, c'était, parmi bien d'autres qualités, ce que j'appréciais chez lui. Mais pas à ce point ! Cette rigueur, c'était celle des vieux protestants cévenols que je connaissais bien, et pour cause, c'étaient mes ancêtres. Des gens intransigeants, parfois jusqu'à l'extrémisme. Bon, ce n'était pas vraiment le cas de Juston, il ne faut pas exagérer.

Comme il restait silencieux, j'ajoutai :

— Juston, soyons clairs : je ne suis pas votre directeur de conscience, je n'ai aucune vocation de confesseur. Du coup, je ne peux en aucun cas vous donner l'absolution, si c'est ce que vous recherchez !

— Ce n'est pas la réponse que j'attendais de vous.

C'est ce qu'il dit, mais pas de manière agressive ni sur un ton de reproche, bien au contraire, plutôt sur le ton du type déçu, oui, mais de lui-même. Pour être honnête, cela me fit un peu de peine sans pour autant changer mon point de vue sur la question.

Il reprit :

— En fait, ce que j'aurais voulu savoir, c'est ce que vous auriez fait à ma place.

— Je ne suis pas à votre place, Juston. Ou, plus exactement, je ne l'ai pas été. Et puis, c'est un sacré truc ça : « si j'avais été à ta place », « si j'avais été dans cette situation » Si j'avais à choisir entre rester handicapé à vie ou mourir, ou à choisir entre la mort de mon fils et celle de ma fille pendant qu'on y est ! Un truc qui m'horripile ! Je suis navré, Juston, je n'étais pas à votre place, qu'on se le dise ! Je n'aurais d'ailleurs pas pu y être puisque vous êtes flic et moi juge !

Je me rendis alors compte de la rudesse de mon propos. Et il fallait que je parte, il était tard et nous n'avions pas vu le temps passer. Je me levai et, un peu pour me rattraper, un peu pour lui venir en aide d'une manière ou d'une autre, je lui dis :

— Ce soir, je suis célibataire. Il y a au Latté, à deux pas d'ici, une soirée jazz avec un fameux saxophoniste, un dénommé Léo, je crois. Il doit jouer du Monk avec un bassiste et un guitariste. Si ça vous dit, je vous emmène, on mangera quelques acras et on boira des coups parce qu'il y a aussi de très bons rhums…

*

Et ce fut ainsi que se régla le problème : Léo le saxophoniste, ce bon vieux Thelonious et les excellents rhums du Latté ainsi que, peut-être, ma compagnie, éloignèrent sensiblement les scrupules de Juston et soulagèrent le poids qu'il avait sur la conscience. Pour autant, il n'oublia pas tout car, en sortant de la boîte, il me dit :

— J'ai envie d'en savoir plus. Je vais voir avec des collègues de la DCRI, parce qu'à la DGSE je n'ai aucun contact – ce sont des militaires – et aussi avec un journaliste d'investigation qui connaît bien l'Afrique.

— De mon côté, Juston, un de ces quatre j'irai voir la dame Travers, la psychologue qui s'occupait du petit et aussi ses éducateurs. En tant qu'ancien juge des enfants, ils devraient, si ce n'est répondre à toutes mes questions, du moins me recevoir avec courtoisie.

— Ce serait bien, monsieur le juge. Ce serait bien qu'ils vous reçoivent bien sûr, mais surtout qu'ils répondent à vos questions…

— Bonne nuit, Juston. Vous êtes un type bien, voilà ce que je pense, vous avez le droit de dormir du sommeil du juste.

Chapitre XXXV

— Alors, qu'est-ce que vous comptez faire de moi ? Après ce qui s'est passé, vous ne pouvez tout de même pas me laisser avec Lusto.

Le vieux était de glace, planté dans son fauteuil, raide comme la justice qu'il aurait bien voulu incarner. Pour autant, Kervadec ne se faisait aucun souci, tout lui était égal, il aurait pu, tout aussi bien, donner sa démission. Mais pour quoi faire ? C'est tout ce qui le retenait.

— Non seulement tu fous le camp pour régler tes comptes personnels en abandonnant ton poste et tu mets en péril la réputation du service, mais en plus tu t'arranges pour m'imposer une mutation !

— Ma mutation ne vous arrange peut-être pas, mais le règlement de mes comptes ou plutôt mon règlement de comptes, il me semble qu'il ne vous dérange pas plus que ça…

Le vieux Vilquin changea imperceptiblement d'attitude, son corps se relâcha et il se fit plus conciliant.

— C'est vrai, c'est vrai. Ce n'est pas que ça m'arrange mais ça me rassure. Ces trois fumiers, les laisser derrière nous après ce fiasco me donnait du souci ; mais, tu sais, des soucis, j'en ai bien d'autres et celui-là ne m'empêchait pas spécialement de dormir. Bon, enfin... Voilà. Tu as fait le ménage, une bonne chose au fond, je te le concède. Mais pour Lusto, vraiment, ça m'emmerde, Kervadec, ça m'emmerde ! Il ne jure que par toi. Et moi il ne peut pas me sentir... Maintenant, on va avoir un mal de chien à le tenir.

Il s'accorda une pause, comme une minute de silence en hommage à la regrettée association Lusto-Sangin, puis :

— Passons là-dessus, bordel de merde. Comme je dis souvent aux types de la cellule Afrique, ce qui est fait est fait et il faut savoir tourner la page. Voilà donc ce que je te propose...

— Eh bien, je vois que vous y aviez déjà réfléchi. Vous aviez peut-être même tout prévu et je vous reconnais bien là !

— Tu te trompes, je n'avais pas prévu ni même imaginé ça. Mais ça fait longtemps que je me méfie, Kervadec. Eh oui, que je me méfie de toi, précisément. Ça fait longtemps que je sais qu'aussi bon que tu sois, tu n'es pas tout à fait franc du collier. Je veux dire que, bien sûr, lorsque tu t'engages dans une mission, il n'y a pas de lézard ou alors tu me le dis, avant. Le problème, c'est ta vie à côté dont je ne sais rien, et tu le sais, ce n'est pas la règle dans le service. Tu vois, je ne te demande même pas pourquoi tu as zigouillé ces trois types, ce serait peine perdue et je n'ai pas envie de perdre mon temps. Tu es loyal, Kervadec, mais pas plus. J'ai toujours fait avec et, cette fois encore, je vais encore faire avec. Et bien que tu vailles mieux que ça, je vais te renvoyer au baroud, là au moins je suis sûr de mon fait.

— Allez... accouchez, mon colonel !

Le vieux renard se rencogna dans son fauteuil et prit un air inspiré.

— Tu vas aller au Mali, au nord, dans ces grands espaces infestés par les islamistes qui ont récolté les armes des Libyens de Khadafi. Là, ça craint, comme disent les jeunes, et ça ne va pas tarder à péter. Les enlèvements, les otages, c'est de la bibine à côté de ce qui nous pend au nez. Le plus inquiétant, c'est les accointances entre ces islamistes et les Touaregs. À Paris et pas seulement là, les diplomates commencent à faire un parallèle entre ce qui s'est passé en Afghanistan avec les Talibans et Al-Qaïda et ce qui pourrait se passer entre les Touaregs et les islamistes d'Aqmi et du Mujao. Moi, je sais bien que c'est l'alliance de la carpe et du lapin, mais une alliance qui risque de nous faire du mal avant qu'elle n'explose, vraisemblablement trop tard : entre-temps le Mali, en tant que pays, aura sombré corps et biens. Ce qu'il faut, c'est, le plus rapidement possible, retourner les Touaregs. C'est ta mission, ta nouvelle mission, Kervadec, toi seul es capable de réussir un coup pareil…

Comme Kervadec s'était contenté d'un « Bien mon général ! » plutôt ironique – et l'autre n'aimait pas ça –, et qu'il ne faisait aucun commentaire ni ne posait aucune question, Vilquin, qui était désormais en verve et avait une idée derrière la tête, reprit :

— Je ne suis général que pour la retraite, Kervadec, tu sais qu'à la DGSE on ne fait pas carrière. Pour toi et les autres, ceux que j'appelle mes hommes, je suis resté le colonel ou, depuis quelque temps « Le vieux » paraît-il. Et je dois dire que je m'en félicite. Entre parenthèses, heureusement qu'ils m'ont gardé parce que, si j'avais dû tirer ma révérence, je ne sais pas ce que je foutrais aujourd'hui à Paris ou je ne sais où avec cette bon Dieu de retraite. Enfin… elle me sert à aider ma fille qui élève seule un enfant, une gamine de douze ans que je n'ai vue que deux ou trois fois… Dans ce métier, il ne faut pas avoir de famille. Moi, je l'ai toujours cachée, de peur qu'elle ne serve à je ne sais qui de monnaie d'échange, et du coup je m'en suis coupé. Pas de famille, pas de proche, pas de talon d'Achille : c'est toi qui es dans le vrai Kervadec, tu ne me diras pas le contraire, n'est-ce pas ?

Il fixait Kervadec de son regard aiguisé.

Le vieux singe, songea Kervadec, *il aimerait bien me tirer les vers du nez*. Il se garda de tomber dans le piège et dit :

— Et je pars quand, mon colonel ?

Chapitre XXXVI

Cela prit des mois. J'étais indécis. Je me rendis compte à quel point j'étais paresseux en fait. Il y a les choses courantes, les obligations de tous les jours, professionnelles ou personnelles, celles-là, je m'y attelle tant bien que mal même si tout le monde a l'impression que je suis prompt et décidé. Mais, dès qu'il s'agit de faire quelque chose qui sort de l'ordinaire, qui réclame un effort particulier ou fait courir un risque quelconque, même tout bête, par exemple essuyer un échec ou être éconduit, je tergiverse et, souvent, je ne m'y mets que parce que j'y suis contraint par les circonstances ou entraîné par les autres, souvent Billie je dois dire.

C'est ce qui s'était passé avec cette histoire de Juston. Je m'étais engagé, peut-être un peu vite, à aller voir madame Travers, la psychologue, et aussi la direction de l'institution qui avait pris en charge le petit Stanley Fabre. Mais, de jour en jour, de semaines en semaines, je reportais, je reportais. Juston, délicat comme il est, ne me relançait d'ailleurs pas. Que devait-il penser ? Que ce n'était qu'une promesse en l'air ? Cette idée me taraudait et, souvent, la nuit, aux épisodes d'insomnie, je me disais : « Demain tu te décides, tu téléphones à cette dame ».

J'allais même jusqu'à noter dans mon agenda : tel jour à telle heure, téléphoner à madame Travers. Et puis le jour passait sans que je m'exécute, sans que je me décide à prendre enfin le taureau par les cornes.

À ma décharge, il faut dire que l'atmosphère n'était pas au beau fixe, j'avais d'autres chats à fouetter ou plutôt d'autres déconvenues à digérer. La Cour de cassation avait tranché et, comme c'était prévisible, le Parisien l'avait emporté sur le Marseillais. Il n'y avait donc plus d'affaire CPAO, ou pratiquement plus. C'était une grande désillusion tant pour moi que pour Juston. J'avais eu le collègue parisien au téléphone et, même s'il ne me paraissait pas opposé à « mettre les pieds dans le plat », c'était seulement dans l'hypothèse où les faits seraient « solidement avérés ». Il n'était en effet pas décidé à « faire tout et n'importe quoi », la formule, particulièrement édifiante, étant de lui, pour rechercher les preuves de la corruption au niveau gouvernemental. Pour moi c'était clair : vu que les éléments n'allaient pas lui tomber du ciel, il ne bougerait pas d'un iota. Tout cela n'était donc que foutaise.

Les circonstances qui me contraignirent à m'exécuter vinrent de Juston.

Un jour, de passage au palais, il se pointa à mon cabinet sans crier gare et m'entraîna au Pavillon du Lac, ce restaurant célèbre, tout au moins à Marseille, au parc Borély. Planté sur son île artificielle, il dispose d'une terrasse, ce qui permet de manger un morceau et de discuter le coup dans une atmosphère un brin nostalgique et champêtre. On y est égayé par le clapotis des rameurs et les cris des jeunes filles, arrosées comme aux temps anciens des canotiers, sans toutefois craindre les oreilles indiscrètes. Le printemps, si l'on peut parler de printemps à Marseille, avait fait son apparition et redonné vie à cette terrasse bucolique. Il faisait doux, les arbres avaient récupéré leur feuillage et ce lieu au style et à l'ambiance furieusement Belle Époque était propice aux confidences. Je m'étais laissé faire, me doutant qu'il y avait anguille sous roche car Juston, avec moi, n'était pas du genre à tenir les rênes : il me semble que c'était la première fois qu'il m'emmenait ainsi sans me demander mon avis. Je me laissai faire, ce n'est pas désagréable de lâcher prise de temps en temps, et puis je savais bien de qui il allait me parler. En déduisant que, contrairement à moi, il avait travaillé la question, j'étais bien obligé d'adopter profil bas.

— Je n'ai rien pu obtenir de mes collègues de la DCRI. C'est ce que je vous avais dit : la DCRI, c'est des flics, alors que la DGSE, ce sont des militaires. Pas les mêmes personnels, pas les mêmes mentalités non plus. Les échanges, ça ne porte que sur le renseignement, et encore... C'est pour ça que j'ai autant traîné. Par contre, le journaliste spécialisé dont je vous ai parlé, il a tout de suite répondu et bien accueilli ma démarche.

— Forcément, le coupai-je juste pour parler, il espère un retour d'ascenseur.

— Eh bien non vous voyez, le retour d'ascenseur, c'était pour moi. Avant de se spécialiser sur l'Afrique, il a écrit un bouquin sur les mafias dans le Sud de la France et, à cette époque, je lui avais filé des tuyaux. Toujours est-il que, sur le coup, il ne m'a pas donné grand-chose mais il m'a inscrit sur ses tablettes et, il y a deux jours, il m'a rappelé pour me dire qu'un Français avait été tué dans le désert, au nord Mali, lors d'un accrochage entre djihadistes et Touaregs loyalistes. Il m'a expliqué que la DGSE avait reconnu dans un communiqué plutôt laconique que c'était un de ses agents, un dénommé Marcel Sangin, dont la mission était de rechercher d'éventuels otages et de retourner les Touaregs. Il m'a envoyé une photo du type et, bien qu'elle soit mauvaise, je l'ai reconnu, c'est notre homme.

Il y eut un silence, comme un recueillement mutuel devant la mort d'un type que, pour ma part, je ne connaissais que par ses œuvres et Juston guère mieux. Je dis à Juston :

— Lorsque vous l'avez rencontré, avez-vous regardé ses yeux ?

— Ses yeux, non pourquoi ?

Je n'eus pas le temps de lui répondre.

— Ah oui, c'est vrai. Eh bien non, je n'y ai pas pensé.

— Bon, dis-je, à moi maintenant de faire ma part de boulot.

J'appelle dès aujourd'hui la dame Travers pour prendre un rendez-vous. Je vous tiens au courant, Juston.

Il eut la délicatesse de ne pas me faire remarquer que, cette part de boulot, j'aurais pu la faire bien avant. Je lui en fus reconnaissant.

Chapitre XXXVII

Je suis reçu par madame Travers, elle n'a fait aucune difficulté bien que je lui aie annoncé que ma démarche n'a rien d'officiel. J'ai quand même fait état, pour la mettre en confiance, de mon ancienne qualité de juge des enfants. Son patronyme n'est pas trompeur, on dirait une mamie anglaise. Elle me reçoit, comme elle reçoit ses patients, dans une sorte de salon avec de petits fauteuils de conversation, un bureau discret dans un coin, encombré de paperasses, comme au rancart, une table ronde recouverte d'un napperon, des tapis bien sûr et, aux murs, des rayonnages comportant pour moitié des dossiers et pour moitié des livres.

En m'asseyant dans l'un de ces fauteuils avec toute la délicatesse dont je suis capable, je songe à ceux qu'elle accueille ici. Beaucoup de pauvres gosses désorientés sans doute, mais aussi de grands adolescents qui doivent être de sacrés clients. Du coup ce décor désuet et délicat me paraît paradoxal et je me demande si cette petite dame a jamais songé – comme bien des gens le font pourtant de nos jours, bien trop à mon avis –, à sa sécurité. En fait, sa garantie contre la violence, c'est elle-même : sa candeur apparente, sa fragilité et son savoir faire.

Elle me fait tout de suite part de l'affection qu'elle portait à Stanley Fabre, des regrets qu'elle a de ne s'en être pas occupé davantage, de ne pas être allée plus loin avec lui. Elle me dit aussi qu'il était très attachant, plein de qualités intellectuelles et de cœur. Elle conclut en disant qu'elle n'a jamais pu se remettre du fait que l'enlèvement s'est produit juste devant chez elle et qu'à chaque fois qu'elle sort, elle voit les lieux, ne peut s'empêcher d'imaginer la scène et que ça lui est insupportable. Et puis elle s'interrompt de manière abrupte, l'œil interrogateur, pour m'écouter.

J'avais longuement réfléchi à la manière de lui présenter tout ça, mais cette longue réflexion n'avait pas servi à grand-chose. Il y avait plusieurs manières de procéder. La plus simple, c'était de lui demander tout bonnement d'où venait Stanley, si elle connaissait ses origines, son histoire, si sa mère et, peut-être, son père étaient identifiés. Immanquablement, elle allait me demander pourquoi je procédais à ces recherches et il m'était tout de même difficile de lui dire que c'était par pure curiosité.

C'est pourtant cette méthode que je mets en œuvre. Elle présente en effet l'avantage de risquer le coup en se disant qu'on ne sait jamais, et, en cas d'échec, de passer à une autre approche. Et puis la dame Travers me paraît tellement douce, aimable et compréhensive… Je me lance donc et, rendu confiant par le personnage, j'ai soudain bon espoir. Elle remet aussitôt les pendules à l'heure. Nous ne sommes pas dans *Alice au pays des merveilles*.

— Pourquoi voulez-vous savoir ça ? me dit-elle.

Il me faut user de la seconde méthode et ce sera ma dernière cartouche car, bien entendu, il n'est pas question de lui parler de ce qu'a fait ce Marcel Sangin, l'homme de la DGSE, aidé en cela, sciemment ou non, par mon fidèle Juston…

— Je pense avoir identifié celui qui pourrait être le père.

— Et alors, ce serait qui ?

Nom de Dieu, elle est coriace, elle ne lâche rien, cette mamie anglaise ! Il va falloir se déballonner, lui en dire plus, en tout cas le maximum :

— Un certain Marcel Sangin. Un agent de la DGSE, vous savez, le service d'espionnage. Il travaillait en Afrique et était rarement en France.

En moi-même, je me dis qu'il valait mieux en effet qu'il ait rarement été en France parce que, lorsque qu'il y avait été, ça avait fait des étincelles…

— Ça pourrait coller, dit-elle, toujours énigmatique.

Je lui lance :

— Ma parole, on dirait miss Marple, l'héroïne d'Agatha Christie !

Cela détend l'atmosphère, elle se met à rire, d'un petit rire coquin assez surprenant chez une dame aussi distinguée. Elle redevient sérieuse, pensant sans doute à Stanley, et reprend :

— Bon, d'accord, je vais vous livrer ce que j'ai appris du côté de sa mère. Et aussi de son père d'ailleurs, parce que vous ne croyez pas si bien dire en faisant allusion à miss Marple, c'est pourquoi vous m'avez autant amusée à l'instant ! En fait lorsqu'on m'a prévenue du meurtre de Stanley, j'étais bouleversée. Peu après, je me suis décidée, malgré sa mort, à aller plus loin dans mon approche, je veux dire à me mettre à la recherche de ce qu'il était vraiment, de ses origines. C'était un sacré petit bonhomme, vous savez, et il m'intéressait, plus que vous ne pourriez imaginer. En fait j'avais de l'affection pour lui. J'avais des regrets, plus que des regrets d'ailleurs, de la culpabilité pour être honnête. Je me suis dit que j'aurais dû cesser d'être sa thérapeute et m'occuper de lui, à titre personnel. Après tout, mes deux enfants étaient grands et mon mari aurait sans doute accepté que je le prenne en charge d'une manière ou d'une autre, à l'âge qu'il avait ça ne posait plus de problème. Toujours est-il que c'est ainsi que j'ai découvert, en prenant connaissance du dossier de Stanley, d'abord Margot Fabre, sa mère, une drôle de jeune fille devenue toxicomane, puis ses grands-parents indignes – qui avaient déjà dû être, pour Margot, des parents indignes –, et enfin son père, non pas Marcel Sangin, comme vous dites, mais Marc Kervadec. Pour connaître le nom du père et l'histoire des amours de la mère et du père de Stanley ainsi que de sa naissance, j'ai dû mener une véritable enquête. Pour l'essentiel, elle a consisté à rechercher puis aller voir, dans sa maison du Luberon où elle passe sa retraite, le docteur Brigitte Clisson, la psychiatre qui s'était occupée de Margot, une femme adorable qui m'a accueillie à bras ouverts.

Elle me raconte ensuite les amours intermittentes de Kervadec et Margot. Comme on n'est pas d'accord sur l'identité de Kervadec/Sangin, je lui sors la photo que m'avait laissée Juston et elle va chercher dans un tiroir les photos que lui a remises Brigitte Clisson qui les avait récupérées dans la chambre de Margot, aux urgences, après sa mort. C'est bien le même homme. Je pourrais lui faire part de la vengeance de Kervadec et donc de l'élimination des assassins de Stanley, mais je m'abstiens, ça nous mènerait trop loin et je ne pense pas qu'elle accorde beaucoup d'importance au fait que le petit ait été vengé. Je me trompe peut-être, mais tant pis.

Elle ajoute :

— J'ai eu beau regarder Kervadec à la loupe sur ces photos (la vôtre n'est pas meilleure), je ne suis pas parvenue à vérifier la couleur de ses yeux ni s'ils étaient différents l'un de l'autre...

— Moi aussi j'ai pensé à ça, sans plus de résultat, lui répondis-je en songeant à Juston qui, bon Dieu, avait eu le bonhomme en face de lui.

— Peu importe, dit-elle. Pour Stanley, c'était son père, ça ne faisait aucun doute.

Je m'abstiens de lui dire que, pour Kervadec aussi, Stanley était bien son fils. Il l'avait prouvé.

Stanley, Margot et Kervadec, ces trois êtres qui se sont aimés sans jamais en tirer les conséquences ordinaires, se sont maintenant évaporés. Ne reste que le souvenir de cet amour, et encore, juste dans la mémoire de trois personnes : Juston, madame Travers et moi. Ce souvenir, c'est leur seule parcelle de survie commune car, s'il existe des âmes errantes, leurs chances de se retrouver sont bien minces. Peut-être après tout quelque part entre la Provence et sa douceur de vivre et les sables brûlants du désert...

Je salue madame Travers et la remercie, elle me retourne le compliment. Puis je la quitte et me mets à marcher par les rues, sans véritable but. Je vagabonde. Je suis bien loin des turpitudes des hommes qui nous gouvernent, de ce qui fait d'ordinaire le sel de mon métier de juge d'instruction, de ma vocation à mettre au jour et à lutter contre tout ça. Je suis aujourd'hui au plus près de l'humanité, vulnérable, souffrante et bafouée. J'examine les faiblesses de chacun et, une fois de plus, je me dis que les hommes, s'ils doivent être responsables de leurs actes, sont aussi conduits – par des circonstances immédiates ou passées ainsi que par les stigmates de leurs débuts erratiques, enfance et adolescence –, à emprunter des voies de traverse, ineptes parfois, ce que le juge condamne souvent, comme le ferait tout un chacun d'ailleurs, avec une sévérité sans nuance.

Il faut que je voie Juston.

***

Parus dans la même collection

Le Baiser du Congre DEL PAPPAS
Bleu sur la Peau DEL PAPPAS
Le Jobi du Racati DEL PAPPAS
La Girelle de la Belle de Mai DEL PAPPAS
Écran total MAXIME VIVAS
Ainsi soient-elles PIERRE SERISIER
Le Royaume de Degun DEL PAPPAS
Du Sel plein les Yeux DEL PAPPAS
La Nuit des Bras Cassés MAURICE GOUIRAN
Harpo PIERRE SERISIER
Le Couteau sur la Langue RENÉ MERLE
Pleure pas le Mistral se Lève DEL PAPPAS
Le Cœur Enragué DEL PAPPAS
Le Théorème de l'Engambi MAURICE GOUIRAN
Le Cafoutchi du Diable DEL PAPPAS
Le Dernier des Chapacans MAURICE GOUIRAN
La Mue de la Cigale DEL PAPPAS
L'Arménienne aux Yeux d'Or MAURICE GOUIRAN
L'Anticyclone des Açores DEL PAPPAS
Les Martiens de Marseille MAURICE GOUIRAN
La Porte des Orients Perdus MAURICE GOUIRAN
Guantanamo Opération Porte ouverte MARC LEREAH
Bada d'Amour DEL PAPPAS
Les Damnés du Vieux Port MAURICE GOUIRAN
Saucisse dans le Métro SERGE SCOTTO
Marseille, la ville où est mort Kennedy MAURICE GOUIRAN
Sortez vos morts BRUNO LEYDET
L'Espincheur des Accoules DEL PAPPAS
Sous les Pavés, la Rage MAURICE GOUIRAN
La Gloire de Saucisse SERGE SCOTTO
Terminus Ararat MAURICE GOUIRAN
Frères d'Armes SERGE-YVES RUQUET
Train Bleu Train Noir MAURICE GOUIRAN
Meurtres à la Cité Radieuse ALAIN PUCCIARELLI
Saucisse Président SERGE SCOTTO
Vogue, Bel Engatseur, DEL PAPPAS
Spécial Dédicace LILIAN BATHELOT
Marseille sur Maire SERGE YVES RUQUET
Putains de Pauvres MAURICE GOUIRAN
La Théorie du K.O. LILIAN BATHELOT
Deus ex Massilia ANDRÉ FORTIN
Shanghai Skipper TITO TOPIN
Les Chèvres Bleues d'Arcadie MAURICE GOUIRAN
Croisère Jaune ZOLMA
Les Vrais Durs Meurent Aussi MAURICE GOUIRAN

Mistral Cinglant Zolma
Un Été Grec André Fortin
Le Sang des Siciliens Maurice Gouiran
L'Été tous les chats s'ennuient Philippe Georget
Le Royaume des Sables Pierre Boussel
La Vie est un Sale Boulot Janis Otsiémi
Qui a peur de Baby Love Maurice Gouiran
La Prière du Maure Adlène Meddi
Appelez-moi Dillinger Maurice Gouiran
Et la mort se lèvera Jacques Olivier Bosco
Requiem pour le Juge André Fortin
Saucisse face à la Crise serge scotto
Adios Viracocha Zolma
La Bouche qui mange ne parle pas Janis Otsiémi
La Posture de la Méduse alain pucciarelli
Franco est Mort Jeudi Maurice Gouiran
Pitié pour Constance André Fortin
Le Paradoxe du Cerf-Volant Philippe Georget
Le Cramé Jacques Olivier Bosco
Sur nos cadavres, ils dansent le tango Maurice Gouiran
Le Chasseur de Lucioles Janis Otsiémi
Et l'été finira Maurice Gouiran
Les auteurs du Noir face à la Différence Collectif
Raison d'Etat Hugues Leforestier
Parjures Gilles Vincent
Les violents de l'Automne Philippe Georget
La mort du scorpion Maurice Gouiran
Restez dans l'ombre André Fortin
Beso de la muerte Gilles Vincent
J'ai fait comme elle a dit Pascal Thiriet
Tortuga's bank André Blanc
Mais délivrez-nous du mal Maurice Gouiran
L'autel des naufragés Olivier Maurel
Djebel Gilles Vincent
Loupo Jacques Olivier Bosco
Le chat Ponsard André Fortin
African Tabloid Janis Otsiémi
Tendres comme les pierres Philippe Georget
Trois heures avant l'aube Gilles Vincent
La traque de la musaraigne Florent Couao-Zotti
Farel André Blanc
L'Hiver des enfants volés Maurice Gouiran
Faut que tu viennes Pascal Thiriet
Une terre pas si sainte Pierre Pouchairet
Quand les anges tombent Jacques Olivier Bosco

Achevé d’imprimer sur les presses
de Pulsio à Sofia
Imprimé en Bulgarie
Dépôt Légal : septembre 2014